Über dieses Buch

Eines Tages reicht es Charlotte endgültig. Sie hat ihre Ehe mit Saul, einem spätberufenen Gottesmann und Prediger von Profession, und ihr eintöniges Kleinstadtdasein herzlich satt und beschließt, getreu der Devise: *Nur nicht stehenbleiben*, endlich zu tun, wovon sie bald dreißig Jahre träumt: Die große Reise in die weite Welt anzutreten.
Das Abenteuer beginnt jedoch mit einem unerwarteten Auftakt: Als Charlotte die Reisespesen von ihrem Bankkonto abheben will, gerät sie in einen Banküberfall und wird von einem jugendlichen Bankräuber als Geisel mitgenommen. »Wie nun diese Entführung, so dilettantisch vom kriminellen Greenhorn Jake inszeniert, weiter verläuft, schildert Anne Tyler derart vergnüglich und geistreich, mit so viel Situationskomik, daß die Lektüre zum heiteren Spaß gerät, auch wenn die eingeschobenen Sequenzen aus ihrer Ehegeschichte die Lachmuskeln immer wieder entspannen mögen. Denn man erlebt es nicht alle Tage, daß sich ein Bankräuber als harmloser, ja hilfloser Bursche entpuppt, dem die Geisel wiederholt aus der Patsche hilft; daß ausgerechnet ein auffälliger Oldtimer mit viel Chrom als Fluchtvehikel herhalten muß; daß sich in des Opfers Handtasche nicht nur der Bestseller ›Die Kunst des Überlebens‹, sondern auch die nötigen Erfrischungstüchlein für die hochschwangere Mindy befinden, des Bankräubers süße kleine Freundin, die unterwegs in einem Heim für unverheiratete Mütter aufgegabelt wird und die den Sinn dieser Tour nach Florida überhaupt nicht erfaßt.
Anne Tyler verwickelt ihre Figuren in spritzige Dialoge, immer darauf bedacht, ihr Profil deutlich hervortreten zu lassen: Charlotte in ihrer trockenen Unbeholfenheit, Mindy naiv-schlau, Saul mit dem Rüstzeug seiner Bigotterie.« *Neue Zürcher Zeitung*

Die Autorin

Anne Tyler, die 1941 in Minneapolis, Minnesota, geboren wurde und heute mit ihrem Mann und zwei Töchtern in Baltimore lebt, hat russische Literatur studiert und mehrere von der Kritik und dem amerikanischen Publikum stark beachtete Romane und zahlreiche Erzählungen geschrieben, für die sie mit verschiedenen Literaturpreisen ausgezeichnet wurde.
›Nur nicht stehenbleiben‹ ist nach ›Caleb oder Das Glück aus den Karten‹ (Fischer Taschenbuch Bd. 2436) der zweite Roman der Autorin in deutscher Übersetzung.

Anne Tyler

Nur nicht stehenbleiben

Roman

Aus dem Amerikanischen
von Günther Danehl

Fischer Taschenbuch Verlag

Fischer Taschenbuch Verlag
August 1981
Ungekürzte Ausgabe
Umschlagentwurf: Rambow, Lienemeyer, van de Sand
Foto: Harro Wolter
Fischer Taschenbuch Verlag GmbH, Frankfurt am Main
Lizenzausgabe mit freundlicher Genehmigung
der S. Fischer Verlag GmbH, Frankfurt am Main
Die Originalausgabe erschien 1977
unter dem Titel ›Earthly Possessions‹
bei Alfred A. Knopf, New York

Gesamtherstellung: Hanseatische Druckanstalt GmbH, Hamburg
780-ISBN-3-596-25154-0

I

Die Ehe lief nicht gut, und ich beschloß, meinen Mann zu verlassen. Ich ging zur Bank, weil ich Bargeld für die Reise brauchte. Es war Mittwoch, ein verregneter Märznachmittag, auf den Straßen kaum jemand zu sehen und in der Bank nur wenige Kunden.
Früher einmal kannte ich sämtliche Einwohner von Clarion beim Namen, doch seit die Lippenstiftfabrik aufgemacht hat, sind alle möglichen Fremden zugezogen. Mir war das recht, denn ich lebe hier seit 35 Jahren, mein ganzes Leben also, und ich fand es nett, neuen Gesichtern zu begegnen. Es war mir auch recht, als anonyme Kundin vor dem Schalter zu stehen, vor mir ein Herr im Büroanzug, hinter mir jemand in einer widerlich raschelnden Nylonjacke, wie Großstädter sie tragen. Auch die Kassiererin kannte ich nicht, allerdings hätte sie eines von den inzwischen erwachsen gewordenen Benedictmädchen sein können, jedenfalls hatte sie die Angewohnheit aller Benedicts, mitten im Satz ein paar Wörter zu verschlukken. Jetzt fragte sie den Herrn vor mir: »Wie hätten Sie den Betrag gern, Sir?«
»Fünfer und Einer bitte.«
Sie blätterte Fünfdollarnoten hin, langte dann in einen schwer zugänglichen Winkel und brachte zwei banderolierte Päckchen zum Vorschein. In eben diesem Moment wurde die Nylonjacke hinter mir lebendig, man stieß mich, jemand stolperte, plötzlich entstand ein kleiner Wirbel. Über meine Schulter schob sich blitzschnell ein Nylonärmel nach vorn, eine Hand packte die Notenpäckchen. Ich wurde wütend. Hören Sie mal, wollte ich sagen, drängeln Sie gefälligst nicht so, schließlich bin ich vor Ihnen dran. Indessen, die Kassiererin kreischte gedämpft, der Mann vor mir wirbelte herum und knöpfte dabei die Jacke auf. Er war einer jener beleibten Männer, die mit ihrem gedunsenen Gesicht den Eindruck machen, als hielten sie ihre Wut zwar ständig, aber nur mit Mühe im Zaum. Der also fummelte in der Brusttasche und

zog einen kurzen, schweren Gegenstand hervor, den er auf die Nylonjacke richtete. Die war übrigens schwarz, wenigstens der Ärmel war schwarz. Der Ärmel flutschte jetzt zurück (die Hand hielt die Banknoten fest), und der Unterarm legte sich um meinen Hals. Einen Augenblick lang fühlte ich mich geradezu geschmeichelt. Dabei suchte ich mich dem Gegenstand zu entwinden, der mir gegen die Rippen gedrückt wurde, und roch den stumpfen Geruch frischer Banknoten.

»Keine Bewegung, oder ich bringe die Frau hier um!« rief der Jackenmann.

Der meinte wohl mich.

Wir marschierten rückwärts dem Ausgang zu. Seine Tennisschuhe quietschten auf dem Marmorfußboden. Wie eine rückwärtsfahrende Kamera nahm ich erst nur einige wenige Gesichter wahr, dann noch welche und noch welche, und alle Gesichter waren mir zugekehrt. Mein Blickwinkel weitete sich mehr und mehr, ich überblickte jetzt den gesamten düsteren Innenraum der örtlichen Filiale der Maryland Safety Savings Bank. Und dann taumelten wir rückwärts zur Tür hinaus.

»Laufen Sie!« befahl er.

Er packte mich am Ärmel, und wir rannten los, den regenfeuchten Bürgersteig entlang, vorbei an einem Mann mit Hund, einem der Elliotkinder, einer Frau mit Kinderwagen. Man sollte denken, irgendwer hätte uns neugierig angesehen, doch keiner guckte her. Ich erwog, mit einem Ruck stehenzubleiben und jemand um Hilfe zu bitten, jemand Kräftigen. (Die Frau mit dem Kinderwagen hätte sich gut geeignet.) Aber konnte ich wirklich Fremde mit solchen Sachen behelligen? Ich war praktisch in Quarantäne, Typhus-Mariechen. Ich blieb also nicht stehen.

Tatsächlich wiegte ich mich vorübergehend in der Illusion, ich könnte ihm davonlaufen, doch er hielt mich fest und lief ebenso schnell wie ich. Seine Gummisohlen klatschten regelmäßig und ohne Hast auf den Asphalt. Ich hingegen rang bereits nach Luft, die Umhängetasche traf immer wieder den Hüftknochen, aus meinen Halbschuhen quoll Wasser, und nach drei Häuserblocks war mir so, als ob eine sehr wichtige Feder in meinem inneren Mechanismus gesprungen wäre. Ich verlangsamte den Lauf.

»Weiter, weiter«, drängte er.
»Ich kann nicht mehr.«
Wir waren vor Formans Laden angelangt, dieser altmodischen Bude mit den in Seidenpapier gewickelten Früchten in der Auslage. Ich hielt an und wandte mich meinem Entführer zu. War das ein Schock! Da hatte ich mir nun unterwegs ausgemalt, welch verruchte Visage der Kerl haben würde, doch ich sah ein ganz gewöhnliches Gesicht, ein gelassenes Gesicht sogar, unter wirrem ölig-schwarzem Haar, mit blaßgrauen, dunkel umrandeten Augen darin. Er sah mir geradewegs in die Augen – für einen Mann war er also eher klein. Nicht größer als ich jedenfalls. Und viel jünger. Das machte mir Mut.
»Also hier«, sagte ich keuchend, »trennen sich wohl unsere Wege.«
An seiner Pistole machte es klick.
Wir liefen weiter.
Die Edmonds Street entlang, vorbei am alten Herrn Linthicum, den seine Schwiegertochter vor die Tür gerollt hatte, was sie unweigerlich tat, einerlei wie das Wetter war. Linthicum lächelte aber nur milde, reden tat er schon seit langem nicht mehr, da gab es also keine Hoffnung. Die Trapp Street entlang, vorbei an dem Haus mit der Lochschnitzerei am Giebel, wo meine Tante wohnt. Die saß jetzt allerdings vorm Fernseher und sah ihr Leib- und Magenprogramm. Nun ging es scharf nach links in eine Gasse, die mir total unbekannt war, dann nochmal nach links, unter einer hochbeinigen Veranda hindurch, wo ich als Kind mal gespielt hatte, und zwar mit einem Mädchen, das entweder Sis oder Sissy hieß und an die ich seit Jahren nicht gedacht hatte. Dann über die Schotterstraße am Holzplatz – hat die überhaupt einen Namen? – und in wieder eine Gasse hinein. Zwischen den Häusern tropfte es noch, obwohl der Regen aufgehört hatte. Wir hatten offenbar einen Korridor mit eigenem Wetter für uns. Ich fühlte nichts mehr und rannte augenscheinlich, ohne mich zu bewegen, wie im Traum.
»Hier«, sagte er plötzlich.
Vor uns lag die Rückseite eines niedrigen, schäbigen Holzgebäudes; es schwamm in einem Meer von Unkraut und fortgeworfenen Kartoffelchipspackungen. Kein angenehmer Anblick. »Gehen Sie herum, zum Eingang«, sagte er.

»Aber –«
»Tun Sie, was ich sage.« –
Ich stolperte über einen Senftopf, in dem man bequem ein Kleinkind hätte einwecken können.
Man stelle sich vor, wie mir zumute wurde, als ich um die Ecke kam und Libbys Grill erkannte – Libbys Grill! Zugleich Billardsalon und Busbahnhof. Zwar war ich dort nicht gerade bekannt (auswärts essen konnte ich mir kaum leisten, Billard spiele ich nicht, und verreisen tue ich ebenfalls nie), doch war das immerhin ein Ort mit Publikumsverkehr, und vielleicht erkannte mich dort jemand. Ich betrat das Lokal möglichst auffällig und schaute mich um. Leider saß nur ein Fremder an der Theke vor seinem Kaffee, und die Kellnerin hatte ich nie zuvor gesehen.
»Wann fährt der Bus?« fragt der Bankräuber.
»Welcher?«
»Der nächste.«
Sie schaute auf ihre mit einer Sicherheitsnadel am Busen befestigte Uhr. »Vor fünf Minuten. Hat wie immer Verspätung.«
»Wir brauchen zwei Fahrkarten bis zur Endstation.«
»Rückfahrkarten?«
»Einfach.«
Die Kellnerin holte zwei Fahrscheine aus der Schublade und knallte auf jeden den Stempel, der neben der Kaffeemaschine stand. Es mußte ihr doch wohl seltsam vorkommen, daß jemand Fahrscheine bis zur Endstation verlangte, einerlei wohin der Bus fährt; und Frauen mit zerzaustem Haar, die nach Luft japsen und von schwarzgekleideten Fremden begleitet werden (ich sah jetzt erst, daß sogar seine Jeans und seine Tennisschuhe schwarz waren, nur sein Hemd war von einem ganz deplacierten, strahlenden Weiß), dürften ebenfalls kein alltäglicher Anblick für diese Person gewesen sein. Man hätte also annehmen können, daß sie uns beide wenigstens mustern würde. Doch nein, sie blickte überhaupt nicht auf, sie preßte ein Kinn aufs andere, auch als er ihr das Geld in die Hand drückte. Wir waren noch nicht aus der Tür, da hatte sie uns bestimmt schon vergessen.
Und kaum standen wir auf dem Bürgersteig, kam auch der Bus bereits angekeucht und ließ mir keine Zeit, nach bekannten Gesichtern Umschau zu halten. Ich hatte mich allerdings

schon einigermaßen beruhigt. Daß er mich in Anwesenheit einer Menge Leute totschießen würde, war unwahrscheinlich, auch wenn es sich bei diesen Leuten um halbbenommene, schläfrige Fahrgäste handelte, darunter eine Greisin, die Selbstgespräche führte, und ein Soldat, der ein Transistorgerät ans Ohr hielt, aus dem Dolly Parton ›My Life Is Like Unto a Bargain Store‹ sang. Das Kosmetikköfferchen, das die Greisin auf dem Schoß hielt, machte miau. Zweifellos gab es Grund zu hoffen. Ich ließ mich auf einen Platz sinken, plötzlich sehr erleichtert, als stünde Gutes zu erwarten. Als unternähme ich wirklich eine Reise. Dann setzte sich der Räuber neben mich. »Verhalten Sie sich ruhig, und es passiert nichts«, flüsterte er. (Ich merkte, daß auch er etwas außer Puste war.) Er streckte seine Hand aus, eine kurze, eckige, dunkle Hand. Was wollte er bloß? Ich wich zurück, doch er faßte nur nach meiner Handtasche. »Die brauche ich.«

Ich streifte den Riemen von der Schulter und reichte ihm die Tasche, die er locker zwischen den Knien hängen ließ. Ich blickte beiseite, sah Libbys Grill, sah den Fahrer mit der Kellnerin schwatzen, sah ein Kind, das einen Brief in den Kasten warf. Und meine Kinder? Fragten die sich wohl, wo ich geblieben sein mochte?

»Ich muß aussteigen«, sagte ich zu dem Räuber.

Er blinzelte.

»Ich habe Kinder, und die müssen was essen, wenn sie aus der Schule kommen. Ich habe nichts vorbereitet. Lassen Sie mich aussteigen.«

»Was kann denn ich dafür? Wenn es nach mir ginge, junge Frau, säßen wir jetzt nicht hier beisammen. Glauben Sie etwa, ich habe mir das so ausgedacht? Woher sollte ich wissen, daß irgend so'n Witzbold einen Ballermann zieht?« Er ließ die Blicke über die schlafenden Gesichter wandern. »Heutzutage trägt bald jeder so'n Ding mit sich rum, sogar die größten Idioten. Wenn der nicht wäre, wäre ich über alle Berge und Sie zu Hause bei Ihren Würmern. Kerle wie den sollte man einsperren.«

»Aber wir sind doch über alle Berge, Sie sind entwischt.«

Mir war es geradezu peinlich, so offen über diese Dinge zu sprechen, doch kränkte ihn das nicht.

»Abwarten und Tee trinken«, sagte er.

»Was abwarten?«

»Ob mich wer erkannt hat. Wenn nicht, brauche ich Sie nicht mehr, dann können Sie abhauen. Klar?«
Er schenkte mir ein nicht ernst gemeintes Lächeln – kleine, gleichmäßige, erstaunlich weiße Zähne hatte er. Der Ausdruck seiner Augen war hinter dichten, schwarzen Wimpern nicht zu erkennen. Ich erwiderte sein Lächeln nicht.
Der Fahrer stieg ein, und der Bus ging unter seinem Gewicht schier in die Knie. Er zog die Tür zu und ließ den Motor an. Libbys Grill verschwand wie unter Wasser. Auch das Kind verschwand, samt dem Briefkasten, danach der Waschsalon, das unbebaute Grundstück und endlich die Drogerie, in deren Schaufenster eine mechanische Puppe immer von neuem Sonnenöl auf ihrem Arm verrieb, wieder und wieder die Hand hob und in ihrem verstaubten Glaskäfig endlos fade lächelte.

2

Ich bin hier geboren, in Clarion, und aufgewachsen in dem großen braunen Haus mit den Türmchen, neben Percys Texaco Tankstelle. Meine Mutter war eine füllige Dame, die in der Grundschule unterrichtete. Ihr Mädchenname lautete Lacey Debney.
Man beachte, daß ich als erstes ihre Leibesfülle erwähne. Fett wie das meiner Mutter ist nicht zu übersehen.
Es war ihr Hauptmerkmal, sie strahlte Beleibtheit aus, sie füllte damit jedes Zimmer, das sie betrat. Sie war von pilzförmiger Gestalt, durch das dünne Blondhaar schimmerte die Kopfhaut, ihr Gesicht war rosig, und einen Hals hatte sie nicht, nur ein Untergesicht, das sich mehr und mehr verbreiterte, bis Schultern daraus wurden. Sie kleidete sich tagein, tagaus in ärmellose, geblümte Kittel – ein Mißgriff. Kleinere Füße als ihre habe ich bei keinem Erwachsenen je gesehen, und sie besaß eine gigantische Sammlung winziger, eleganter Schuhe.
Als sie Mitte Dreißig war – eine unverheiratete Lehrerin, die im Haus ihres verstorbenen Vaters neben der Tankstelle wohnte –, tauchte ein wandernder Fotograf auf, der ein Gruppenbild von ihrer Klasse machte. Murray Ames hieß er, ein glatzköpfiger, schüchtern blickender Mensch von

schlechter Haltung mit einem Bärtchen auf der Oberlippe, das einer weichen schwarzen Maus glich. Was hat er wohl in ihr gesehen? Gefielen ihm ihre winzigen Füßchen? Ihre eleganten Schuhchen? Wie auch immer, sie heirateten. Er zog zu ihr in das Haus des verstorbenen Vaters und verwandelte die Bibliothek in ein Fotoatelier. Es war dies ein L-förmiges Zimmer mit eigenem Zugang und einem Erker zur Straße. Seine riesige altmodische, komplizierte Kamera auf ihrem Stativ ist immer noch neben dem Kamin zu sehen. Und auch die handgemalte Kulisse – eine geborstene ionische Säule unter blitzblauem Himmel –, vor der vor vielen, vielen Jahren viele, viele Schulkinder posiert haben.

Sie mußte aufhören zu unterrichten; seine Frau sollte nicht arbeiten. (Er neigte zu Anfällen kalter, schwarzer Schwermut, die sie zu Tode ängstigten, weshalb sie ihn aufgescheucht umflatterte und sich beargwöhnte, irgendwas falsch gemacht zu haben.) Fortan also blieb sie daheim, fertigte Nadelkissen, Schondeckchen und Püppchen an und aß dazu Süßigkeiten. Jahr für Jahr wurde sie fetter und fetter, und Bewegung fiel ihr zunehmend schwerer. Sie schwankte bei jedem Schritt und trug sich gleichsam vor sich her wie ein mit Wasser gefülltes Gefäß. Sie wurde träge, litt unter Verdauungsbeschwerden und Kurzatmigkeit und kam ins Klimakterium. Überzeugt, an einem Tumor zu leiden, wollte sie doch keinen Arzt aufsuchen; statt dessen nahm sie Carters Leberpillen, ihr Universalmittel.

Als sie eines Nachts von Magenkrämpfen erwachte, war sie überzeugt, der Tumor (den sie sich als eine Art überreife Grapefruit vorstellte) sei zerplatzt und wolle heraus. Das Bett war heiß und naß. Sie weckte den Gatten, der in die Hosen stieg und sie ins Hospital fuhr. Keine halbe Stunde, und sie brachte ein sechspfündiges Mädchen zur Welt.

Ich weiß das alles, weil meine Mutter es mir erzählt hat, wohl tausendmal. Außer mir hatte sie keine Zuhörer. Irgendwie hatte sie den Anschluß an ihre Mitbürger verloren, sie hatte überhaupt keine Freunde mehr. Sie verbrachte ihr Leben allein hinter den Scheibengardinen. Ich vermute aber, daß die Familie meiner Mutter früher einmal gesellig gewesen ist, daß in jenem Haus getanzt, ausgiebig gegessen und getrunken wurde. (Mein Großvater war Politiker, er hatte irgendwas mit dem Gouverneur zu tun.) Es gibt Fotos von meiner Mutter in einem Abendkleid aus rosa Tüll, worin sie wirkt wie eine gigantische Stockrose und in dem sie nach dem Tode meiner Großmutter die Gastgeberin machte. Auf all diesen Fotos lächelt sie, hat die Hände vor dem Leib verschränkt und sieht aus, als halte sie sich vor Freude den Bauch.

Mein Großvater allerdings war der einzige Mensch, dem sie ohne jede Einschränkung gefiel (er nannte sie sein Löffelbisquit, ihre Grübchen fand er entzückend, und er behauptete unverdrossen, es mache ihn glücklich, daß sie nicht bloß Haut und Knochen sei), und nach seinem Tode verlor sie mehr und mehr an gesellschaftlichem Umgang. Bald schon wurde sie nur noch von den ältesten, gütigsten Freunden ihres Vaters eingeladen, und auch dann nur zu langweiligen Mahlzeiten *en famille*, wozu man nicht paarweise gebeten wird, doch auch diese guten Seelen starben. Ihr einziger Bruder hatte eine Frau geheiratet, die meine Mutter nicht leiden mochte. Ihre Kolleginnen in der Schule wiederum waren so jung und lebhaft, daß deren Anblick sie mit Verzweiflung erfüllte. Manchmal kam es ihr so vor, als ob die Kinder in der Schule über sie lachten. Von den Schülern ihrer Klasse wurde sie heiß geliebt, man ließ sich gern von ihr trösten, wenn man vom Kletterbaum gefallen war, liebte den Duft von L'Heure Bleu, wovon sie allmorgendlich einen Tropfen auf die Samtrose tupfte, die sie am Busen trug. Ein, zwei Jahre später aber, wenn diese Kinder höhere Klassen besuchten... nun, gelegentlich war ihr dies und jenes aufgefallen, ein Kichern, verstohlene Blicke, rüde Verslein, die zu wiederholen sie sich unmöglich herablassen konnte.

Nach der Heirat ging ein kurzer Schauer von Einladungen auf sie nieder, so als wäre sie nach einem Mißverständnis plötzlich für doch noch am Leben befindlich erklärt worden. Indessen... woran lag es nur? Sie wußte es nicht. Konnte nicht den Finger darauf legen. Ihr Mann hatte sich niemals recht einfügen wollen, vielleicht war es das. Er ging nie aus sich heraus. Er wirkte trübselig, blickte nicht auf, wenn man ihn ansprach, sagte selber so gut wie nie etwas. Er hing in seinen Kleidern, wie wenn sein Körper ihm nicht gehörte, hielt sich schlecht, knickte im Rücken ein, sah aus wie ein leerer Anzug. Kein Wunder, daß ihr gemeinsames Leben so geschrumpft und eingeengt war.

Ja schon, hätte ich dann gern eingeworfen, aber denk doch mal an Alberta von nebenan! Deren Mann war ein richtiger Trottel, und doch hatte sie mehr Freunde und Bekannte, als man zählen konnte.

Die Schule war für mich eine ganz andere Welt. Ich hatte nicht geahnt, daß Menschen so heiter sein können. Vom Rande des Schulhofs sah ich zu, wie die Mädchen Gruppen bildeten, hörte sie grundlos kichern, von ihrem Leben daheim erzählen: wie sie im Zirkus waren, sich mit ihren Brüdern prügelten. Mich mochten sie nicht, sie sagten, ich röche. Damit hatten sie recht, denn ich merkte selber, wenn ich aus der Schule kam, daß es bei uns daheim roch, die Luft war muffig und abgestanden, seit undenklicher Zeit hatte sich hier nichts bewegt. Mir fiel jetzt auch auf, wie sonderbar meine Mutter aussah, daß ihre Kleider unförmigen geblümten Unterhemden ähnelten. Warum ging sie nie aus dem Haus? Doch dann sah ich sie einmal aus der Ferne zum Krämer an die Ecke gehen, beobachtete ihren schwerfälligen Gang und wünschte gleich, sie möge überhaupt nie mehr auf die Straße gehen.

Auch verstand ich nicht, warum mein Vater so wenige Kunden hatte, meist Soldaten oder Durchreisende, und warum er so nuschelte und die Kunden ansah wie ein geprügelter Hund, was mir schier das Herz brach. Ich fürchtete, er und meine Mutter liebten einander nicht, könnten sich trennen, auseinanderstieben und mich bei diesem Wirbel einfach vergessen. Warum waren sie bloß nicht wie die Eltern von Ardle Leigh? Die hielten sich unentwegt bei den Händen, einerlei, wohin sie gingen; meine Eltern jedoch berührten einander nie. Sogar ansehen taten sie einander selten. Mir kam es so vor, als schauten sie in sich hinein wie Menschen, die sich betrogen vorkommen oder enttäuscht sind. Zwar schliefen sie gemeinsam in dem großen Bett aus Holz, doch zwischen ihnen blieb das Laken stets glatt, ein unzerknautschter, unangetasteter Mittelstreifen. Manchmal zankten sie auch (unmöglich zu sagen weshalb, grundlose Zornausbrüche), und mein Vater schlief im Atelier. Ich kam mir dann entwurzelt vor und hatte vor Angst Bauchschmerzen. Meinen Vater liebte ich mehr als meine Mutter. Mein Vater glaubte, ich sei wirklich die Tochter meiner Eltern. Meine Mutter glaubte das nicht.

Meine Mutter glaubte, ich sei im Hospital vertauscht worden. Die ganze Sache damals sei so überraschend gekommen, solch ein Schock, ganz benommen sei sie gewesen. Eine unerwartete Niederkunft, die sei wie ein Erdbeben! Ein Hurrikan! Eine Naturkatastrophe jedenfalls. Man ist geistig nicht darauf vorbereitet. »Überdies hat man mir Lachgas gegeben«, sagte sie und zupfte an ihrem Ausschnitt. »Danach war alles wie im Traum. Ich hatte Sehstörungen und hielt das Baby, das mir gezeigt wurde, für ein Paket Verbandwatte. Es war meist mit den anderen Säuglingen zusammengesperrt. Als ich entlassen wurde, gab man mir ein splitternacktes Kind in einer verwaschenen Decke. Nanu, dachte ich, das ist unmöglich deins! Aber ich war immer noch viel zu verwirrt, ich wollte auch kein Aufsehen machen. Also habe ich genommen, was man mir gab.«
Anschließend pflegte sie mich mit gerunzelter Stirne eingehend und bekümmert zu mustern. Ich wußte, daß sie sich im stillen fragte, wem ich wohl ähnelte? Ich war mager und unansehnlich, mein Haar braun und strähnig. Braunes Haar hatte keiner in der Familie. Es gab weitere Sonderbarkeiten, für die niemand eine Erklärung wußte: extrem gewölbter Spann, ungeeignet für die meisten Schuhmoden, gelbliche Haut, ungewöhnliche Länge. Ich war für mein Alter immer zu groß. Und woher hatte ich das wohl? Von meinem Vater gewiß nicht, und schon gar nicht von Mutters Seite. Sie selber war kaum anderthalb Meter groß, ihr Bruder Gerard war klein und dick. Auf seinen Fotos sah man meinen Großvater als beleibten Kurzbeiner mit kindlichem Gesicht, und Großtante Charlotte, nach der ich genannt bin, scheidet ganz aus; im Sessel sitzend, reichte sie mit den Füßen nicht auf den Boden, was komisch wirkt. Irgendwo war irgendwas ganz verkehrt gelaufen.
»Selbstverständlich liebe ich dich trotzdem«, versicherte meine Mutter.
Und ich glaubte es ihr. Wovon hier die Rede war, kann man nicht gut Liebe nennen.
Zu meinem Unglück kam ich 1941 zur Welt, als die in der Nähe befindliche Garnison aufgefüllt wurde und unser Krankenhaus plötzlich viel mehr Patienten aufzunehmen hatte als sonst – meist waren es Soldatenfrauen, die dort entbanden. Die Krankenblätter aus jener Zeit sind unvollständig und

ungenau, viele sind überhaupt nicht vorhanden. Ich weiß das, weil meine Mutter es nachgeprüft hat. Dabei fehlte ihr jeder Anhaltspunkt. Irgendwo auf der weiten Welt wuchs ihr blondes kleines Mädchen unter falschem Namen heran, aufgezogen von falschen, diebischen Eltern. Damit müsse sie sich nun einmal abfinden, sagte meine Mutter und machte dabei flatternde, ergebene Handbewegungen.
Ihr kam die Welt groß vor und fremd. Ich fand sie klein und wußte mit Sicherheit: die echte Tochter würde eines Tages gefunden werden. Was dann?
Fragte ich meinen Vater rundheraus danach, sagte er, ich sei die echte Tochter. Er redete nicht lange drum herum, sondern sagte bloß: »Selbstverständlich.« Einmal zeigte er mir im Gastzimmer meine Babysachen, die in einer messingbeschlagenen Truhe lagen. (Was er damit zu beweisen gedachte, ahne ich nicht.) Er habe diese Sachen selber besorgen müssen, als meine Mutter im Spital lag. Für mich habe er diese Sachen ausgesucht. Er stieß mich mit dem Zeigefinger an, kratzte sich am Kopf, wie um sich an etwas zu erinnern, und wanderte ins Atelier. Ich fürchtete, eine seiner Verstimmungen sei im Anzuge, warf kaum einen Blick auf die Babysachen (ausgebleicht, verdrückt, so lange so fest aufeinandergepreßt, daß man sie wie eine Zigarre hätte aufblättern müssen) und ging ihm nach. Den Nachmittag über machte ich mir bei ihm zu schaffen, spülte die schweren gläsernen Platten unter laufendem Wasser, doch sagte er nichts mehr zu mir.
Die Mahlzeiten waren quälend, und außer dem Klirren von Messern und Gabeln war nichts zu hören. Meine Eltern sprachen beim Essen nicht, und wenn, dann nur bitter. »Bitter wie Eicheln«, sagte mein Vater und knallte die Kaffeetasse hin, daß der Kaffee auf das geflickte Tischtuch spritzte. Meine Mutter senkte das Gesicht auf die Hände, mein Vater stieß den Stuhl zurück und ging die Uhr aufziehen. Ich zermanschte Erbsen mit dem Löffel. Wozu essen? Was man in diesem Hause zu sich nahm, lag einem im Magen wie Steine.
Zwei Ängste quälten mich als Kind: Ich war nicht die echte Tochter und würde fortgeschickt werden; ich war doch die echte Tochter, würde aber nie fertigbringen, in die Welt zu entrinnen.

3

Zum Glück hatte der Räuber mir den Fensterplatz überlassen. Das tat er zwar nicht aus der Güte seines Herzens, doch bekam ich auf diese Weise wenigstens zu sehen, wie die letzten Häuser von Clarion vorüberzogen. Es folgten noch ein paar scheußliche Wohnsiedlungen, doch endeten auch die schließlich im freien Felde, und ich konnte mich beruhigt zurücklehnen, die Augen zumachen und mich meinen Gedanken überlassen. Jahrelang war ich nicht mehr von daheim weggewesen.
Allerdings raschelte unaufhörlich neben mir die Nylonbluse, weil der Räuber nicht stillsitzen konnte. Kein Zweifel, er war rastlos, ich meine, seinem Temperament nach, nicht bloß jetzt. Vor jedem Stoppschild, vor jeder roten Ampel änderte er die Haltung. Als eine Frau in der gottverlassensten Einsamheit halten ließ und an einem Briefkasten ausstieg, trommelte er unablässig auf der Lehne, solange der Bus hielt. Als wir eine Weile hinter einem Traktor hingen, stöhnte er laut. Er scharrte mit den Füßen, schob erst eine, dann die andere Schulter vor, kratzte sich am Knie. Selbstverständlich mit der linken Hand. Die rechte hielt er verborgen, er verdeckte sie mit dem linken Unterarm, denn immer noch drückte er mir seine Pistole zwischen die dritte und die vierte Rippe. Riskieren wollte er offenbar nichts.
Was fürchtete er eigentlich? Daß ich zu dem winzigen, total verschmutzten Fenster hinausspringen, die Greisin vor mir um Hilfe bitten könnte? Schreien vielleicht? Nun ja, Geschrei mochte nützen (falls mich nicht alle Anwesenden für eine Irre hielten und so taten, als hörten sie nichts). Ich gehöre aber nicht zu der Sorte, die kreischt, ich habe nie dazu gehört. Als Kind wäre ich mal beinahe vor den sehenden Augen des Bademeisters ertrunken, weil ich den Mund nicht auftun konnte. Lieber sterbe ich, als daß ich Aufsehen errege.
Eine Weile fuhren wir neben einem Güterzug her. Ich zählte die Waggons. Sitzt man in der Klemme, nun, dann sitzt man eben drin, dachte ich, man muß sich damit einrichten. Ich fragte mich beim Anblick des Zuges, warum die Eisenbahn sich nicht wie eh und je Baltimore & Ohio nannte, sondern Chessie System. Chessie ist ein passender Name für Katzen-

futter oder auch für eine Dame, die im Fernsehen Gymnastikunterricht gibt.
Hin und wieder fiel mir ein, daß die Sache für mich auch tödlich ausgehen konnte.
Der Soldat entlockte seinem Transistor soeben einen Evergreen ›Little Things Mean a Lot‹. Ich hätte mich bei geschlossenen Augen ohne weiteres auf meinem letzten Schulball sehen können, aber daran lag mir nichts. Der Schlager wurde mitten drin von einer Ansage unterbrochen: »Wir bringen eine Suchmeldung der Polizei.«
Der Bankräuber zuckte mit keiner Wimper, ich spürte aber sehr deutlich seine Spannung.
»Aus Clarion wird gemeldet, daß die dortige Filiale der Maryland Safety Savings Bank heute gegen 14 Uhr überfallen wurde. Ein Weißer, Anfang Zwanzig, der offenbar keine Komplizen hatte, raubte 200 Dollar in Eindollarnoten und entführte eine bislang nicht identifizierte Geisel. Die automatische Kamera der Bankfiliale hat den Vorgang gefilmt, und man erwartet, den Täter –«
Der Soldat drehte, und statt des Ansagers ließ sich Olivia Newton-John vernehmen.
»Verflixt!« sagte der Räuber.
Ich schrak zusammen.
»Wozu braucht so'ne winzige Bankfiliale 'ne Kamera? Was?«
Ich riskierte einen Blick auf ihn. In einem Mundwinkel zuckte es. »Hören Sie mal –«, begann ich, doch stieß er mich mit dem Pistolenlauf an wie mit dem Daumen. »So hören Sie doch«, flüsterte ich, »Sie sind längst über alle Berge, weg, verschwunden!«
»Ah ja. Bloß mein Gesicht, das haben sie auf Film.«
»Und ist denn das so schlimm?«
»Man kann mich identifizieren.«
Identifizieren? War er also bereits vorbestraft? Vielleicht litt er auch bloß an Verfolgungswahn, ein entsprungener Patient aus der Nervenheilanstalt Lovill. Doch gut sah es in keinem Fall aus.
»Es sieht nicht gut aus«, eröffnete er mir.
Er sprach mit dünner, heiserer Stimme wie ein Mann, dem es einerlei ist, wie seine Stimme klingt. Mut machte mir das nicht. Also verbot ich mir zu denken und schaute wieder aus dem Fenster, wo friedliche Farmhäuser vorbeistrichen.

»Was gibt's denn da zu glotzen?« fragte er.
»Kühe.«
»In der nächsten Ortschaft warten sie bestimmt schon auf mich. Wie heißt das Kaff?«
»Junger Mann, Sie haben doch gehört, was der Mensch im Radio gesagt hat. Man weiß weiter nichts, als daß Sie eine Geisel genommen haben, also sucht man nach einem Räuber, der mit einer weiblichen Geisel unterwegs ist. Sie brauchen weiter nichts zu tun, als sich von mir zu trennen. Begreifen Sie das nicht? Lassen Sie mich an der nächsten Haltestelle raus. Sie fahren weiter. Ich sage kein Wort, das verspreche ich Ihnen. Ob man Sie faßt oder nicht, ist mir nun wirklich absolut egal.«
Er schien nicht zugehört zu haben, starrte vielmehr stur vor sich hin, und sein Mundwinkel zuckte immer noch. »Eins will ich Ihnen sagen: Einsperren lasse ich mich nicht.«
»Verständlich.«
»Das halte ich nicht aus.«
»Begreiflich.«
»Sie bleiben bei mir, bis ich den Film gesehen habe.«
»Was?«
»Solche Filme sind meistens unscharf. Keine Angst. Wir warten erstmal ab. Ist auf dem Film nichts zu erkennnen und findet man meine Spur nicht, na, dann lasse ich Sie laufen.«
»Und wie wollen Sie herausbekommen, ob der Film was taugt?«
»Der kommt im Fernsehen. Ich wette, schon heute abend mit den Nachrichten.«
»Und wo wollen Sie fernsehen?«
»In Baltimore, wo sonst?«
Und damit lehnte er den Kopf gegen den Sitz. Ich schaute von neuem in die Gegend, und es kam mir so vor, als wäre mir etwas so Herzloses, Gleichgültiges wie diese weidenden Kühe überhaupt noch nicht vor Augen gekommen.

Unser Bus dürfte von allen Bussen der lokalste gewesen sein, denn wir hielten in Ortschaften, deren Namen ich nie gehört, an Stationen, von deren Vorhandensein ich nichts geahnt hatte, an Kreuzungen und Wohnwagenplätzen, an Schuppen, die nur noch von Wahlplakaten aufrechtgehalten wurden. Als wir nach Baltimore kamen, dunkelte es bereits; im Fenster sah ich mein Gesicht gespiegelt, und mein Spiegelbild sah interessanter aus, als ich je ausgesehen habe. Im Hintergrund erkannte ich auch das Profil des Räubers, der unterdessen wieder rastlos auf seinem Platz herumrutschte.

Als wir in den Busbahnhof einfuhren, wurde im Scheinwerferlicht eine ganze Mauer schwarzgekleideter Männer mit gehäkelten Käppchen sichtbar, die Umhänge aus Satin trugen und auf Zahnstochern kauten. »Balmer!« rief der Fahrer. Die Passagiere standen auf und sammelten ihr Gepäck um sich, ausgenommen ich und der Räuber. Der hielt mich an meinem Platz fest, bis alle an uns vorübergegangen waren. Jetzt allerdings wurde *ich* unruhig, denn in engen, geschlossenen Räumen wird mir bänglich, und ein Bus, der nicht fährt, ist ganz gewiß ein enger, geschlossener Raum. »Ich muß dringend hier raus«, sagte ich also.

»Sie gehen, wenn ich es erlaube.«

»Ich halte es aber nicht mehr aus!«

Er blickte mich an.

»Soll ich etwa einen hysterischen Anfall kriegen?«

Ich hätte natürlich keinen bekommen, aber das konnte er nicht wissen. Also stand er auf und winkte mich mit dem Lauf seiner Pistole auf den Gang hinaus. Vor uns ging der Soldat, dessen Transistor soeben ›Washington Square‹ spielte. Ich weiß nicht warum, aber ich kann ›Washington Square‹ nie von ›Midnight in Moscow‹ unterscheiden, und erst als wir aus dem Bus gestiegen waren und ich mit etwas schwachen Knien auf dem Busbahnsteig stand, wußte ich mit Sicherheit, daß ich ›Washington Square‹ gehört hatte.

»Gehen Sie endlich weiter«, sagte der Räuber.

Im Dämmerlicht zwischen den Bussen umarmten sich Pärchen; wir machten einen Bogen um sie und gingen stadtwärts. Es herrschte ziemlicher Trubel, allerdings waren fast nur Männer zu sehen, meist miese Typen. Um diese Zeit kamen die Leute von der Arbeit, aber das hier waren keine Arbeiter auf dem Heimweg, diese Kerle lungerten vor den Kneipen herum, vor Lokalen, wo nackte Mädchen angepriesen wurden. Es stank nach *pommes frites*, und alle Anwesenden wirkten bedrohlich. Zum Glück beschützte mich mein Räuber mit seiner großen Pistole, und was hatte ich schon zu verlieren? Er hatte schließlich das Portemonnaie. Also glitt

ich mühelos durch die Menge wie ein Fisch durchs Wasser, geleitet von dem Druck seiner Pistole im Rücken.
»Halt«, sagte er.
Wir blieben vor einer schmutzigen Kneipe stehen, BEI BENJAMIN verkündeten knisternde Leuchtbuchstaben. Die Tür war so dick mit Farbe beschmiert, daß ich mühelos meine Initialen mit dem Fingernagel hätte einritzen können. Der Räuber riß die Tür auf, und wir traten ein. Das Fernsehgerät färbte die staubige Luft bläulich. Vor einem Spiegel schimmerten zwei Reihen Flaschen mit blinkendem Kugelverschluß. Wir tasteten uns zur Bar vor und hockten uns hin. Ich knöpfte den Regenmantel auf. Ein Mann mit Schürze hielt uns eine Wange hin, ließ den Blick aber nicht von der Mattscheibe.
»Was trinken Sie?« fragte mich der Räuber.
Bei uns daheim wird nicht ›getrunken‹, aber unfreundlich mochte ich nicht sein. Also sagte ich aufs Geratewohl »Einen Pabst Blauband.«
»Einen Pabst, einen Jack Daniel's pur«, bestellte der Räuber. Der Wirt goß den Whisky ein und sah dabei keinen Moment von der Mattscheibe weg, auf der eine Reklame für Kartoffelchips lief. Ein Glas für mein Bier fand er aber nicht ohne hinzusehen, also ließ er es, denn gerade jetzt kamen die Abendnachrichten. Er schob mir einfach eine ungeöffnete Bierdose hin und ließ sich vom Räuber Geld in die Hand zählen, ohne hinzusehen.
Wieder mal reisten irgendwelche Politiker im Lande herum. Man sah, wie sie, kaum dem Flugzeug entstiegen, mit dem Händeschütteln begannen, als gelte es ein Tauziehen. Jemand war von Geschworenen freigesprochen worden und pries folglich die amerikanische Justiz über den grünen Klee. Dann wurde für Alka Seltzer Reklame gemacht.
»Noch einen«, sagte der Räuber zum Wirt und hielt ihm sein Glas hin. Ich riß die Büchse auf und nahm einen Schluck Bier. Solange wir hier an der Bar saßen, konnten wir tun, als kannten wir einander nicht.
Meine Augen hatten sich unterdessen an die Dunkelheit gewöhnt, und mir wurde klar, daß die Kneipe ein besserer Schuppen war – kaum möbliert, dreckig, kalt. Hier war es bestimmt auch im Juli kalt, denn die Sonne konnte nirgendwo herein. Wie wohl die Toiletten aussehen mochten? Ich mußte

dringend mal wohin, wußte aber nicht recht, wie ich es anstellen sollte.
In den Krimis wird so was nie gezeigt.
Jetzt kamen Lokalnachrichten, die Sitzung des Elternbeirats; die Beisetzung eines Polizisten; Festnahme eines Rauschgifthändlers; ein Unfall in Pearl Bay, an dem fünf Wagen beteiligt waren; ein Banküberfall in Clarion.
Man sah jetzt nicht mehr den Sprecher, sondern einen ziemlich verschwommenen, schlecht belichteten Film, auf dem ein Grüppchen Personen durcheinandertaumelte wie umgeworfene Dominosteine. Der Mann vor dem Schalter riß etwas aus seiner Jacke, ein Arm drängte sich vor, ein anderer Mann wich zurück, er wurde von einer großen, mageren Frau halb verdeckt, die einen hellen Regenmantel trug. Der Mann und diese Frau verschwanden. Nun schwammen mehrere Gesichter ins Objektiv der Kamera, jemand führte einen weißen Schal, vielleicht auch ein Taschentuch, an die Augen, und das alles faszinierte mich ungeheuer, denn nie zuvor war es mir vergönnt gewesen, einen Raum zu betrachten, den ich eben erst verlassen hatte.
Der Sprecher kam nun wieder ins Bild, er sah zerstreut aus, als hätte die Kamera ihn überrascht, und er sagte: »Das also, meine Damen und Herren...«, und hier räusperte er sich. »Das war...vergessen Sie nicht: Sie wurden soeben Zeugen eines echten Banküberfalls. Der Täter ist unterdessen als der kürzlich aus dem Gefängnis von Clarion ausgebrochene Jake Simms jr. identifiziert worden, doch wer seine Geisel ist, weiß man immer noch nicht. Es wurden Straßensperren errichtet, denn Polizeichef Andrews ist davon überzeugt, daß der Täter sich noch in der näheren Umgebung aufhält.«
»Los, gehn wir«, sagte Jake Simms.
Wir rutschten von unseren Hockern. Ich warf von der Tür her dem Wirt noch einen Blick zu, doch starrte der ununterbrochen ins TV.
»Genau so hab ich mir's vorgestellt«, sagte der Räuber. »Die Straßensperren haben wir doch längst hinter uns.«
»Man fahndet aber nach mir.«
Wir bahnten uns durch das dichter gewordene Getümmel den Weg, an Menschen vorbei, die offenbar ziellos durcheinan-

derwimmelten. Soweit ich das beurteilen konnte, saß mir die Pistole nicht mehr im Rücken. War ich frei? Ich blieb stehen.
»Weiter, weiter«, mahnte er.
»Ich will zum Busbahnhof.«
»Wozu?«
»Weil ich zurückfahren muß.«
»Ausgeschlossen.«
Wir standen mitten auf dem Bürgersteig, ein Hindernis in dem treibenden Menschenstrom. Mir fiel auf, daß er unrasiert wirkte. Daß ich ebenso groß war wie er, machte mich unsicher; gedrungenen Männern traue ich nicht. Ich streckte die Hand aus, bedachtsam, um ihn nicht zu erschrecken. »Geben Sie mir bitte meine Tasche?«
»Begreifen Sie doch, nicht ich halte Sie fest, sondern die andern zwingen mich dazu. Wenn man mich in Ruhe ließe, könnten wir uns trennen, und glauben Sie mir, junge Frau, nichts wäre mir lieber. Aber jetzt, wo die wissen, wer ich bin, werde ich richtig gejagt, und ich brauche Sie zu meinem Schutz, bis ich in Sicherheit bin. Verstehen Sie das nicht?«
Wieder gingen wir in eine Kneipe, ebenso düster wie die erste, aber wenigstens saßen hier ein paar Gäste. Wir wählten einen kleinen Ecktisch. »Lassen Sie mich jetzt mal nachdenken, in aller Ruhe nachdenken«, sagte er, obwohl ich keinen Mucks getan hatte. Dann bestellte er: »Einen Jack Daniel's pur, einen Pabst. Und was zum Knabbern.« Angesichts der noch ungelösten Toilettenfrage wollte ich mir das Bier lieber verkneifen, stützte also die Arme auf den Tisch und verrenkte mir den Hals, um das Fernsehprogramm zu sehen, hier in Farbe. Gerade war der Wetterfrosch an der Reihe. Jake Simms stellte meine Tasche zwischen uns auf den Tisch und fragte: »Was haben Sie da drin?«
»Wie bitte?«
»Waffen?«
»Wa –? Aber nein.«
Er öffnete die Tasche und brachte mein Portemonnaie zum Vorschein, abgegriffen und zerknautscht. Inhalt: erbärmlich wenige Geldscheine, ein paar Münzen, Haarklemmen, eine Lesekarte. ›Charlotte Emory‹ las er davon ab. Er betrachtete ein Foto, auf dem ich Selinda als Baby halte. Er musterte

mich, und ich wußte, er dachte: Die hat sich ganz schön gehenlassen. Er sagte aber nichts.
Sodann brachte er einen Haufen Rabattmarken zum Vorschein, die er anknurrte, mehrere Papiertaschentücher, eine nicht sehr saubere Haarbürste, eine Nagelschere. Er prüfte die Spitzen der Schere mit dem Daumen und blickte auf. Ich war ganz in den Anblick der Haarbürste vertieft, sie machte mir Schande. Ich begriff überhaupt nichts, als er sagte: »Also keine Waffen?«
»Was?«
Die Kellnerin brachte, was er bestellt hatte, und kassierte auch gleich. Während er in seinen Taschen wühlte, sandte ich ihr wortlose Botschaften: Finden Sie es nicht seltsam, daß dieser Mann hier einfach die Handtasche einer Dame umstülpt? Wirken wir nicht recht sonderbar zusammen? Sollten Sie das nicht vielleicht jemandem mitteilen? Die Kellnerin indessen starrte nur verträumt in den marmorgefaßten Spiegel über unserem Tisch und hielt ihm ihr Plastiktablettchen hin.
Als sie gegangen war, ließ Jake Simms die Nagelschere unter den Tisch fallen und gab ihr einen Tritt. Ich hörte, wie sie quer durchs Lokal rutschte. Dann langte er wieder in meine Tasche und holte ›Die Kunst des Überlebens‹ heraus, ein völlig zerlesenes Exemplar. Wie man allein in der Wüste zurechtkommt und so was. Er runzelte die Stirn und kehrte die Handtasche um. Nun fiel klirrend etwas Glänzendes auf die Tischplatte, und er legte blitzschnell die Hand darauf. »Was ist das?« fragte er und hielt es in die Höhe.
Ach du lieber Himmel. Mein Abzeichen. Mein kleines Abzeichen aus Blech, geformt wie ein Schild, wie eine Blechmarke der Kripo oder der Militärpolizei. »Geben Sie her«, sagte ich.
Er blickte argwöhnisch drein.
»Wollen Sie es bitte hergeben?«
»Was ist denn das für ein Ding?«
»Es ist – es ist so etwas wie ein Talisman. Darf ich es jetzt bitte wiederhaben?«
Er las mit zusammengekniffenen Augen die quer über den Schild verlaufende Inschrift. »NUR NICHT STEHENBLEIBEN?« fragte er.
»Das hat in einer Großpackung Haferflocken gelegen.«
»Für einen Talisman ziemlich popelig.«

»Na ja, es ist eben eine Zugabe ... so was wie ... aber das ist auch ganz einerlei. Talismane müssen nicht unbedingt wertvoll sein. Hasenpfoten zum Beispiel oder Pfennige mit einem Loch. Als ich mir heute Haferflocken machte, fand ich das Ding in der Packung. Eigentlich wollte ich es wegschmeißen, aber dann ... na, Sie wissen doch, wie das so geht. Ich nahm es als einen Wink. Natürlich nicht im Ernst. Ich dachte bloß: Vielleicht ist das ein Fingerzeig. Vielleicht heißt es: Sitz nicht immer bloß rum, unternimm endlich mal was.«

»Ja? Und weiter?«

»Ich nahm es als Aufforderung, meinen Mann zu verlassen.«

Schweigen.

»Geben Sie mir jetzt bitte diesen Talisman zurück?«

Er sagte: »Moment mal. Sie waren also im Begriff, Ihren Mann zu verlassen?«

»Naja, Sie wissen schon ...«

Ich streckte die Hand nach dem Blech aus. Er achtete nicht darauf.

»Das ist ein Ding«, sagte er nur. »Endlich habe ich mal Glück.«

»Was?«

»Und dabei verfluche ich andauernd mein Pech! Ich habe schon gedacht, ich sitze viel tiefer in der Tinte als bloß wegen Bankraub! Ich habe damit gerechnet, daß Ihr Mann das FBI auf mich hetzt. Na, Jake, alter Freund, das Glück wendet sich endlich.«

»Na, wie Sie das ... also ...«

»Oh doch, die Lage hat sich stark gebessert.«

»Ich will endlich meinen Talisman zurückhaben.«

»Nein. Den behalte ich für mich. Solche Blechdinger haben Anstecknadeln, und Nadeln sind gefährliche Waffen.«

»Es handelt sich aber bloß um ein Stück Blech aus einer Haferflockenpackung mit einer total stumpfen Spitze!«

Er ließ es in seine Hemdtasche gleiten, und ich mußte dabei zusehen.

Plötzlich bekam ich es mit der Angst, ich wußte nicht warum. Ich will sagen, ich wußte nicht, weshalb gerade in diesem Augenblick, aber wie auch immer, mir blieb plötzlich die Luft weg, ich fing an zu zittern und war überzeugt, daß es aus dieser Lage keinen Ausweg gäbe. Nichts hatte mich je auf

etwas Derartiges vorbereitet! Ich war ein friedlicher Mensch, Lärm war mir verhaßt, und scharfe Gegenstände überreichte ich stets mit dem Griff voran. Es war mir ein Greuel, mich mit Menschen auseinanderzusetzen, erst recht handgreiflich. Ich klammerte mich an den Tisch, ich versuchte zu Atem zu kommen, ich starrte auf das Fernsehgerät, aber auch das half nicht: Banditen und donnernde Pferdehufe. Ein altmodischer, ratternder Zug, ein Reiter schwang sich aus dem Sattel auf den Packwagen und beschrieb dabei einen wundersamen Bogen in der Luft. Einige Gäste klatschten Beifall.
»Ja, ja«, seufzte Jake Simms. »Wenn man sich so was lange genug ansieht, denkt man, man könnte auch solche Abenteuer erleben. Das ist das Schlimme an diesen Filmen.«
Ich atmete langsam aus und starrte ihn an. Von nahem sah ich die groben Poren seiner Haut, die Ringe unter seinen Augen, sah den recht gewöhnlichen Mund mit den schmalen, rissigen Lippen. Er bemerkte aber nichts davon, denn er sah ganz versonnen auf die Mattscheibe.

Als wir auf die Straße traten, war es unterdessen wirklich dunkel geworden und ich knöpfte den Mantel zu. Er klappte den Kragen hoch. Wir wanderten durch einen Korridor aus Neonreklame und lärmender Musik, bogen nach rechts in eine dunklere Straße ein. Hier waren Pfandleihen, Imbißbuden, Chemische Reinigungen. In einem Waschsalon legten einsame Menschen Bettlaken zusammen.
Hinter einem Schaufenster wusch sich in sechs Fernsehgeräten gleichzeitig eine Frau das Haar. Der Sprecher machte eine bedeutend wirkende Ankündigung, und schon erschienen Jake und ich auf der Scheibe, rückwärtsgehend, der nun schon bekannte, ungraziöse Tanz, lautlos diesmal. Wir standen vor dem Fenster und sahen uns in unserem eigenen Umriß. Wir waren für alle Zeit aneinandergeschmiedet. Einen Ausweg gab es nicht.

4

Ich war übrigens früher schon einmal entführt worden, und das kam so:
Auf der Landwirtschaftsmesse in Clarion sollte das schönste

Kind prämiiert werden, und weil die Kinder nach vorher eingesandten Fotos ausgewählt wurden, schickte mein Vater auch ein Porträt von mir ein: Gewann ich, war es für ihn eine gute Reklame. Ich erinnere mich noch genau an die weißen Buchstaben in Fettdruck am unteren Rand meines Porträts: AUFNAHMEATELIER AMES. Für gewöhnlich drückte er nur seinen Firmenstempel auf die Rückseite.
Auf dem Bild hatte ich einen Pagenkopf. Ich sollte strahlen, wirkte aber eher betrübt. (Man konnte mich durch nichts zum Lachen bringen.) Ich trug einen dunklen ärmellosen Pullover über einer Bluse mit Puffärmeln. Meine Mutter meinte, Puffärmel ließen mich jünger aussehen. Ich war damals sieben, die obere Altersgrenze für Kinder, die zugelassen wurden. Es hieß, mit sechs sei ich rundlicher im Gesicht gewesen und überhaupt hübscher. Meine Mutter wünschte nachträglich heiß, ein solcher Wettbewerb hätte auch in meinem sechsten Lebensjahr stattgefunden.
Trotzdem wurde ich in die engere Wahl gezogen und für den Eröffnungstag um 10 Uhr in die Messehalle bestellt. Anschließend sollte die Miß Clarion gewählt und zuvor der Schönste Säugling prämiiert werden.
Meine Mutter nähte mir ein weißes Kleid mit Lochstickerei. Zwar hatte sie sich seit Jahren nicht mehr aus dem Hause gerührt, doch zur Ausstellung wollte sie mich unbedingt begleiten. Das eröffnete sie mir, als sie den Saum absteckte. Ich erstarrte. Wie wollte sie auf die Ausstellung gehen? Sie schwitzte und schnaufte bereits, wenn sie ein Zimmer durchquerte, sie bewegte sich wie ein exotisches Lebewesen. Und seit kurzem brach jede Sitzgelegenheit unter ihr zusammen. Bei uns daheim hatten sich greuliche Dinge ereignet, und es wäre sehr peinlich gewesen, hätte sich derartiges vor Fremden abgespielt. Sie würde also ihren Spezialstuhl mitnehmen müssen, den schweren, weißlakkierten Stuhl mit den klobigen Beinen, einen Stuhl, wie ihn andere Leute im Hof herumstehen haben. Stufen würde sie unmöglich steigen können, ganz gewiß kein Podest erklimmen. »Ich will nicht!« heulte ich.
Sie ließ die Arme sinken. Weil ich auf dem Eßtisch stand, mußte sie sich zurückneigen, um staunend zu mir aufsehen zu können. »Was ist denn nur?« fragte sie.
»Ich will nicht! Ich will nicht! Ich will nicht!« Und schon

begann ich, an dem bauschigen Gewand mit der Lochstickerei zu zerren.
»Charlotte, mein Liebling, was ist denn nur?« Sie suchte meine Hände zu erhaschen. »Was hast du bloß, Charlotte?«
Nun kam mein Vater in seinen Cordpantoffeln hereingeschlurft, ganz in eine seiner Stimmungen vertieft. Man sah das an seiner Miene, der Miene eines Menschen, dem kein Versuch mehr lohnend scheint. Er blickte unter schweren Lidern zu mir hin. »Ich will nicht mitmachen«, eröffnete ich ihm.
»Ah ja. Du siehst auch wirklich aus wie eine Schimpansin im Ballkleid.«
Und er schlurfte davon, in die Küche.
Meine Mutter half mir sanft und geduldig aus dem Kleid, während ich unbeweglich stand wie eine Statue. Sie faltete das Kleid und legte es auf den Tisch. Dabei strich sie eine Rüsche glatt, mit der ein Puffärmel eingefaßt war. Ich wußte, was sie dachte: Wenn doch nur meine echte Tochter an diesem Wettbewerb teilnehmen könnte!
Das wünschten wir uns beide.

Zur Ausstellung fuhren wir in Begleitung unserer einzigen Verwandten – meines dicken Onkels Gerard, dessen Frau Aster, die uns nicht leiden konnte, und ihres Sohnes Clarence, einem übermäßig großen, linkischen Zehnjährigen. Onkel Gerard fuhr uns in seinem Cadillac, der mir so eng und luftdicht vorkam, daß ich meinte, ersticken zu müssen. Mamas Stuhl ließen wir zu Hause, denn den hätten wir im Lieferwagen transportieren müssen. Sie würde also einfach stehen müssen, solange es eben dauerte. Ich mußte neben Clarence sitzen, der mit offenem Mund atmete. Er hatte Polypen. Ich schaute verbissen aus dem Fenster und tat, als wäre ich woanders.
Dies geschah im Jahre 1948, und im Rückblick will mir die Landschaft, durch die wir fuhren, friedlich und geordnet vorkommen wie aus dem Bilderbuch. Hin und wieder eine einsame Tankstelle, Felder mit Blumen übersät wie Bettüberwürfe. Bäume mit ganz roten oder ganz gelben Blättern. Am Eingang zum Ausstellungsgelände hing ein Plakat, von dem eine sorgfältig zurechtgemachte Hausfrau den Besuchern ein

gefülltes Einmachglas entgegenhielt. Darunter stand LANDWIRTSCHAFTLICHE AUSSTELLUNG IN CLARION, 9. bis 16. Oktober. WIR DÜRFEN STOLZ SEIN AUF UNS. Mein Onkel hielt am Kassenschalter und wedelte mit einer Handvoll Dollarnoten. »Vier Erwachsene, ein Kind. Das andere Kind nimmt am Schönheitswettbewerb teil, es braucht keinen Eintritt zu bezahlen. Meine Nichte.«

Onkel Gerard glaubte alles, was er las; er glaubte wirklich, er dürfe stolz auf sich sein.

Der Schönheitswettbewerb fand in der Halle statt, wo die landwirtschaftlichen Erzeugnisse ausgestellt waren, zwischen Artischocken und frischer Landbutter. An den Wettbewerb selber erinnere ich mich nicht mehr, dafür aber noch genau an die hohe Halle mit den nackten Stahlträgern und an das Echo. Das kleine Mädchen neben mir hatte eine Gänsehaut, denn es war kalt; sie fürchtete, die Jury könnte meinen, sie habe immer eine Gänsehaut. Es roch nach Rosen. Nein, das mit den Rosen war später. Die wurden mir in die Arme gedrückt, als ich den ersten Preis bekam. Das Gruppenbild machte dann doch nicht mein Vater, sondern ein anderer Fotograf.

Ich kenne dieses Bild inzwischen auswendig; früher hing es oben im Treppenhaus, ein großes Hochglanzfoto von Kindern in weißem oder hellem Organdy, gepunktetem Batist oder Lochstickerei, und vorn in der Mitte (im Gegensatz zu den kribbeligen Gören unbeweglich und daher schärfer) ein kleines Mädchen mit dunklem Haar in einem dunklen, schlichten Schulkleid mit Rosen im Arm. Richtig schön sieht es keineswegs aus. Mein Erfolg damals erklärte sich wohl daraus, daß ich mit dem bescheidenen Kleidchen, dem glatten Haar und der verzweifelten Miene einem Waisenkind glich. Wer hätte da gewagt, mich obendrein auch noch zu kränken?

Der siegreiche Säugling wurde in sein Wägelchen verpackt und auf Nimmerwiedersehn davongerollt. Miß Clarion trat allabendlich vor dem Rodeo auf die Empore. Das Schönste Kind hingegen traf es weniger gut. Ich mußte täglich nach der Schule von drei bis sechs in der Halle auf einem vergoldeten, aber ungehobelten Stuhl mitten auf dem Podium sitzen – eine ganze Woche lang. Auf dem Kopf trug ich eine Krone aus Papier, in der Hand ein Zepter (einen Bratenwender mit irgendwelchem Glitzerkram beklebt). Das sehe ich noch vor mir, erinnere mich an alles, an die Kürbisse auf dem Regal unter mir, jeder auf seinem eigenen Pappteller; an die Farmersfrauen mit Hut und Kittelschürze, die verstohlen bereits mit Preisen bedachtes Eingemachtes begutachteten, an die Kinder, auf deren Luftballons ›Hesses guter Kunstdünger‹ zu lesen stand. Und an die Frau mit dunklem Haar, die tagein, tagaus stundenlang vor mir stand, unablässig zu mir hinaufsah und niemals lächelte.

Sie sah gut aus, sie hatte ein strenges Gesicht mit hoch angesetzten Wangenknochen, ein Gesicht, das damals noch nicht für schön galt. Ihr Mantel war eng und lang, und ihre Beine so schlank, wie ich zuvor noch keine gesehen hatte. Die fieberroten Rougeflecken auf ihren Wangen gefielen mir sehr, ihre Augen jedoch weniger; die wirkten irgendwie umschattet. Wenn man in solche Augen sah, fragte man sich unwillkürlich, was da wohl passiert sein mochte.

Die Besucher strömten um sie herum wie Wasser um einen Felsblock. Sie hielt die Hände fest in die Taschen gestemmt und betrachtete ausschließlich mich.

Unterdessen kamen immer wieder Frauen zu mir und sagten, wie hübsch ich sei. Kinder schnitten mir Grimassen. Mein Vetter Clarence (mein einziger Beschützer seit dem Ende des Wettbewerbs) kam im Gefolge der männlichen Altersheiminsassen in die Halle und trieb auf seinen Plattfüßen mit ihnen wieder hinaus. Die Frau und ich fuhren fort, einander anzustarren.

Am letzten Nachmittag der Ausstellung – die Eltern sollten mich bald abholen – machte die Frau einen Schritt auf mich zu und streckte mir die Arme entgegen. Ich stand auf und legte das Zepter beiseite, setzte die Krone ab und legte sie auf den Stuhl, ging die Stufen vom Podest herunter und auf sie zu. Sie nahm mich bei der Hand, und wir gingen zur Hintertür hinaus.

Wir querten den Mittelgang der Ausstellung, wo man Ringe über Flaschenhälse werfen und dafür Teddybären gewinnen, Ballons schießen, Münzen in glatte Porzellangefäße werfen konnte. Bislang waren mir nur die lehrreichen Aspekte der Ausstellung vor Augen gekommen, und ich hoffte, die Fremde werde hier ein wenig verweilen, doch tat sie das nicht. Nicht einmal auf dem Riesenrad ließ sie mich fahren. Ein Blick in ihr Gesicht sagte mir, daß es sinnlos war, eine solche

Bitte zu äußern. Sie war in ernste Gedanken vertieft. Sie ging rasch, ihre Stirne war gerunzelt. Ich umklammerte ihre Hand inniger und ging schneller, um Schritt zu halten mit ihr. Bald ging der Festplatz in offenes Feld über, hier wehte es kühl, und ich fror in meinem kurzärmeligen Kleid. Die Sonne war inzwischen untergegangen. Vor dem flachen grauen Horizont erkannte ich eine Ansammlung von Wohnwagen. Die hatten da wohl schon die ganze Woche über gestanden, denn der Boden war ringsum teils aufgewühlt, teils festgetrampelt. Zwischen manchen waren Wäscheleinen gespannt, Motorräder standen herum, hier und da brannte sanftgelbes Licht. Der Wagen, zu welchem die Frau mich führte, war dunkel und wurde weder von einer Wäscheleine noch sonstigen Verankerungen am Ort gehalten. Die Frau riß die Tür auf, tastete nach dem Lichtschalter, es wurde hell, und ich betrat einen Raum, der dem Wartezimmer eines Arztes glich – kahl, aber säuberlich, einige Sitzgelegenheiten, braungepolstert.
»Komm bitte herein«, sagte die Frau.
Ich kletterte hinein. Die Frau schloß hinter uns die Tür und ging, immer noch im Mantel, ans andere Ende des Wohnwagens. Sie rieb die Hände und sagte: »Es ist so kalt! Ich mache uns einen Tee.« Ich hörte heraus, daß sie Ausländerin war, ahnte aber nicht, woher sie kommen mochte. In Clarion wohnten keine Ausländer. »Trinkst du um diese Zeit Tee?« fragte sie.
»Nein.«
Statt mir etwas anderes anzubieten, hielt sie die Hände still und kam wieder nach vorn. Sie ließ sich auf der Kante eines Schlafsofas nieder, und ich setzte mich neben sie. Sie wandte mir ihr Gesicht zu und schaute mich forschend an. »Gefällt es dir hier?«
»Ja.«
»Mir bedeutet das alles nichts.«
Das leuchtete mir ohne weiteres ein, und ich nickte zustimmend.
»Im übrigen gehört alles ihm. Ich brauche weiter nichts als eine Schublade. Eine einzige Schublade. Ich bewahre sogar meine Schuhe darin auf, mein Kleid, meinen Mantel. Das erklärt, weshalb ich ein bißchen verrückt aussehe, ja?«
Ich warf einen Blick auf ihren Mantel. Verknautscht war der

kein bißchen, überhaupt fand ich die Frau vollkommen. Sie hatte die Füße so zierlich nebeneinander gesetzt, daß es aussah, als stünde ein Paar Schuhe vor dem Bett. Ihr Haar war dunkler als meines, ich erkannte es aber gleich wieder, an der Art, wie es fiel.
»Für sich selber hat er nicht bloß drei Schubladen, sondern auch noch einen Schrank. Er hat mir eine zweite Schublade angeboten, ich hab aber gesagt, ich brauche keine.«
Ich nickte. Ich fand das sehr richtig.
»Aber kannst du dir das vorstellen – wenn du bedenkst, was ich mal besessen habe, früher? Mein Leben ist anders geworden. Er sagt: ›Kauf dir endlich ein anderes Kleid, du bist kein Flüchtling mehr.‹ Aber habe ich denn Platz für ein anderes Kleid? Ich lasse ihn für mich nur Sachen kaufen, die keinen Platz beanspruchen – Mahlzeiten im Restaurant, Reisen an schöne Orte. Ich muß unbedingt reisen, reist du nicht auch gern?«
Ich blinzelte.
»Du hältst mich für verrückt?«
Weshalb sollte ich sie für verrückt halten?
»Eigentlich müßte ich vom Reisen endgültig genug haben!«
»Ich könnte mir denken, daß Reisen Spaß macht«, sagte ich.
»Spaß«, wiederholte sie.
Wir starrten jeder eine Weile schweigend in unseren Schoß.
»Du warst die Älteste«, begann sie schließlich. »Am Tage darauf wurde das Kleine krank, ich weiß nicht wovon. Dann sagte Anna: ›Ich gehe keinen Schritt weiter.‹ Ich sagte: ›Du mußt, wir sind jetzt bald da!‹, obwohl ich keine Ahnung hatte, wie weit es noch war. Wir waren tagelang zu Fuß unterwegs, wochenlang vielleicht. Ich weiß nicht. Mag sein, Monate. Unsere Füße waren wund. Wir aßen Gras. Wenn wir Lärm hörten, versteckten wir uns, aber ich hatte schon keine Angst mehr. Was konnte uns noch geschehen? Aber Anna hatte Angst. Eines Tages war sie fort. Vielleicht war sie schon vorher zurückgeblieben. Ich hatte weiter nichts als mein Kleid, und ich ging eigentlich nur, um zu gehen. Ich setzte einen Fuß vor den anderen, erst den linken, dann den rechten. Ich muß dir gestehen, daß ich dabei keinen Moment mehr an dich dachte.«
»Das macht nichts«, sagte ich.

»Ich war ganz ... ganz damit beschäftigt, einen Fuß vor den anderen zu setzen. Ich sagte vor mich hin: ›Ich besitze nichts mehr.‹ Und das fand ich gut so, ich genoß es richtig. Wußtest du das alles?«

Ich schüttelte den Kopf.

Sie drehte sich mir so rasch zu, daß ich erschrak, nahm mein Gesicht in beide Hände und zog es zu sich. Erst jetzt merkte ich, wie sehr sie zitterte. »Sag mir, wirst du mir verzeihen?«

»Aber gewiß doch«, sagte ich.

Sie ließ die Hände sinken und lehnte sich zurück. Dann sagte sie:

»Nun!« und lächelte. Sie richtete sich wieder auf, strich sich das Haar aus der Stirne. »Wir müssen uns eine Beschäftigung für dich ausdenken, es wird dir sonst bestimmt langweilig. Vielleicht hat er was in seinen Sachen, womit du spielen kannst.«

Sie strich durch den Wohnwagen und sammelte alle möglichen Gegenstände ein. »Eine Schere. Papier. Buntstifte? Nein, so was hat er bestimmt nicht.« Sie breitete ihre Schätze auf dem Tisch aus. Trotzdem suchte sie weiter nach Buntstiften, zog im dunklen Teil des Wohnwagens Schubladen auf, ließ Türen klappen. »Nein, nein. Wir müssen uns mit Bleistift behelfen. Dieser Mensch hat wirklich gar nichts.« Sie brachte zwei Bleistiftstummel und gab mir einen davon. »Jetzt machen wir Puppen aus Papier. Es macht dir großen Spaß, Puppen aus Papier zu schneiden.«

»Ja.« Ich fragte nicht, woher sie das wußte.

Ich schnitt mehrere Puppen aus übereinandergelegten Bogen, wie ich es im Kindergarten gelernt hatte; es kamen lauter gleichartige, dreieckige Kinder dabei heraus, die einander bei den Händen hielten. Die Frau hingegen fertigte jede Puppe einzeln an, und jede sah anders aus. Erst ein Mann, dann ein Mädchen, dann eine alte Frau mit Streichholzbeinen. Die Gesichter machte sie mit dem Bleistift. Auch die Kleider deutete sie mit Bleistiftstrichen an, ganz sparsam, nur hier ein Saum, da ein Ärmel. Hatte sie eine Puppe fertig, legte sie sie zu den andern auf den Tisch, und alle diese weißen Papierbeine wanderten in der gleichen Richtung. Mir kam es so vor, als nähmen wir von ihnen Abschied. Aber der Sinn des ganzen war mir unklar.

Dann wurde die Tür aufgerissen, und herein stürmte ein

großer blonder Mann in einer schwarzen Lederjacke. »Dieser elende Bobby Joe! Wie spät ist es jetzt? Ich hab ihm ausdrücklich – «

Er verstummte und sah mich an. Die Frau fuhr in ihrer Tätigkeit fort. Er sagte: »Ja, was zum – «

Man hörte weiter nichts als das scharfe Schneiden der Schere.

»Ach, du lieber Gott.« Er fuhr mit der Hand übers Gesicht, wie um Spinnweben wegzuwischen. »Du also bist das kleine Mädchen.«

»Was?«

»Etwa nicht? Bist du nicht das kleine Mädchen, das überall gesucht wird?«

Und wieder zu jener Frau gewandt: »Gütiger Gott.«

Sie schnippelte weiter. Ich sah an der Wölbung ihrer Augenlider, daß sie mich nicht retten würde. Irgendwie fühlte sie sich im Unrecht. Sie glich einem jener Kinder, die taub und unzugänglich werden, wenn Erwachsene sie ausschimpfen. Also mußte ich die Initiative ergreifen.

»Ich bin hier zu Hause«, sagte ich zu dem Mann.

Er grunzte und schaute zum Fenster hinaus, als wäre da draußen im Dunkeln etwas, das wichtiger war als alles hier drinnen.

»Wirklich. Ich bin hier zu Hause! Das da ist meine Mutter, meine richtige Mutter. Ich bin ihre Tochter, die echte.«

»Hast du einen Mantel?«

Ich blickte an mir herunter. »Nein.«

»Auch das noch. Komm mit.«

Hätte die Frau ein einziges Wort gesagt, die Hand ausgestreckt, mich auch nur angesehen, ich hätte mich gewehrt. Aber sie war ganz vertieft in die Herstellung von Locken für einen Kinderkopf. Also folgte ich fügsam, als der Mann mich beim Arm nahm.

Draußen war es dunkler, als ich vermutet hatte, und wir gingen auf rote und blaue Lichter zu, die in der Ferne verschwammen. Auf dem Mittelweg ging es jetzt viel lärmender zu, es war ein anderes Publikum dort, aber ich nahm nur wenig davon wahr, denn der Mann hatte es sehr eilig. Wir betraten eine Bürobaracke (während ich gemeint hatte, wir würden wieder in die Ausstellungshalle mit den Kürbissen gehen). In einem winzigen Raum, der kalt war und voll

Tabakrauch, saßen meine Eltern und ein Mann, der telefonierte. Mein Vater sprang auf, als er mich erblickte. Meine Mutter sperrte den Mund auf und streckte mir ihre Hände entgegen. Tränen rollten über ihr Gesicht. Ich wollte sie küssen, dachte aber dabei einzig an den Stuhl, auf dem sie saß. Es war ein Bürosessel aus Holz. Würde der sie tragen? Würde er zusammenbrechen? Würde sie zwischen den hölzernen Lehnen eingeklemmt werden, wenn sie aufstünde, um hinauszugehen? Ich erinnere mich, wenn ich an diese Rückkehr der verlorenen Tochter denke, eigentlich mit Genauigkeit nur an den Moment, da meine Mutter ihren Schwerpunkt verlagerte, bevor sie aufstand aus diesem Sessel mit den Streichholzbeinen, wie sie sich endlich unversehrt befreite, wie sie zu meinem Vater hinschwankte und ihn um ein Taschentuch bat.

Die Heimfahrt machte ich im Lieferwagen, auf dem rutschigen Sitz zwischen meinen Eltern. Meine Mutter strich mir unablässig übers Haar, sie redete unaufhörlich, verlor allerdings mehrmals den Faden. »Zuerst haben wir gedacht, du wärst ... und keiner wollte sich die Mühe machen ... da siehst du es mal wieder, den Leuten ist alles egal. ›Regen Sie sich nicht auf, das nützt überhaupt nichts‹, hieß es immer wieder. ›Was‹, sagte ich, ›ich soll mich nicht aufregen, wenn mein Kind entführt wird? Wie, nicht aufregen?‹«

Aber ich hörte nicht zu, jedenfalls nicht mit beiden Ohren. Ich ließ in meinem Hirn einen Gedanken entstehen und Form annehmen. Es wurde ein Plan daraus. Ich sah meine Zukunft. Wie hätte ich wissen sollen, daß ich dieses Bild nie mehr loswerden würde? Daß es mich stets begleiten, mich verfolgen würde, auch nachdem ich erwachsen und angeblich vernünftig geworden war, als ich geheiratet hatte? Daß es alle meine schlaflosen Nächte und leeren Augenblicke meines Lebens heimsuchen würde?

Ich sehe mich auf einer staubigen Landstraße wandern, monatelang schon unterwegs, der Himmel ist dunkelgrau, fast schwarz. Die Luft ist grünlich. Von Zeit zu Zeit erhebt sich ein feuchter, warmer Wind. Ich habe keinerlei Gepäck, keinen Proviant, keine Wäsche zum Wechseln. Meine Füße schmerzen, mein Haar ist strähnig, ich bin abgemagert, nur Haut und Knochen. Weit und breit ist kein Haus zu sehen, kein Grenzpfahl, kein Zeichen von Leben. Allerdings spüre

ich gelegentlich, daß anonyme Personen in der gleichen Richtung unterwegs sind.
Seit dem 16. Oktober 1948 bemühe ich mich, alle Besitztümer loszuwerden, die mir auf einem langen Fußmarsch hinderlich werden könnten. 1948 liebte ich eine wollige graue Puppe, früher war sie mal blau gewesen, sie hatte ein Gesicht aus Plastik, Schlafpuppe nannte man so was damals, denn die Lider waren stets geschlossen, die Wimpern gemalt. Die wollte ich mitnehmen, doch als ich älter wurde, gab ich den Gedanken auf. Da wollte ich dann lieber das Armband mit den Glücksbringern mitnehmen, ein Stundenglas hing unter anderem daran, mit richtigem Sand, aber auf einem Schulausflug nach Washington verlor ich es, und eigentlich war ich erleichtert. Es wäre eben doch eine Last gewesen.
Mein Leben könnte die Geschichte eines Menschen sein, der alles Lästige abstreift, sich auf das Allernötigste beschränkt und alles ablegt, was für die Wanderschaft nicht unbedingt erforderlich ist. Besitz macht mich furchtsam. Als Saul mir den Verlobungsring schenkte, überlegte ich monatelang, wo ich ihn verstecken könnte, denn mitnehmen würde ich ihn müssen; ich könnte ihn gegen Lebensmittel eintauschen. Aber würde er nicht Räuber anlocken, wenn ich schlafend im Straßengraben läge? In ihrer Ungeduld würden sie einfach meinen Finger abschneiden, und Verbandszeug wollte ich nicht mitnehmen. Als das Geld knapp wurde und wir den Ring verkaufen mußten, war ich richtig erleichtert.
Auch ein Ehemann ist eine Last, das habe ich oft empfunden. Und Kinder selbstverständlich eine noch größere. (Von ihrer Ausrüstung ganz zu schweigen: Pullover, Heftpflaster, Stofftiere, Vitamintabletten.) Wie kam ich nur zu soviel überzähligem Gepäck, da ich doch beharrlich so vieles schon fortgeworfen hatte? Ich betrachtete meine Kinder mit der gleichen Mischung von Zuneigung und Abneigung wie vormals meine Schlafpuppe. Am liebsten hätte ich mich auch aller Menschen entledigt. Verlor ich Freunde, so war mir das nur recht.
Seit ich erwachsen bin, betrachte ich einzig und allein ein Paar erstklassige Wanderschuhe als wertvollen Besitz.
Selbstverständlich wußte kein Mensch etwas von meiner Wanderlust, meine Mutter beschwerte sich aber häufig darüber, daß ich »so stiere«, und das tat ich, wenn ich an den bevorstehenden Fußmarsch dachte. »Ich verstehe dich nicht.

Was ist das nur für ein Ausdruck in deinen Augen? Es sieht ja aus als ... als sähest du nichts, Charlotte. Was ist bloß? Du warst doch früher nicht so. Aber seit ... seit wann eigentlich ...?«
»Seit deiner Entführung«, wollte sie eigentlich sagen, nur benutzte sie dieses Wort nicht. Sie verwirrte mich, denn manchmal behauptete sie, ich sei aus Eigensinn aus der Halle weggelaufen, dann wieder sagte sie, die Aussteller wären bösartig gewesen und hätten mich versteckt. Schließlich wußte ich selber nicht mehr, was geschehen war. Und was bedeutete das alles?
Daß ich entführt worden war, schien mir sicher, nur wer das getan hatte, wollte mir nicht deutlich werden, wenn ich darüber nachdachte. Man hatte mich entführt, auf einen Eßtisch gestellt, in ein Gewand mit Lochstickerei gehüllt, sodann auf einen rissigen, goldbronzierten Thron gesetzt. Ein Mann in einer Lederjacke hatte mich über ein Feld gezerrt, und eine fette Person hatte mich in einen Lieferwagen gestoßen und unentwegt auf mich eingeredet. »Nie im Leben habe ich solche Angst ausgestanden. Ich dachte schon, wir haben dich verloren, dich, unser einziges Kind, unser kleines Mädchen. Ich dachte: ›Wie sollen wir das je ...‹ Ich dachte, du wärst tot, erstickt vielleicht oder erwürgt. So dünn, wie du bist, wäre das nicht schwer gewesen ... schon als kleines Kind warst du so mager, und ich habe Tag und Nacht vor Sorge kein Auge zugemacht ... Wie ein Stock, so dürr, dünn wie ein Streichholz! Als man dich mir in der Klinik zeigte, sagte ich: ›Sie ist ja aber so dünn!‹ Und dein Haar, ganz glatt und schwarz und viel dichter als bei anderen Säuglingen. An der Schläfe hattest du eine Schramme von der Zange, zwei Jahre lang war die noch zu sehen. Weißt du noch, Murray? Ich sagte: ›Was ist das für eine Schramme? Mein Kind ist nicht mit der Zange geholt worden, es ist ganz glatt rausgerutscht. Das hat mir der Arzt doch selber gesagt!‹ Ach, warum bekommt man niemals Antworten auf seine Fragen?«
Und sie ließ die Hände in den Schoß sinken. Mein Vater seufzte. Beide starrten hinaus in die Nacht, der Lieferwagen fuhr klappernd dahin und entführte mich.

5

Wir waren unterdessen vor einer jener städtischen ›Service-Stationen‹ angelangt, wo alles in grelles Neonlicht getaucht ist, wo ein schlitzohriger Halbwüchsiger in Jeans Benzin zapft und ein deutscher Schäferhund hinter Glas gehalten wird. Jake Simms schlenderte aufmerksam an diesem Bauwerk entlang, ich ahnte nicht, worauf er dabei achtete. Dann sagte er: »Ganz passend«, und schob mich vor sich her über den Fahrstreifen. »Ich muß mal aufs Klosett und habe auch sonst noch dies und das zu erledigen. Verlangen Sie die Klosettschlüssel von dem Burschen da.«
»Was?«
»Die Schlüssel! Lassen Sie sich die Klosettschlüssel geben!«
Ich fragte nach dem Schlüssel. Der Bursche putzte gerade eine Windschutzscheibe, doch nun hörte er damit auf und lauschte mir, als könnte er nur eine Sache zur Zeit bewältigen. Seinen blonden Strubbelkopf hielt er mir schräg zugewandt, seine Knöchel waren verschmutzt und ledrig. »Den Schlüssel hätte ich gern.«
»*Die* Schlüssel!« zischte Jake hinter mir.
»Beide. Für ihn da auch einen.«
Der Bursche legte den Putzlappen weg und grub in seinen Taschen. Seine Jeans waren so eng, daß er die Luft anhalten mußte, um überhaupt in eine Tasche reinzukommen. Der eine Schlüssel war an einer Dichtung befestigt, der andere an einem Holzring. »Vergessen Sie nicht, die Dinger zurückzugeben.«
»Auf keinen Fall«, versicherte Jake.
Wir gingen um die Tankstelle herum zu den Toiletten, die mit Kette und Schloß gesichert waren; er schloß ›Damen‹ auf und schob mich hinein. Was hatte das nun wieder zu bedeuten? Waren wir am Ende der Reise angelangt? Wollte er sich endlich aus dem Staube machen? Aber dann sagte er: »Laufen Sie nicht weg«, und schloß hinter mir ab. Noch lange nachdem er gegangen war, klirrten die Glieder der baumelnden Kette gegen die Tür wie Murmeln, die man wieder und wieder auswirft.
Ich war zunächst einmal erleichtert, eine Toilette von innen zu sehen. Ich pinkelte gut zehn Gallonen, wusch mir die Hände, betrachtete mein Gesicht in dem blinden Spiegel.

Mein Haar wirkte strähnig, aber im übrigen sah ich unverändert aus. Solche Abenteuer verändern das Aussehen eines Menschen eben doch nicht so, wie man sich das immer vorstellt.
Dann blickte ich nach oben und sah, daß die Decke ziemlich hoch war und voller Spinnweben. Ich war nun also wirklich in einem sehr engen Raum gefangen, nur ziemlich hoch oben in der Wand aus Schaumbetonsteinen war ein winziges, vergittertes Milchglasfenster angebracht, spaltbreit geöffnet. Auf dem Klodeckel stehend, konnte ich die Nase gegen das Fenster pressen und sehen, was es da eben zu sehen gab: schwarzen Asphalt und die schimmernden Dächer von Autos, die über Nacht dort abgestellt waren und wohl repariert werden sollten. Nirgendwo ein Mensch, niemand, der mich hätte befreien können. Jeder wäre mir recht gewesen, sogar Jake Simms. Schon wollte ich am Fenster rütteln und rufen, da erblickte ich ihn. Er war jene gebückte Gestalt im Schatten eines abgestellten Wagens. Jetzt richtete er sich auf und näherte sich der Toilette. Ich sprang vom Klodeckel und hängte die Tasche um. Als er die Tür öffnete, stand ich einfach so da, vorbildlich gefaßt. Ich ließ mir nicht anmerken, wie nervös ich gewesen war.
»Hier entlang«, sagte er.
Er führte mich in die Dunkelheit, dorthin, wo die Wagen standen, die ich vom Fenster aus gesehen hatte. Einer der Wagen sah bucklig aus – richtig erkennen konnte ich ihn nicht. Die Griffe der rechten Tür waren mit Schloß und Kette gesichert. Wir drängten uns zwischen den Wagen auf die linke Seite, Jack öffnete die Tür am Fahrersitz und schob mich hinein. »Rutschen Sie rüber.«
Ich starrte ihn an.
»Machen Sie jetzt keinen Blödsinn. Ich habe die rechten Türen mit der Kette vom Männerklo verschlossen.«
Ich rutschte rüber. Autos, auch wenn ihre Türen unverschlossen sind, empfinde ich ebenfalls als beengende Käfige, und in dieser Karre, schien mir, konnte man regelrecht ersticken. Die Sitze waren plüschig, die Überzüge rochen nach Staub, die Fenster kamen mir vor wie Schlitze. Kopfstützen gab es keine. Statt dessen baumelten vor der Heckscheibe zwei riesige Dominosteine aus pelzigem Material.
»Was ist denn das bloß für ein Vehikel?« fragte ich.

»Bettler können nicht wählerisch sein. Dies ist der einzige Schlitten, wo der Zündschlüssel steckt.«
Er setzte sich hinters Steuer und zog die Tür so behutsam zu, daß das Schloß fast lautlos einrastete. Dann atmete er einmal schwer und saß eine Minute reglos. »Die Frage ist, ob das Ding geht.«
Nylon raschelte, der Zündschlüssel knackte. Der Motor sprang unwillig an. Jake legte den Rückwärtsgang ein, und der Wagen vor uns wurde kleiner. Weil ich selber nicht fahren kann, schaute ich stur nach vorne und war daher überrascht, als wir *wumm!* irgendwo anstießen. Ich drehte mich um, konnte aber kein Hindernis erkennen. Es klang wie ein Briefkasten, es schepperte. »Scheiße!« sagte Jake, schaltete und brauste hinaus auf die Straße. Aber auch dieser Lärm lockte keine Verfolger an, jedenfalls bemerkte ich niemanden, obwohl ich noch immer zurückblickte.
»Ich wollte nämlich nicht bremsen«, erklärte Jake, »man hätte sonst die Bremslichter gesehen.«
Wir hatten nun die Tankstelle hinter uns, bewegten uns im nächtlichen Verkehr, Jake schaltete die Scheinwerfer ein und lehnte sich bequem zurück. Ich konnte es nicht fassen. So einfach war das also? »Meine Güte«, sagte ich, »daß das Leben eines Verbrechers so einfach ist, hätte ich nicht gedacht.«
Er schaute mich aus dem Augenwinkel an. »Was? Das Leben eines was?«
Ich antwortete darauf nicht (ich wollte keinen Ärger). Wir fuhren so ein Weilchen dahin, bogen rechts ab, kamen an einem Restaurant vorüber, vor dem etliche Gäste standen. »Sie halten mich also für einen Verbrecher, wie?« knurrte er endlich.
»Hmmm ...«
»Für einen richtigen Kriminellen, wie?«
Ich fand es besser, den Bankraub nicht zu erwähnen. Ich glättete nur schweigend meinen Rock und rückte die Tasche auf dem Schoß zurecht. Wir bogen links ein. Hier standen weniger Häuser.
»Das denken Sie doch, oder?«
»Ich will nicht wissen, wer oder was Sie sind. Es ist mir egal.«
Er hielt vor einer Ampel und kaute an seiner Unterlippe. Kein

Wunder, daß die Haut da so rissig war. Als die Ampel auf Grün sprang, fuhr der Wagen mit einem Ruck an, als wäre ihm plötzlich was eingefallen. Die Reifen quietschten, die Dominos hüpften. »Wenn Sie's genau wissen wollen, ich beteilige mich an Stockcarrennen.«
Ich hielt das für eine witzige Anspielung auf seine Fahrweise, doch blieb seine Miene ernst. »In Maryland werden viele solche Rennen abgehalten, in Hagerstown, in Potomac... überall.«
»So?«
»Letztes Jahr habe ich drei Rennen gewonnen. Das war aber ein schlechtes Ergebnis.«
»Und ich habe immer gedacht, das ist so ein Zeitvertreib fürs Wochenende. Kann man denn davon leben?«
»Ob man davon leben kann, geht Sie nichts an.«
»Ich meine bloß – «
»Wenn nötig, arbeite ich auch als Karosserieschlosser, aber Spaß machen mir nur die Rennen. Auf Stockcars bin ich ganz wild, das dürfen Sie mir glauben. Die sind mir lieber als 'ne anständige Mahlzeit. Für das schöne häusliche Leben hab ich nichts übrig, so mit Frau und Kindern im Reihenhaus, Goldfische im Bassin und so... Lieber greife ich mir einen guten alten Ford, Jahrgang '62, und mangele alle anderen damit platt. Und dann fahre ich die Karre zu Bruch. Ein tolles Gefühl ist das.«
Er wich einem Kadaver aus, ohne zu bremsen.
»Sie halten mich also für kriminell.«
»Naja...«
»Wollen Sie die Wahrheit hören?«
Ich wartete stumm. Er warf mir einen Blick zu, schaute wieder auf die Straße. In der Dunkelheit war sein Gesichtsausdruck schwer auszumachen. »Mein Unglück ist, daß ich zu impulsiv bin.«
»Zu was?«
»Impulsiv!«
»Ah.«
»Das hat mir mal ein Kumpel erklärt. Oliver heißt er. Oliver Jamison. Ein richtig geriebener Bursche, mit dem ich mich in der Besserungsanstalt angefreundet habe. Der scherte sich um nichts und niemand. Wenn sie den einsperrten, zog er ein Buch aus der Tasche und fing an zu lesen. So ein Typ war das.

Wenn ich eingesperrt werde, drehe ich durch. Ich tue alles, bloß um raus zu kommen. In der Besserungsanstalt bin ich mal aus dem Badezimmerfenster gesprungen und hab mir dabei den Knöchel gebrochen. Dabei hatte ich bloß noch einen Monat abzureißen. Und damals hat dieser Oliver, als sie mich wieder eingeliefert haben, zu mir gesagt: ›Jake, du bist ein Opfer deiner Impulse.‹ Das hat er gesagt.«
Er bog in die Landstraße ein, eine kleine, zweibahnige Straße, die zur Stadt hinausführte. Der Motor machte ein scharrendes Geräusch. »Wer die Macht hat, der denkt sich nichts dabei, wenn er wen einsperrt. Dieser Oliver, der war richtig *cool.* Ich hatte was übrig für ihn, ich nannte ihn O. J. Worauf der scharf war, das waren Sprengungen, das heißt, kleine Sachen, Briefkästen und so. Er bastelte kleine Bomben. Schlau war er. Einmal hat ihm eine Sprengstoffirma einen Job angeboten, als er wieder mal so'n Ding hatte hochgehen lassen, aber er wollte nicht. Ich verstehe das. Briefkästen, wissen Sie, das ist 'ne runde Sache. Aber wer will schon in einer Chemischen Fabrik arbeiten.«
Ein entgegenkommender Fahrer blendete kurz auf, damit Jake seinerseits abblenden sollte, doch Jake beachtete das nicht.
»Ich sagte damals: ›Die Umstände spielen auch eine Rolle. Es ist nicht alles bloß impulsiv bei mir.‹ Überlegen Sie mal, heute nachmittag zum Beispiel, vor ein paar Stunden. Schlechtes Timing, Zufall, ein Idiot greift nach der Kanone... Sie verstehen? Ich habe häufig Pech. Ich bin nicht vom Glück begünstigt.«
»Na, das möchte ich nun nicht gerade sagen. Nehmen Sie nur diesen Wagen – wenn der nun nicht angesprungen wäre? Schließlich sollte er repariert werden. Wenn er nicht angesprungen wäre, nachdem Sie die Kette angebracht hatten? Wenn der Zündschlüssel nicht gesteckt hätte? Andere Tankstellen sind bestimmt vorsichtiger, die verwahren Zündschlüssel im Büro oder in der Kasse. Oder wenn nun der Bursche gerade rausgekommen wäre?«
»Dann hätte ich mir anderswo einen Schlitten gekrallt.«
»Aber – «
»Zum Beispiel an einem Schnorchelkasten. Schon mal davon gehört? Briefkasten mit Schnorchel. Da verstopft man den Einwurf, damit der Brief klemmt. Jemand fährt mit dem

Wagen ran, will einen Brief einwerfen, steigt aus, um nachzusehen, weshalb es nicht geht, läßt die Tür auf, den Motor laufen. Da braucht man bloß einzusteigen und abzuflitzen. Einfach, stimmt's?«
»Aber der Mann würde Sie ja sehen, die Polizei wäre gleich hinter Ihnen her.«
»Sie sagen es.« Jake schnippte mit den Fingern. »Da berühren Sie gleich den wunden Punkt. So was würde ich nie machen, wenn ich noch andere Möglichkeiten hätte.«
»Sehr richtig.« Ich rief mich zur Ordnung. »Wie können Sie dann aber sagen, Sie haben kein Glück, wenn doch alles glattgeht?«
Er drehte sich zu mir, und ich spürte seinen Blick. »Ich? Glück? Nennen Sie so was Glück? Daß so ein Ochse bewaffnet ist? Daß ich gefilmt werde und eine Frau am Halse habe, von der ich nicht weiß, was ich mit ihr anfangen soll? Glück nennen Sie das?«
»Naja...«
»Die Umstände sind wieder mal gegen mich. Das hab ich ja auch zu Oliver gesagt. Mein Plan sah ganz narrensicher aus, aber dann kommt wieder alles anders, als man denkt. Oliver – Oliver, das ist ein gerissener Hund. ›Dein ganzes Leben geht anders, als du denkst‹, hat er zu mir gesagt. ›Dein ganzes Leben.‹ Ein richtiger Schlaumeier ist das.«

Ich weiß nicht, wie spät es war, als wir hielten – gegen zehn, möchte ich annehmen. Die Fahrt war durch jene tiefe ländliche Dunkelheit gegangen, in der man sich zu dünn vorkommt. Der Straßenbelag war so dürftig und voller Flicken, die Straße machte so viele Biegungen, es gab so viele Kreuzungen und Stoppschilder, daß ich immer wieder einnickte. Jedes Schlagloch allerdings machte mich wieder hellwach, und so vergaß ich keinen Moment, in welcher Lage ich mich befand. Als der Wagen hielt, war ich also gleich munter und auf dem Posten. »Irgendwas kaputt?« fragte ich.
»Der elende Motor will nicht mehr.«
Er knipste die Innenbeleuchtung an, und das Licht tat meinen Augen weh. »Ich habe gleich gewußt, daß irgend so was passieren muß«, versicherte er mir.
»Vielleicht ist das Benzin alle?«
Er prüfte die Benzinuhr, tippte mit dem Nagel daran.

»Na? Ist das der Grund?«
Selbstverständlich war es so, ich merkte es daran, daß er meinem Blick auswich. Er stieg aus und sagte: »Steuern Sie, ich schiebe den Karren auf den Sommerweg.«
»Ich kann aber nicht fahren«, protestierte ich.
»Sollen Sie ja auch nicht. Steuern sollen Sie, weiter nichts. Los, rutschen Sie schon rüber.«
Er knallte die Tür zu. Ich rutschte hinters Steuer. Gleich darauf spürte ich, wie er sein Gewicht gegen den Wagen stemmte und ihn anschob. Ich steuerte so gut ich konnte, obwohl die Innenbeleuchtung mich blendete. Ich rollte ein paar Meter die Straße hinunter, fragte mich auch, was wohl geschehen würde, wenn der Motor unvermutet anspränge und der Wagen mich entführte. In die Freiheit! Ich würde Jake zurücklassen, die nächste Autobahn ansteuern. Nur eben hatte ich vom Fahren keine Ahnung und wußte nur so ungefähr, welches das Bremspedal ist. Ich steuerte also auf den schmalen Sommerweg, so nahe an die Böschung, daß Büsche die rechte Seite des Wagens streiften. Ich hörte Jake rufen. Der Wagen blieb stehen. Er machte die Fahrertür auf und sagte: »Na, so tief in den Wald hinein brauchten Sie nun nicht gerade zu fahren.«
»Ich sage doch, ich kann nicht fahren.«
Seufzend stellte er die Scheinwerfer ab und sagte: »Also dann – los.«
»Was soll denn jetzt passieren?«
»Wir gehen zu der Tankstelle zurück, an der wir vorhin vorbeigekommen sind.«
»Ich könnte eigentlich hier sitzen bleiben und auf Sie warten.«
»Aa.«
Also kletterte ich aus dem Wagen. Meine Beine waren steif, meine Schuhe hatten offenbar eine Form angenommen, die nicht mehr der meiner Füße entsprach. »Ist es weit?«
»Nicht sehr weit.«
Also marschierten wir los, mitten auf der Straße, denn es war weit und breit kein Auto zu sehen. Er packte mich wieder beim Arm, genau an der gleichen Stelle wie zuvor, und das tat mir bereits weh. Seine Hand fühlte sich drahtig und klein an.
»Warum lassen Sie mich eigentlich nicht los?« fragte ich.
»Wohin könnte ich hier schon weglaufen?«

Darauf sagte er nichts, ließ aber auch nicht los.
Die Luft roch feucht, nach Regen, es kam mir wärmer vor als bei uns daheim. Wenigstens fröstelte ich nicht mehr. Soweit ich überhaupt was von der Gegend erkennen konnte, sah es aus wie Farmland. Einmal kamen wir an einer Scheune vorbei, später an einem Schuppen, in dem Hennen gluckste.
»Wo sind wir bloß, um Himmels willen?« fragte ich.
»Woher soll ich das wissen? Irgendwo in Virginia.«
»Meine Füße tun mir weh.«
»Daß Sie nicht Autofahren können ist einfach albern«, sagte er, als rührten unsere Schwierigkeiten einzig daher. »Was Blöderes hab ich nie gehört.«
»Was ist daran so blöde?« wollte ich wissen. »Manche Leute fahren, andere fahren nicht. Ich gehöre nun zufällig mal zu denen, die nicht fahren.«
»Wenn Sie mich fragen: Bloß Napfsülzen können nicht Autofahren.« Er strich sich mit dem Ärmel übers Gesicht.
Wir marschierten weiter, sahen eine Kurve, der ich mich mit viel Hoffnung näherte, doch dahinter lag wieder nichts als noch mehr Dunkelheit.
»Haben Sie nicht gesagt, es ist nicht weit?«
»Nicht sehr weit.«
»Meine Füße fallen gleich ab.«
»Fassen Sie sich in Geduld. Mit der Zeit kommen wir schon hin.«
»Meine Zehen schmerzen bis in die Kniescheiben.«
»Werden Sie jetzt endlich stillsein? Warum hat dieser Idiot bloß seinen Tank nicht vorher füllen lassen!«
»Er wußte wohl nicht, für wielange Sie seinen Wagen stehlen würden.«
»Werden Sie bloß nicht komisch, junge Frau.«
Ich nahm mir vor, seinen Rat zu befolgen.
Hinter der nächsten Biegung kam dann die Tankstelle in Sicht, wenn man das so nennen will: ein trübe beleuchtetes Schild, zwei Pumpen, eine windschiefe Hütte. Kaum hatten wir sie erblickt, ließ Jake mich los. »Hören Sie mir jetzt gut zu. Sie müssen den Kerl da drinnen um einen Kanister voll Benzin bitten. Können Sie sich das merken?«
»Warum muß eigentlich immer ich diese Sachen machen?«
Ich spürte einen Stoß im Steißbein: die Pistole, ach mein Gott, ausgerechnet die Pistole, die wir, wie ich glaubte, ein für alle

Mal hinter uns hatten. Ich hatte nicht mehr daran gedacht, als hätte es nie eine gegeben. Dieser stupsende, schwarze, maiskolbenähnliche Gegenstand in der Hand eines Opfers seiner Impulse! Ich ging also auf die Tankstelle zu, erklomm die Stufen aus Schaumbetonsteinen, Jake immer hinterher. Ich öffnete die windschiefe Tür und sah zunächst weiter nichts als eine Pyramide aus Öldosen, eine verblaßte Kalenderschöne in einem Badeanzug aus Lastex und jede Menge Katalogblätter für Autoersatzteile. Endlich entdeckte ich in einem Korbstuhl einen Greis, der sich das Fernsehprogramm ohne Ton ansah. »'N Abend«, sagte er, ohne sich umzudrehen.

»Guten Abend.«

»Kann ich euch Leutchen behilflich sein?«

»Tja... uns ist das Benzin ausgegangen, wir brauchen einen Kanister...«

»Machen wir, machen wir«, sagte der Greis und fuhr fort fernzusehen. Im Moment gab es Reklame, jemand hielt eine Flasche in die Höhe und jubelte tonlos. Dann erschien der Nachrichtensprecher an seinem leeren, unnatürlich aufgeräumt wirkenden Schreibtisch, der Greis seufzte und stand auf. »Einen Kanister«, sagte er. »Einen Kanister.« Er kramte hinter abgelegten Reifen in einem Winkel, ohne fündig zu werden. »Moment«, sagte er und ging nach draußen. Kaum war er gegangen, stieß Jake mich näher ans Fernsehgerät und drehte den Ton an: »... kein Ende in Sicht. Allerdings sind Sachverständige der Meinung, daß gegen Ende des Som – «

Jake schaltete auf einen anderen Kanal. Eine haarewaschende Dame, ein redender Mann, ein Golfspieler. Endlich wieder der Nachrichtensprecher, ein blasser, mit weißem Haar. »Man rechnet damit, daß der Verkehr auf der Beltbrücke dieses Jahr Rekordziffern erreicht.« Der Mann redete sehr leise, und Jake stellte den Ton lauter. Jetzt sprach der Mann zwar lauter, doch ebenso unverständlich, und als ob er das selbst wüßte, raschelte er betrübt mit irgendwelchen Papieren. Gleich darauf sah man Jake und mich rückwärts aus dem Blickfeld der Kamera entweichen, und obwohl das Bild verschneit war, fand ich, daß wir deutlich zu erkennen waren. Noch eine Woche, und man würde nicht nur unsere Wimpern zählen, sondern auch unsere Gedanken lesen können. Allerdings dauerte unser Auftritt jetzt längst nicht mehr so lange, wir wurden bereits auf halbem Wege zum Ausgang ausgeblendet. An unserer Statt erschien mein Mann, groß und hager wie ein Hutständer. Er saß auf unserem geblümten Sofa mit eingefallenen Wangen und dem gehetzten Ausdruck, den er immer im Gesicht hat. Es zuckte in mir. Der Sprecher sagte: »Der Banküberfall in Clarion ist noch nicht aufgeklärt. Die Polizei fürchtet für das Leben der Geisel, die inzwischen als Mrs. Charlotte Emory identifiziert wurde.«

Mein Mann verschwand. Statt dessen erschien ein Bild von mir, das mein Vater zu meiner Schulabschlußfeier gemacht hatte: Ich in den fünfziger Jahren, mit einer aufgeberstelten Frisur, einem Halstuch à la Cowgirl, einem düsteren, aber dreisten Lächeln. Danach war wieder Saul zu sehen, und der Sprecher sagte: »Unser Korrespondent Gary Schneider sprach persönlich mit dem Ehemann der Geisel.«

Gary Schneider, den man nicht sah, stellte eine Frage, die ich nicht verstand. Saul unterließ, mit seinen Knöcheln zu knakken, und sagte: »Ja, selbstverständlich mache ich mir Sorgen, doch glaube ich fest, daß sie uns zurückgegeben wird. Die Polizei vermutet den Banditen übrigens noch in der Nähe.«

Seine Stimme klang dumpf, und man hatte den Eindruck, als wäre er mit seinen Gedanken nicht bei der Sache.

»Wollen Sie sich zu der Aussage jenes Zeugen äußern, der gesagt hat, er habe den Eindruck gehabt, der Täter und Ihre Frau seien miteinander im Einverständnis gewesen? Mit anderen Worten: Ist es denkbar, daß Ihre Frau sich dem Täter aus freien Stücken angeschlossen hat?«

»Das ist absolut lächerlich«, entgegnete Saul, richtete sich mehr und mehr in die Höhe und wirkte so bedrohlich, daß Gary Schneider nur noch stammeln konnte: »Uh... ah... ich wollte...«

»So etwas würde Charlotte niemals tun. Sie ist im Grunde eine gute Frau... nur manchmal... und gewiß würde sie mich niemals verlassen.«

Es schepperte. Jake wirbelte herum. Der Greis stand mit dem Benzinkanister an der Tür und schüttelte den Kopf gegen das Fernsehgerät. »Seit wann gucken Sie schon zu?« fragte Jake so tückisch, daß man es nicht überhören konnte, doch der Greis lächelte bloß milde.

»Wissen Sie, ich gehörte zu den ersten hier im Tal, die so ein

Ding gekauft haben. Dies ist mein drittes. Die beiden andern habe ich richtiggehend verbraucht. Ich hab auch schon an einen Farbfernseher gedacht, aber ich fürchte mich vor den Krebsstrahlen.«
»Recht haben Sie«, sagte Jake.
Er bezahlte Benzin und Kanister. Der Greis wollte uns den Kanister gratis auf Pump überlassen, aber Jake lehnte ab. »Ich mach's, wie ich's gewöhnt bin«, sagte er und zahlte, nahm den Kanister und schob mich zur Tür hinaus. Der Greis saß bereits wieder vor dem Fernseher und suchte seinen bevorzugten Kanal.
Kaum waren wir draußen, sagte Jake: »Und Sie behaupten, Sie wollten Ihren Mann verlassen?«
»Das wollte ich auch.«
»Und warum sagt er das Gegenteil? Sie haben mich angelogen.«
»Er hat gelogen. Ich weiß nicht, wie er dazu kommt, so was zu sagen. Nicht nur hatte ich vor, ihn zu verlassen, ich habe ihn auch früher schon verlassen. 1960. Und 1968 habe ich ihm wieder gesagt, daß ich ihn verlassen werde, und außerdem noch mehrere Male, die genauen Daten sind mir jetzt nicht gegenwärtig ...«
»Ach, Scheiße, das hätte ich mir denken können.«
»Was wollen Sie denn damit sagen, bitte?«
Darauf erwiderte er aber nichts. Wir marschierten, unsere Füße schlurften über den rauhen Straßenbelag. Es war jetzt kühler und nieselte.
Wie gern hätte ich jetzt Saul die Meinung gesagt! Immer machte er solche Sachen. Dauernd sagte er: Ich bin gewiß, du wirst mich nicht verlassen, Charlotte. Wenn er mich doch nur jetzt sehen könnte! Wenn ich ihm doch eine Ansichtskarte schreiben könnte: »Amüsiere mich großartig, endlich unterwegs, Grüße an alle.« Aus Florida vielleicht, von den Bahamas oder von der Riviera.
Dann trat ich leider in ein Schlagloch, und Wasser spritzte mir bis ans Knie. Meine Schuhe sogen sich voll, als wären sie aus Papier. Wir kamen um die Kurve und siehe, da stand der Wagen, bucklig drohend, etwas seitlich geneigt am Rande der Böschung, wie ein Lahmer. Jake machte die Tür auf und streckte den Arm nach dem Lichtschalter aus. Die Scheinwerfer leuchteten auf, die Innenbeleuchtung glomm aber nur

schwach und verlosch. »Ja, hören Sie«, sagte ich (bislang hatte ich mir den Wagen wirklich noch nicht näher ansehen können), »was ist denn das für ein Gefährt?«
»Is was«, sagte Jake, setzte den Kanister ab und schraubte den Tankverschluß auf.
»Das ist ja ein... ein antikes Stück!«
»Klar, 53er schätze ich.«
»Na, aber – «, ich trat zurück, betrachtete den haifischmaulähnlichen Kühlergrill, die separaten Kotflügel, die aussahen wie Zahnspangen im Kindermund. Die lange, birnenförmige Karosserie wies an den unerwartetsten Stellen Chromteile auf, die Scheinwerfer waren mit kleinen, neckischen Häubchen abgedeckt, und ihr Licht kam mir irgendwie sonderbar vor – matt und orangefarbig. »Das Ding muß doch jedem auffallen!« sagte ich. »Das ist ein richtiger Blickfänger! So können wir unmöglich – «
Benzin lief gurgelnd in den Tank, schier endlos.
»Das ist ganz einfach dumm«, sagte ich.
Der Kanister landete krachend im Gebüsch.
»Einsteigen«, befahl Jake.
Ich stieg ein, er hinterher und knallte die Tür zu. Der Motor sprang hustend an, wir rollten auf die Fahrbahn, schaukelten durch Schlaglöcher. Ich lehnte den Kopf zurück und machte die Augen zu.
»Ein Gutes hat die Sache ja«, bemerkte Jake nach einer Weile, »diesen Frankenstein, was Ihr Mann ist, den sind Sie los, und das scheußliche Sofa auch. Und diese gespenstische Stehlampe mit den Perlen. Ah, mich könnten Sie in so einer öden Bude nicht festhalten. Sein Sie froh, daß Sie da raus sind. Passen Sie auf, Sie werden mir noch dankbar sein, und schon bald.«
Eine andere Stehlampe haben wir aber nicht, wollte ich sagen, ich habe alles weggeschenkt. Ich habe auch die Teppiche weggeschenkt und die Gardinen, und das meiste von den Möbeln. Was kann ich denn jetzt noch weggeben? Doch nun wurde mir der Kopf schwer, die Augen blieben zu, und ich schlief ein.

6

Ich träumte von meinem Mann, aber da war er jünger und hatte nicht die tiefen Kerben in den Wangen, von oben nach unten. Er trug einen hochgeschlossenen Pullover, an den ich mich kaum erinnerte, Hosen aus Drillich wie beim Militär und wie damals, als wir miteinander gingen. Sein Anblick stimmte mich traurig.

Mein Mann war der Junge von nebenan, aber um die Wahrheit zu sagen, aufgewachsen waren wir nicht miteinander. Er war ein paar Jahre älter als ich, jedenfalls soviel älter, daß es während der Schulzeit trennend wirkte. Er ging schon auf die Oberschule, als ich in der letzten Grundschulklasse war, einer von den Emoryjungen, schlaksig und träge und immer irgendwelchen Blödsinn im Kopf. Jeder kannte Saul Emory. Ich hingegen hatte damals Mühe, mich zurechtzufinden. Ich sah aus wie ein Kind. Seit ich meinen Busen entdeckt hatte (zwei kleine Fettpolster, vergleichbar den Kinnen meiner Mutter), hungerte ich systematisch, und man sah nicht nur an meinen Schläfen, sondern auch an den Handgelenken, an Knien und Ellenbogen zartblaue Blutgefäße. Meine Haltung war schlecht, und für mein Haar wußte niemand Rat.

Saul Emory ging von der Schule ab und verschwand aus Clarion. Ich verbrachte dort ein Jahr ums andere, bis ich plötzlich Schülervertreterin war und zu den hübschesten Mädchen der obersten Klasse gehörte. Ich hatte es also geschafft, und zwar verdient. Denn ich hatte mich ungeheuer angestrengt. Nichts begehrte ich heißer, als bei meinen Mitbürgern für ein ganz durchschnittliches Mädchen zu gelten.

In der letzten Klasse gelang es mir, dank einer übermenschlichen Willensanstrengung, für ausnehmend lebenslustig zu gelten. Und nicht nur das: dank der damals gerade in Mode befindlichen Kosmetika, insbesondere durch stündliche Auffrischung eines unauffälligen Lippenstiftes, bekam ich den Titel Gepflegteste Oberschülerin. Ich hatte Freunde, aber nichts Ernstes. Freundinnnen auch. Wir drehten uns gegenseitig Lockenwickel in die Haare, wenn wir reihum zu mehreren im Elternhaus der einen oder andern übernachteten. Bei mir daheim ging das selbstverständlich nicht, und niemand fand etwas dabei.

Auch nach der Schule gehörte ich noch mehreren Schülerkomitees an, die Tanzereien organisierten und ähnliches, aber auch das dauerte nicht bis Mitternacht, und am Ende war ich denn doch wieder daheim, in der verbrauchten Luft, ausgesetzt den Fragen meiner Eltern: Warum hast du dich heut früh beim Weggehen nicht verabschiedet? Wo warst du solange? Wer war der Junge, der dich heimgefahren hat? Und wirst du heute vielleicht endlich mal abends zu Hause bleiben?
Ich sah dann auf diese beiden herunter (ich war mittlerweile größer als sie), und alles fiel mir wieder ein. Ich erinnere mich daran, wer ich wirklich war. In dem rauchigen Spiegelglas hinter meiner Mutter wirkten meine Perlen so exotisch wie Bärenkrallen, und mein Gesicht hatte gelbliche Ränder.

Nach der Abschlußprüfung bekam ich ein Teilstipendium für Mathematik am Markson College in Holgate. Das ging so einfach – irgendwo mußte da doch ein Haken sein?
Aber nein, am Tag nach Labor Day saß ich neben meinem Vater in seinem Lieferwagen, mein Gepäck hinter uns im Laderaum. Meine Mutter begleitete uns nicht, das Reisen fiel ihr schwer. Als ich ihr aus dem Fenster winkte, kam mir der beunruhigende Einfall, sie wisse genau, wie froh ich darüber war, daß sie nicht mitkommen konnte. Blieb sie vielleicht darum zu Hause? Ich winkte also noch heftiger, warf Kußhände. Wenigstens dieses eine Mal drückte ich mich nicht vor dem Abschied.
Mein Vater also fährt mich zum College, er möchte was sagen, läßt es dann aber doch bleiben. Vor dem Studentinnenwohnheim setzt er mich ab. Weil mir so daran liegt, endlich von daheim wegzukommen, bin ich fast die erste. Das Mädchen, das mein Zimmer teilen soll, ist noch nicht da; wer sie ist, weiß ich nicht. Es ist Mittag, die Cafeteria macht aber erst abends auf. Ich esse einen Apfel, den ich mitgebracht habe, außerdem kandierte Feigen, die meine Mutter mir in den Koffer gelegt hat. Die Feigen machen mir Heimweh, bei jedem kleinen Bissen schmerzt mich mein Herz. Ich muß sie schließlich in die Schublade legen. Ich packe aus. Überziehe ein Bett, gehe auf den Korridor, schaue in die noch leeren Zimmer. Danach sitze ich eine halbe Stunde an meinem kahlen Schreibtisch und starre in den leeren Himmel. Ich

habe Gardinen mit, möchte sie aber ohne Zustimmung meiner Mitbewohnerin nicht aufhängen. Indessen, die Zeit will nicht vergehen, also werde ich die Gardinen eben doch aufhängen. Ich entfalte sie, ziehe die Schuhe aus, steige auf einen Heizkörper. Wie ich so mit ausgebreiteten Armen gegen die Scheibe lehne, schaue ich zufällig in den Hof hinunter und sehe meinen dicken Vetter Clarence auf seine linkische Art auf das Mädchenwohnheim zukommen.
Ich hatte ja genau gewußt, daß es nicht so leicht sein konnte zu entrinnen.

Mein Vater lag im Krankenhaus, er hatte auf der Rückfahrt einen Unfall gehabt. Die Ärzte waren weniger seiner Verletzungen wegen besorgt, sondern mehr wegen des Herzanfalls, der den Unfall herbeigeführt hatte. Vielleicht hatte auch der Unfall den Herzanfall ausgelöst, genau hat man das, glaube ich, niemals herausbekommen.
Drei Wochen lang jedenfalls blieben wir an seinem Bett – Mama auf ihrem soliden Gartenstuhl, den Clarence herbeigeschafft hatte, ich in einem Sessel. Wir betrachteten das Gesicht meines Vaters, das in horizontaler Lage sonderbar wirkte. Um die Augen lagen lauter Fältchen. Es fiel ihm schwer zu sprechen. Meist schlief er, Mutter weinte, ich saß da und versuchte mit aller Kraft, ihn soweit zu beleben, daß er reden und ich ihn auf diese Weise kennenlernen würde. Ich ertrug den Gedanken nicht, daß ich ihn all die Jahre her durch mein Leben hatte schlüpfen lassen. Ich legte unzählige Gelöbnisse ab, man kennt das. Der Mutter brachte ich Tee und glasierte Krapfen, das einzige, was sie bei sich behalten konnte. Ich verhandelte mit Ärzten und Pflegerinnen. Ich vertiefte mich in Frauenzeitschriften und las alles über Kosmetik, Gewichtskontrolle und Schnittblumenpflege. Daß ich überhaupt gegessen habe, daran erinnere ich mich nicht mehr, doch muß es wohl so gewesen sein.
Schließlich durfte er nach Hause, allerdings im Krankenwagen. Wir machten ihm im Atelier ein Bett zurecht, wo er flach liegen konnte. Sein Gesicht verlor etwas von der kalkigen Blässe. Er betrug sich normaler, er ärgerte sich darüber, daß das Pflaster juckte, mit dem seine Rippen bandagiert waren, und er machte sich Sorgen, weil wir die Kundschaft abwiesen. »Du kannst doch mit der Kamera umgehen, Charlotte«, sagte

er. »Übernimm das mal für eine Woche oder so, bis ich wieder auf den Beinen bin. Meinst du, du kannst das?«
Ich sagte ja. Ich war total benommen. Seit er nicht mehr in Lebensgefahr schwebte, war mir mit einem grausigen Schlage klargeworden, wo ich stand: daheim, eingesperrt, kein Entrinnen möglich. Meine Mutter konnte ihn ohne meine Hilfe nicht mal im Bett aufrichten. Ich sah mein Leben vor mir ausgerollt wie einen endlosen, fadenscheinigen Läufer.
Ich war immer der Meinung, ein Foto friert den Menschen ein, piekt ihn auf Karton wie einen Schmetterling. Was fanden die Leute nur daran? Und doch wünschten sie sich offenbar solche Aufnahmen. Verarmte Pächtersfrauen in kunstseidenen Fähnchen, herausgeputzte Säuglinge auf dem Schoß. Soldaten, den Arm um dürre Mädchen mit onduliertem Haar gelegt. Ich nahm sie völlig unbeteiligt auf. Die Kamera war alt und unhandlich, und egal was man an ihr vornehmen mußte, fast alles hatte im Dunkeln zu geschehen. Ich war aber zeitlebens an sie gewöhnt und verstand überhaupt nicht, warum mein Vater plötzlich so kritisch und erregt war. »Die Lampe muß mehr auf die Seite!« rief er mir vom Bett aus zu. »Nicht so grell! Und such einen anderen Winkel. Man kann nicht einfach so platsch aufs Gesicht halten.«
Er hatte eine Schwäche für Profilaufnahmen, niedergeschlagener Blick, den Kopf leicht geneigt. Das Erkerfenster mit den ausgestellten Porträtaufnahmen meines Vaters glich einer Wiese voller Blumen, die sich allesamt unter einer starken Brise neigten.
In der Dunkelkammer (ein umgebauter, begehbarer Schrank) hatte ich Anfälle von Platzangst, biß die Zähne zusammen widmete die mir verbliebene Hälfte meines Verstandes dem Entwickeln der Platten. Dort drinnen wirkte alles deprimierend, lag durcheinander, tropfte, blätterte ab. Die Flaschen mit Chemikalien hatten ihr Etikett verloren, nichts war an seinem ihm bestimmten Platz. Es sah fast aus, als wäre meinem Vater alles und jedes ebenso einerlei wie mir.
Aus seinem Verhalten allerdings hätte man das nie im Leben schließen können. Nichts als Tadel und Ermahnungen. Alles was ich tat, wurde kritisiert. Die Abzüge mußte ich beim Bett an eine Wäscheleine hängen. Da lag er denn mißbilligend schweigend und zupfte an seinem Schnurrbart. »Ach was«, sagte er dann schließlich, »die Leute haben ohnehin kein

Urteil.« Ich fand aber meine Arbeiten gar nicht so schlecht, im Gegenteil, ich hatte den Eindruck, daß eine Menge Kunden sich lieber von mir als von meinem Vater aufnehmen lassen wollten. Er hatte auch ziemlich starre Vorstellungen: Kinder wurden nach wie vor gegen die ionische Säule postiert. Ich hingegen fotografierte die Leute, wie sie fotografiert sein wollten. Mir war das völlig einerlei.
Unser Wohnbereich innerhalb des Hauses wurde kleiner und kleiner. Der Oberstock, zu dem mein Vater nicht mehr hinaufsteigen konnte, wurde zugesperrt, schon darum, weil wir uns nicht leisten konnten, dort zu heizen. Unser Aktionsradius schrumpfte. Der Lieferwagen war im Hof aufgebockt, weil weder Mama noch ich fahren konnten, also erledigten wir unsere Einkäufe zu Fuß. Besucher kamen keine. Emorys von nebenan wohnten nicht mehr in Clarion, die andern Nachbarn hielten uns für sonderbar. Meine Freundinnen waren entweder im College oder verheiratet, unerreichbar für mich. Es kam dahin, daß ich Zufallskunden wie langentbehrte Freunde begrüßte. Mir entging nicht, daß man uns argwöhnisch betrachtete. Ich wußte recht gut, was für ein Bild wir boten: eine fette Mutter in Gummistrümpfen, ein verschrumpelter Vater, eine mürrische alte Jungfer, die unverheiratete Tochter. In diesem Haus herrschte wohl ein hoffnungsloses Durcheinander, und in den Türmchen hausten gewiß Fledermäuse.
Vom College bekam ich einen Brief: ich könne auch im Januar noch anfangen, wenn ich wolle. Was ich mir erhofft hatte, weiß ich nicht mehr – vielleicht, daß der Betrieb total eingestellt wurde, bis es endlich soweit war, daß ich teilnehmen konnte. In dem Brief stand aber nicht mal der Name meiner Zimmergenossin, die, wie ich mir ausrechnete, unterdessen ohnehin wen anderen gefunden haben würde. Ich war überzeugt, daß künftig nie und nirgends irgendwas gut gehen könnte. Jeder Kunde, den ich in meiner Kamera auf dem Kopf stehen sah, kam mir glücklicher vor als ich.
Im Dezember meinten die Ärzte, mein Vater dürfe aufstehen. Als erstes nahm er meine Porträts von der Wäscheleine und hängte welche von sich auf. Man sah ihm an, daß er die ganze Zeit über förmlich darauf gebrannt hatte. Da stand er in seinen Cordpantoffeln, den Pullover achtlos in den Hosenbund geschoben, und deutete auf Bilder, die er vor 20

Jahren gemacht hatte: »Das da, das ist ein ... ein besonders wichtiger Kunde, ich erinnere mich genau, später hat er ein hohes Verwaltungsamt bekleidet... von mir ließ er sich fotografieren, weil er wußte, ich mache ehrliche Aufnahmen. Von geschönten Porträts halte ich nämlich nichts. Man soll nicht versuchen, wie jemand auszusehen, der man nicht ist.«

Er ertrank förmlich in seinen Kleidern, sein graues Haar hatte Tabakfarbe angenommen, seine Haut war lappig. Ich konnte ihn aber nicht zur Ruhe bringen, er kramte mehr und mehr Fotos hervor, befestigte sie an der Wand, an einem Merkbrett, stellte sie auf Regale, steckte sie in Bildleisten. Geschäftsleute, Schulabgänger, altmodische Damenkränzchen, endlich die Soldaten und die aufgeputzten Säuglinge. Auf seinen Bildern sahen aber sogar die Säuglinge ernsthaft drein, und die Soldaten standen neben ihren Mädchen so hölzern, als wären sie verheiratet. Allesamt hatten sie einen benommenen, unscharfen Ausdruck im Gesicht, und alle standen in prächtiger Haltung da. Niemand lächelte. Das fiel mir jetzt zum erstenmal auf. »Das sieht ja aus wie ein ganz altmodisches Fotoalbum«, sagte ich.

»Ein ähnliches Porträt anfertigen kann nie und nimmer altmodisch sein«, entgegnete mein Vater.

Ich fürchtete, er werde sich in eine seiner Stimmungen steigern. Er hängte immer neue Abzüge auf, viel zu hastig, ohne sie auch nur anzusehen, holte mehr und immer noch mehr davon aus der grünen Kiste neben dem Bett hervor. »Sieh nur... dies war... das ist... der Mann hat 40 Abzüge bestellt, so gut gefiel ihm meine Arbeit.«

»Die sind auch alle sehr hübsch, Daddy«, sagte ich, damit er nur endlich Ruhe geben und nicht so hastig umhergehen sollte. Die Fotos waren mir gleichgültig, seine, meine oder wessen auch immer. »Du solltest dich jetzt etwas ausruhen.«

»Frag deine Mutter, was sie mit den alten Platten gemacht hat.«

Mutter saß auf dem Gartenstuhl in der Küche vor dem Fenster. »Daddy verlangt seine alten Negative.«

»Was für Negative? Und wie komme ich dazu? Warum er all das Zeug aufhebt, weiß ich ohnedies nicht. Mit der Zeit zerbrechen die Platten unter ihrem eigenen Gewicht. Und du

weißt genau, die Kunden bestellen keine Abzüge mehr davon, die meisten sind längst tot.«
Ich ging zurück ins Atelier. »Sie weiß nicht, wo die Platten sind.« Mein Vater sortierte Gemeindemitglieder in einen Schuhkarton. Sein Blick beschuldigte mich, eigenhändig die Platten zerstört zu haben. Ich wußte nicht, weshalb er so zornig auf mich war.
In dieser Nacht sah ich mich im Traum vor dem Markson College, die Gebäude verschlossen und verlassen, im Innenhof nur ein Echo. Nach dem Erwachen zog ich den Morgenrock an und ging in die Küche, Kaffee aufzusetzen. Als er durch die Maschine lief, sah ich zum Fenster hinaus in die Sonne, die zwischen gefrorenen Zweigen heraufkam. Ich goß Kaffee in zwei Tassen, eine für mich, eine für meinen Vater, und ging damit ins Atelier. Mein Vater lag im Bett, seine Decke war völlig glatt. Er atmete nicht. Rings um ihn her hingen Bilder von Menschen, die alle nicht lächelten, doch kein Gesicht wirkte so reglos wie seines.

Onkel Gerard kümmerte sich um das Begräbnis. Er und Tante Aster nahmen daran teil, ich weiß nicht, ob sonst noch wer, denn ich blieb zu Hause bei meiner Mutter, die einen wirklichen Zusammenbruch hatte. Ich empfand das jedenfalls als Zusammenbruch, weil zugleich mit ihr alles zerbrach, was ihr in die Nähe kam. Wenn sie in einem Sessel saß, zupfte sie solange am Überzug, bis die Füllung auf den Teppich quoll. Wenn sie gelegentlich zerstreut durch ihr Haar fuhr, riß sie ganze Strähnen aus. Ich wußte nicht, was mit ihr anfangen. Ich konnte nur ihre Hände halten und sagen: »Aufhören, aufhören.«
»Ich habe mir immer gedacht, daß es so kommen würde«, sagte sie zu mir. Ihre Stimme klang tonlos. Man stellt sich nicht vor, wie angst einem werden kann, wenn jemand die Wörter sozusagen gedruckt von sich gibt. Sie fuhr fort: »Das war das einzige, wovor ich mich immer gefürchtet habe, und nun ist es eingetreten. Jetzt sitze ich endgültig ohne Mann da.«
Ich fand, sie hätte darüber erleichtert sein sollen. Sie hatte nun doch nichts mehr zu fürchten. Das sprach ich natürlich nicht aus. Ich tätschelte ihren Arm, brachte ihr Tee. Und ging, kaum war sie eingeschlafen, zu meinem Onkel. »Onkel

Gerard«, sagte ich zu ihm, »Onkel Gerard, ich muß unbedingt aufs College.«
»College?« sagte er und setzte eine seiner gräßlich riechenden schwarzen Zigarren in Brand.
»Ich habe nur ein Teilstipendium bekommen, und du weißt, wir sind knapp mit Geld. Du mußt mir was borgen.«
»Tja, mein Schatz, über Geld ließe sich schon reden, aber was wird aus deiner Mama?«
»Ich kann nicht mein ganzes Leben bei meiner Mama bleiben.«
»Aber Kind! Sie leidet! Du wirst sie in einem solchen Moment doch nicht alleinlassen wollen?«
»Vielleicht kann sie zu euch ziehen?«
»Zu Aster ins Haus?«
»Oder du könntest vielleicht von Zeit zu Zeit mal nach ihr sehen? Oder Clarence schicken? Ich meine –«
»Nun hör mir mal zu.« Onkel Gerard stemmte die Patschhände auf die massigen Schenkel, lehnte sich zu mir her und roch nach verbranntem Gummi. »Wie alt bist du? Siebzehn? Achtzehn? Na also. Du hast jede Menge Zeit. Nimm dir ein Jahr frei, fang im nächsten Herbst mit dem College an. Was ist schon ein Jahr für jemand in deinem Alter?«
»Ein Achtzehntel meines Lebens.«
»Und noch was: Warte bis kommenden September, und ich zahle dir alles. Einfach so. Kein Darlehen. Das ist doch ein anständiger Vorschlag, oder?«
»Ich danke dir, Onkel Gerard«, sagte ich, denn es war zu merken, er meinte es gut. Reich war er nicht eigentlich, er hatte nur seine chemische Reinigung. Mich von Tante Aster mit dem goldblonden Haar und der gepflegten Haut zu verabschieden, brachte ich allerdings nicht über mich. Ich tat, als hörte ich sie nicht, als sie aus der Küche nach mir rief.
Mamas Zustand besserte sich nicht, nein, ich zweifelte jetzt daran, daß ich im nächsten September fortkönnte. Ich kam mir vor, wie in den Kalender gesperrt. Die Zeit erwies sich als der engste Käfig von allen. Ich mußte Mama beim Anziehen helfen und alles endlos wiederholen. Sie wollte von nichts anderem reden als von meinem Vater. »Ich habe ihn aus Verzweiflung genommen«, sagte sie. »Ich habe genommen, was ich kriegen konnte. Tu das nie, Charlotte!«
»Nein, Mama.«

Das brauchte sie mir nicht erst zu sagen.
»Er hat immer was gegen mich gehabt, vom ersten Tag an. Ich weiß auch jetzt noch nicht, was. Er sagte, er mag Frauen, an denen was dran ist, aber nach einer Weile hat er gemault, ich soll weniger essen. ›Und warum das?‹ fragte ich ihn, denn ich war ganz überrascht, weil er so redete. Allerdings habe ich es dann ihm zuliebe versucht...wie oft habe ich eine Mahlzeit ausgelassen, daß mir ganz schwach und schwindelig wurde, bloß um ein bißchen abzunehmen. Aber dann, ich weiß auch nicht warum, dann mußte ich unbedingt wieder was essen. Ich bin nun mal so, ich brauche mehr Nahrung als andere Menschen. Es hätte übrigens auch nichts geändert. Er war ein unzufriedener Mensch, Charlotte. Hätte ich mehr tun können, als ich getan habe?«
»Ich weiß nicht, Mama.«
»Und hattest du je den Eindruck, daß er hier zufrieden war?«
»Aber nein, Mama.«
»Er hat es ja auch oft genug gesagt. ›Ah, wie komme ich bloß in diese Mausefalle!‹ Und dann sagte ich zu ihm: ›Geh nur, geh, niemand fordert dich auf zu bleiben. Geh doch anderswohin, wenn es dir hier nicht gefällt, heirate irgend 'ne Schlampe, von mir aus.‹ Das habe ich ihm oft und oft gesagt, aber er hat mich nur so aus verdeckten Lidern angesehen und nicht geantwortet. ›Ich werde dir eigenhändig eine neue Frau suchen!‹ sagte ich ihm, aber glaub mir, Charlotte – das hätte mich umgebracht. Ist das nicht zum Lachen? Lach nur! Er hatte eine so sanfte, traurige Miene und so eine Angewohnheit, den Kopf zu neigen, wenn er Leuten zuhörte. Ach, Charlotte, meinst du, er ist ein bißchen glücklich gewesen?«
»Aber sicher war er das, Mama«, sagte ich, und dann hielt ich es nicht mehr aus, ich mußte aus dem Zimmer gehen, meist ins Atelier, wo die von meinem Vater Fotografierten immer noch den Blick gesenkt hielten und sein verbeultes Blechschild mit der Aufschrift ATELIER AMES, ERSTKLASSIGE PORTRÄTS vor dem Erkerfenster baumelte. Manchmal klingelte es an der Tür zum Atelier und ich ließ Kunden ein, weil ich mich langweilte. Ich knipste sie, wie sie es haben wollten. »Könnten Sie auch meinen Pudel aufnehmen? Er ist alt, und wir wollen eine Erinnerung an ihn haben, wenn er gestorben ist.« Ich spürte

dann, wie mein Vater zusammenzuckte. Ich kann allerdings nicht behaupten, daß mich das störte, und im übrigen brauchten wir das Geld.
In jenem Winter hatten wir kaum genug zu essen. Onkel Gerard steckte uns hin und wieder einen Zehndollarschein zu, doch davon konnten wir gerade die Medizin bezahlen, mit der Mama ihren hohen Blutdruck bekämpfte. In meiner Verzweiflung stellte ich ein Schild ZIMMER ZU VERMIETEN ins Fenster, und Mr. Robb, der Nachtwächter aus der Fabrik, bezog das vordere Schlafzimmer. Dort gefiel es ihm allerdings nicht. Er klagte, es sei für ihn im Haus zu kalt, und nach drei Wochen zog er aus. Das Schild im Fenster verstaubte. Ich gab mir im Atelier jetzt mehr Mühe, ich bat die Kunden, mich im Freundeskreis zu empfehlen, aber es nützte nichts. Ich glaube, Mamas Anblick verscheuchte sie. Mama hatte die Angewohnheit hereinzuwandern, wenn Kunden im Atelier waren; sie hangelte sich dabei sozusagen von einem Möbelstück zum andern. Daß sie gekommen war, erkannte ich am erschreckten Gesichtsausdruck meiner Kunden. Unter der Tür stehend, sagte sie dann etwa: »Ist es nicht wundersam, wie alles und jedes am Tode eines Menschen teilnimmt? Da stirbt jemand in seinem Zimmer, in einem anderen Zimmer wird die Mahlzeit kalt, die auf ihn wartet, er kommt nicht wie vereinbart zum Arzt in die Sprechstunde, die Bilder, die er gerade sortierte, bleiben ungeordnet – nichts wird vergessen, alles ist perfekt organisiert.«
»Das ist meine Mutter«, stellte ich vor. »Bitte sehen Sie ein bißchen mehr ins Licht.«
»Zu Gegenständen habe ich allerdings nie großes Vertrauen gehabt«, fuhr sie fort. »Manchmal war ich ganz überrascht, wenn ich eine Tasse genau dort wiederfand, wo ich sie Wochen zuvor hingestellt hatte. Man sollte doch denken, daß da mal Irrtümer vorkommen, daß eine Tasse dann doch auf ihrem Platz im Regal steht, wenn man sie sucht. Oder etwa die Schwerkraft: Es wäre doch denkbar, die Schwerkraft mal zu überlisten, ein einziges Mal nur, ein Tablett in der Luft abzustellen, und es bleibt da stehen. Könnte das nicht sein?«
Der Kunde räusperte sich etwa an dieser Stelle.
»Ich begreife jetzt, daß ich nicht alle Möglichkeiten in Rechnung gestellt habe.« Und damit schwankte sie hinaus.

An gewissen schlimmen Tagen kam mir der Gedanke wegzulaufen, doch tat ich es selbstverständlich nie.
Als es eines Märznachmittags an der Haustür klingelte und ich öffnete, sah ich einen sehr hochgewachsenen Soldaten draußen stehen, die Mütze in der Hand. Er hatte glattes schwarzes Haar und eines jener verschlossenen Gesichter, die Männer haben, welche sich nicht in die Karten sehen lassen. Kein Zweifel, ein Emory-Gesicht. Nur wußte ich nicht, welcher Emory es war. Ich fragte: »Amos?«
»Saul«, klärte er mich auf.
»Saul!«
»Tag, Charlotte.«
Er lächelte nicht (Emorys lächeln kaum je, sie blicken aber meist milde drein). »Ich habe euer Schild im Fenster gesehen und dachte, ich wohne hier, solange ich im Ort zu tun habe, mit der Hinterlassenschaft meiner Eltern.«
»Aber gern, wir würden uns freuen.«
»Wie ich höre, ist es euch diesen Winter nicht sehr gut gegangen?«
»Nicht besonders, nein.«
Saul nickte nur. Emorys verstanden sich auf so was, da wurden nicht viel Worte gemacht.
Daß wir Emorys so gut kannten, kam so: Alberta Emory, die Mutter, konnte kein Geheimnis wahren. Sie sagte allen alles, sogar uns. Sie pflegte einen Kuchen rüberzubringen oder eine Schüssel Beeren, und lehnte dann den halben Vormittag in der Küchentür und redete und redete endlos mit ihrer leisen, einschmeichelnden Stimme. Und zwar redete sie über ihren Ehemann, den Rundfunkmechaniker Edwin Emory, der mehr trank als arbeitete, und über ihre vier strammen Buben, Amos, Saul, Linus und Julian. Julian war so alt wie ich, die anderen waren älter. Die Männer jener Familie steckten voller Geheimnisse und neigten zur Sünde, doch dank Alberta waren wir auf alles gefaßt. Amos lief immer wieder von zu Hause fort; Saul hatte dauernd Schwierigkeiten mit Mädchen; Linus bekam unerklärliche Wutanfälle, und Julian war dem Glücksspiel verfallen. Ich glaube, es verging kein Tag, daß sie nicht in irgendwas verwickelt wurden.
Alberta hatte etwas Zigeunerhaftes, in bestimmter Beleuchtung sah sie wunderhübsch aus, sie kleidete sich nachlässig, hielt sich schlecht und war erstaunlich jung. Sommers ging sie

oft barfuß. Ich brauche nicht zu betonen, daß ich sie liebte. Einerlei was sie erzählte, immer wollte ich mehr wissen: »Und dann? Was passierte dann?« Ich wäre gern von ihr adoptiert worden, ich sehnte mich nach dem Haus, in dem es von Menschen nur so wimmelte, wo sich die tollsten Dinge ereigneten. Alberta verstand es, ihre Mißgeschicke zu tragen wie andere Leute ihre Juwelen. »Sieh doch nur, wie ereignisreich mein Leben ist«, schien sie zu sagen. »Sieh nur, wie gesegnet bin ich durch alles, was mir widerfährt!« Und sie hob die warmen braunen Hände, um von ihrer Fülle abzugeben.

Meine Mutter bemerkte dazu: »Die Person hat keinen Verstand.«

Mama meinte damit wohl, Alberta verstehe nicht zu begreifen, wie schlecht es ihr ging. Mama hätte mehr Gefallen an ihr gefunden, wäre sie gekommen, sich auszuweinen. Alberta weinte aber niemals. Sie gab ihre Neuigkeiten zwischen prustenden Lachanfällen zum besten, egal ob Skandale, Katastrophen, Wunder, Geheimnisse. Jemand hatte den Laden ihres Mannes ausgeraubt und einen Zettel hinterlassen, auf dem stand: »Tut mir leid, daß ich euch Ärger gemacht habe.« Noch dazu in Julians Schrift. Als ihr Schwiegervater eines Tages mit seiner gesamten irdischen Habe vor der Tür stand – Theaterkritiken aus den sechziger Jahren, alte Kostüme und Perücken –, nahm sie ihn prompt auf, obwohl es im Haus kein Zimmer mehr für ihn gab. So schlief er denn umgeben von unechten Hermelinmänteln, Uniformen, Säbeln, Kronen und Hutschachteln im Eßzimmer. Und er verlangte zu jeder Tages- und Nachtstunde besonders zubereitete Imbisse von ihr.

Meine Mutter sagte dazu: »Vernageln und abreißen müßte man das Haus.«

Als ich in die Unterstufe ging, brannte Alberta mit ihrem Schwiegervater durch, ausgerechnet im Winter.

Das war nun kein alltägliches Vorkommnis. Edwin Emory taumelte umher wie vom Schlag gerührt, aber verblüffter als ich war er gewiß nicht. Ich begriff nicht, wie sie die andern einfach hatte zurücklassen können. (Mich hatte zurücklassen können.) Ich hatte geglaubt, sie sei glücklich. Allerdings glaubte ich ja auch, daß das Männerquartett im Radio ein einziger Mann war, nur eben heiser. Ich will damit sagen, ich ließ mich leicht täuschen. Vielleicht waren alle Familien ebenso sonderbar wie meine, wenn man sie nur aus nächster Nähe betrachten konnte. Vielleicht war Alberta insgeheim ebenso traurig wie meine Mutter? Oder vielleicht hatte Mama recht, als sie sagte: »Die Person wollte bloß beneidet werden, um alles und jedes, auch um ihren Schwiegervater, den alten Trottel.« Das war für mich ein ganz neuer Gesichtspunkt.

Eine Weile brachte ich den überlebenden Emorys Kleingebäck und Schüsseln voll Suppe, aber richtig dankbar zeigten sie sich nicht. Das Haus rutschte gleichsam in sich zusammen und verstummte. Edwin saß in langen Unterhosen herum und trank Muskateller, Linus versuchte sich im Laden. (Saul und Amos waren schon vor Jahren von daheim fortgegangen.) Alles Mechanische war aber reinstes Gift für Linus, er bekam so eine Art Nervenzusammenbruch und wurde zu einer Tante geschickt. Dann erschien Julian nicht mehr in der Schule, er hatte Ärger wegen Spielschulden und verschwand von der Bildfläche. Als letzter flüchtete Edwin. Wann das geschah und in welche Richtung, wußte niemand genau. Er war einfach nicht mehr da. Als ich eines Tages zum Fenster hinaussah, wurden bei Emorys gerade die Fenster vernagelt. Es war gekommen, wie Mama immer gesagt hatte, und dies war das Ende vom Lied.

Oder es schien jedenfalls so, bis Saul heimkam. Seine Uniform war so scharf gebügelt, daß sie metallisch schimmerte, und im Zimmer stellte er sich auf wie hingepflanzt. Unverkennbar waren Emorys nicht geschrumpft, während ich sie aus den Augen verloren hatte. Er wußte zwar nicht die Adresse von zweien seiner Brüder, konnte aber berichten, daß alle am Leben waren, sogar Julian. Alberta lebte mit ihrem Schwiegervater irgendwo in Californien, jedenfalls war das Weihnachten noch der Fall gewesen. Übrigens sei ihm das egal. Einzig Edwin lebte nicht mehr, war auf einem Besuch bei seiner Schwester in New Jersey an Leberbeschwerden gestorben. Saul war gekommen, weil er das Haus an AMOCO verkaufen wollte, die dort zum Schaden von TEXACO eine Tankstelle planten. Der Erlös vom Haus würde wohl die Steuerschulden decken. Das Radiogeschäft wollte er auch gleich abstoßen, an den ersten besten, und dann machen, daß er wegkomme. Er sei eben aus dem Heer ent-

lassen, er wolle jetzt sein Leben richtig anfangen und nicht viel Zeit mit diesem Kram hier vertrödeln.
Das tat er dann aber doch. Der Verkauf des Hauses zog sich in die Länge – man kann sich vorstellen, was eine aus lauter Emorys bestehende Erbengemeinschaft bedeutet –, und ein heruntergekommener Radioladen ist auch nicht gerade ein sehr gesuchtes Objekt. Saul blieb den März und den April. Ich war froh darüber. Seit er im Hause war, nahm das Leben irgendwie Form an. Wir mußten unsere Zeit einteilen, denn er verlangte seine Mahlzeiten zur festgesetzten Stunde. Auch verstand er sich darauf, kleinere Reparaturen auszuführen, die seit Jahren anstanden. Abends saß er mit Mama und mir vor dem Fernseher (obwohl er ihr mit größter Höflichkeit begegnete, beachtete sie ihn nicht), manchmal führte er mich auch aus. Wir gingen ins Kino, gelegentlich auch in ein Restaurant oder in einen Drugstore. Er benahm sich zu mir wie ein Bruder, er faßte mich nicht mal bei der Hand, doch blickte er mich öfter prüfend an. Worauf er eigentlich wartete, begriff ich nicht. Wenn ich am Ende eines solchen Abends vor den Spiegel in meinem Schlafzimmer trat, sah ich ein junges Mädchen in Rock und Pullover, ganz und gar keine mürrische alte Jungfer.
Selbstverständlich verliebte ich mich in ihn. Wie denn auch nicht? Wenn man bedenkt, wie glatt und heiter sein Gesicht war, wie schwer die Lider, die seine Augen verdeckten! Zum erstenmal hatte ich das Gefühl, daß jemand eine ganze Welt in seinem Kopf mit sich herumtragen könnte, von der ich nicht das geringste ahnte. Ich wollte unbedingt wissen, wie er über dies und jenes dachte. Und wie es war, wenn man Geschwister hatte wie er, eine Mutter wie Alberta? Was empfand er, wenn er an dem alten Haus vorbeikam, dessen Läden schief in den Angeln hingen? Darüber sprach er kein Wort, und ich wagte nicht zu fragen. Ich wollte es jedesmal tun, wenn ich mit ihm zusammen war, doch flößte er mir so stark das Gefühl ein, jemand anderes zu sein, daß es unmöglich schien. Also beschränkten wir uns auf die Plauderei über Hypotheken und tropfende Wasserhähne. Das eigentliche Gespräch wurde stumm geführt. Er half mir in meine Wolljacke, als wäre ich zerbrechlich. Irgendwie verstand er es, mein Haar im Nacken auf die genau richtige Weise hochzunehmen und über den Kragen auszubreiten. Ich wiederum

versuchte mich an Albertas Buchweizenplätzchen und verdarb dreimal den Teig. Selbst meine Mutter nahm an diesem stillen Gespräch teil, denn wenn wir zu dritt waren, verhielt sie sich plötzlich reglos und bedachte uns nur mit flinken Blicken wie ein Nagetier. Wir drei waren wie auf eine Gummischnur gezogen, und wer sich regte, versetzte auch die andern in Bewegung.

Als wir im April eines Abends aus dem Kino kamen – es war ein Film mit Lana Turner –, gingen wir zufällig an dem alten Radioladen seines Vaters vorbei, einem engen, trüben Schlauch zwischen einem Flickschuster und einer Imbißstube, seit Jahren leerstehend, schwarz jetzt wie eine zahnlose Mundhöhle. Der bloße Anblick rührte mich schon zu Tränen, was also mußte erst Saul dabei empfinden? Ich nahm ihn beim Arm, und schon blieb er stehen, ergriff meine Hand und sah auf mich herunter. »Hör einmal«, sagte er.

Er machte mir Angst. Ich glaubte, er sei wütend, weil ich ihn angefaßt, sein Gleichgewicht irgendwie gestört hatte. Er sagte aber: »Charlotte, du weißt, ich habe noch keine Arbeit.«

»Arbeit?« sagte ich.

»Und ich kann mich auch so recht für nichts erwärmen. Ich weiß nicht, was ich mit meinem Leben anfangen soll. Also warte ich ab, ob sich was ergibt, aber bislang hat sich nichts ergeben.«

Ich begriff nicht, worauf er hinaus wollte. »Ah.«

»Charlotte, ich rede von dir und mir.«

»Oh ...«

»Ich meine, bevor ich mit dir über gewisse Sachen reden kann, muß ich Aussichten haben.«

Ich begriff immer noch nichts. Mir kam es vor, als gebrauche er Ausreden. Als Oberschülerin war ich daran gewöhnt, daß die Zukunft keine Rolle spielte, wenn man mit einem Jungen ging. »Tja«, sagte ich, »weiter wartest du also auf nichts? Mir gefällst du ohne Aussichten besser.«

Ich hätte mir diese Worte sparen können, denn den Rest des Weges legte er nachdenklich schweigend zurück. Allerdings ließ er meine Hand nicht los, und vor der Haustür küßte er mich, aber nur ein einziges Mal und so ernst, wie jemand, der viel, viel älter ist. Was er in gewisser Weise ja war. Ich war so jung! Ich dachte überhaupt nicht an die Zukunft. Ich dachte nur: Wie sonderbar es sich anfühlt, so tief aus der innersten Person heraus die Oberfläche des andern zu berühren. Ich hätte die ganze Nacht so stehen mögen, den Kopf an seiner wolligen Schulter. Saul war es, der schließlich sagte, wir müßten nun ins Haus gehen.

Meine Mutter begann irgendwie einzuschrumpfen, einzutrocknen, sich zu verdichten. Sie fürchtete sich. Ich sah, wie sie Saul aus ihren glänzenden, äderchendurchzogenen Augen beobachtete. Je liebenswürdiger er sie behandelte, desto argwöhnischer wurde sie. Fragte er sie etwas, so bedachte sie lange eine Antwort, als ob sie sie durch viele Schichten von Furcht an die Oberfläche ziehen müßte. Half ich ihr abends zu Bett, umklammerte sie mein Handgelenk, sah mich forschend an, bewegte die Lippen, sprach aber nicht. Dann ging ich nach unten, und Saul umklammerte das gleiche Handgelenk und zog mich an sich. Dann war mir einen Moment immer ganz wirr und ängstlich zumute. »Was hast du?« fragte er, aber ich antwortete nie.

Ich gab mir Mühe, ihn zu verstehen. Das war nicht einfach. Die Verwegenheit, mit der ich bei ihm gerechnet, ja auf die ich gezählt hatte, besaß er gar nicht. Er war eher zu ernst. (Als ich noch auf die Schule ging, hieß es immer: »Hauptsache, ein Mann hat Sinn für Humor.«) Er behandelte mich streng, ohne zu lächeln, und das schüchterte mich ein. Ich begriff auch nicht, wie er sich das mit seinem Job dachte. Er nahm augenscheinlich an, es werde ihm eine Lebensaufgabe zugeteilt wie ein Schicksal. Er war so vertrauensselig! Ich sagte und meinte es nur halb im Scherz: »Du solltest dich vielleicht selber auf die Suche nach dem Glück machen. Ich jedenfalls täte das. Und wie gerne käme ich mit dir! Schon morgen könnte es losgehen, egal wohin.«

»Das könntest du nicht. Deine Mutter alleinlassen? Ausgerechnet jetzt, in ihrem Alter?«

Daß Saul ein Sohn Albertas sein sollte, war unfaßlich.

Im Mai kaufte er einen Verlobungsring für mich. Als wir eines Abends zu dritt beim Essen saßen, holte er ihn aus der Tasche und wickelte ihn aus. Ein kleiner Brillantring. Ich war völlig überrascht, als er ihn mir an den Finger schob.

»Es wird allmählich Zeit«, sagte er dazu. »Tut mir leid, Mrs. Ames, aber ich kann nicht mehr warten. Ich will Charlotte heiraten.«

Mama sagte: »Und ich –«
»Nicht gleich«, unterbrach er sie. »Ich entführe sie nicht morgen schon aus dem Haus. Noch weiß ich nicht einmal, welche Arbeit mir aufgetragen ist. Solange Sie uns brauchen, bleiben wir hier im Hause wohnen, das verspreche ich Ihnen.«
»Aber –«, sagte Mama.
Das war dann auch schon alles.
Ich hätte ablehnen müssen, schließlich war ich nicht wehrlos. Ich hätte sagen sollen: ›Tut mir leid, aber du paßt nicht in mein Leben. Einen zweiten Menschen wollte ich auf meine Wanderung nie mitnehmen.‹ Ich sagte es aber nicht. Er saß neben mir, und der exotische, ledrige Geruch seiner Haut erregte in mir soviel Liebe, daß ich davon schier beschädigt wurde. Was er sagte, klang besonders deutlich, wie in knisternde Kälte gesprochen. Ich kam gar nicht auf die Idee, ihn abzuweisen.

7

Ich erwachte mit dem Gefühl, gerüttelt und geschüttelt zu werden. Ich richtete mich auf und sah um mich. Die Sonne war so grell, daß die Augen mich schmerzten, doch erkannte ich immerhin, daß wir auf einem feuchten, strohfarbigen Feld standen. Jake saß hinterm Steuer und knurrte vor sich hin. Zwei Männer in Arbeitszeug warfen sich in Abständen gegen das Heck des Wagens. »Horuck!« brüllte der eine, und ich spürte den Anprall ihrer Leiber. Die Räder drehten leer. »Blödmänner«, sagte Jake und drehte die Zündung ab. »Wenn diese Kerle nur ein *einziges* Mal zur gleichen Zeit drücken würden ...«
»Was geht eigentlich vor?« fragte ich.
Er sah mich schief an und stieg aus. »Was wir brauchen, ist der Traktor da«, hörte ich ihn den Männern zurufen. »Ihr müßt bloß von rückwärts ranfahren und schieben.«
»Traktor?« fragte der eine, »was für'n Traktor? Meinen Sie den da drüben? Mann, das ist so'n Zwerg von 12 PS, den meine Frau für den Garten braucht. Glauben Sie, mit dem kriegen wir Sie raus? Von hinten kommen wir sowieso nicht ran, Sie sitzen zu nahe an der Böschung.«

»Dann versucht es eben von vorn, mir ist es wurscht.«
»Der zieht doch nichts weg, ein Spielzeug ist das. Nicht mal Mist kann man mit dem fahren.«
»Und ich habe zwanzig Dollar in der Tasche, die sagen mir laut und deutlich, wenn ihr euch Mühe gebt, schafft ihr's damit.«
Durch die Heckscheibe sah ich, daß er dem Mann in der roten Kappe Geldscheine in die Hand zählte. Vor ihren Mündern standen kleine Dampfwolken. »Lauter Einer?« fragte der Mann.
»Geld ist Geld.«
»Naja, versuchen können wir's ja mal. Komm, Cade.«
Er und Cade stapften über das Feld, Jake stieg ein, er brachte Kälte mit von draußen, mich fröstelte und ich verschränkte die Arme vor der Brust. Irgendwie kam ich mir fehlgeleitet vor, eine Nacht war verlorengegangen. »Wo sind wir überhaupt?«
»Wenn Sie sich die Mühe machen wollten hinauszusehen, würden Sie erkennen, daß wir auf einem Weizenfeld stehen.«
»Ja schon, ich meine, wie kommen wir hier her?«
»Ich bin am Steuer eingeschlafen.« Jake strich über sein Kinn, das stoppelig war. »Es muß wohl so gewesen sein, aber kapieren tu ich's nicht. Ich bin bekannt dafür, daß ich nicht schlafe. Ich brauche viel weniger Schlaf als andere Leute. Auch wenn ich mal die ganze Nacht durchtanzte oder so, bin ich morgens munter und fidel bei der Arbeit, mache auch die nächste Nacht noch durch und merke nichts. Manchmal ist das direkt langweilig, wenn alle sich irgendwo hinhauen und pennen, und ich als einziger bin wach. Aber so war es nun mal: eben fahre ich noch drauflos und denke an nichts, und plötzlich sitze ich hier im Weizenfeld. Mitten in der Nacht und nirgendwo ein Mensch. Sie schliefen wie ein Sack. Also habe ich weitergeschlafen. Hat 'ne Weile gedauert, bis diese beiden Jockel hier heute früh vom Hafer gestochen wurden.«
»Weizen«, verbesserte ich, obwohl ich, offen gestanden, Hafer nicht von Weizen unterscheiden kann. Ich schaute mir das gelbblühende Unkraut an. Der Mann mit der Kappe näherte sich auf einem Spielzeugtraktor, Cade ging nebenher und schwenkte ein Seil. »Gleich werden Sie sehen, wie dieses

kleine Ding uns flottmacht. Warten Sie nur ab. Ich habe schon schlimmer in der Tinte gesteckt.« Er kurbelte sein Fenster runter:
»Spannt an, Jungs, und dann kräftig, aber mit Gefühl. Nur nicht zu doll!«
Die Männer hörten nicht auf ihn, sondern machten sich ans Werk. Jake versteht nicht mit solchen Leuten umzugehen, dachte ich. Es genierte mich förmlich, in seiner Gesellschaft gesehen zu werden, und ich rutschte so tief auf meinem Sitz herunter, daß ich nicht sah, wie wir angekoppelt wurden. Allerdings spürte ich es. Ich lebte bereits so lange in diesem Auto, daß es sich anfühlte wie eine zweite Haut. Ich fühlte oder bildete es mir wenigstens ein, wie knochige Hände an der Stoßstange hantierten, wie sie das grobe Seil herumschlangen und versuchsweise daran zerrten. Cade beugte sich zu Jake ins Fenster und sagte: »Lassen Sie die Dame nicht aussteigen?«
Jake dachte nach. »Nee«, sagte er dann.
»Dann haben wir weniger Last.«
»Die rechte Tür ist im Eimer. Es geht auch so.« Er drehte die Zündung an. Cade trat zurück, der Traktor heulte klagend auf, ich fühlte, wie das Seil sich straffte, wir bewegten uns zwei, drei Schritte vorwärts, dann machte es *ping!*, und der Wagen stand. Ich richtete mich auf und schaute hinaus, gerade noch rechtzeitig, um zu sehen, wie die Stoßstange über den Acker trudelte. »Jesus«, sagte Jake.
Der Traktor hielt an, der Fahrer glitt herunter. Beide Männer näherten sich kopfschüttelnd. Jake stieg aus und gesellte sich zu ihnen. Alle drei kratzten sich am Kopf und betrachteten mit gerunzelten Brauen die Stelle, wo die Stoßstange gewesen war. »Dieser Wagen ist ein echter Woolworth, Jahrgang 53«, erklärte Jake. »Achten Sie auf die Bereifung: glatt wie ein Gartenschlauch.« Die Männer nickten, als prägten sie sich jedes Wort ein. Jake trat gegen einen Reifen. Ich spürte den Stoß. Nun breitete sich ein langes, ehrfürchtiges Schweigen aus.
»Ich muß Ihnen sagen, Mann, das mit Ihrer Stoßstange, das tut mir richtig leid«, sagte schließlich der Traktorfahrer.
»Dafür konnten Sie nichts«, sagte Jake.
»Aber vielleicht kommen wir jetzt von hinten ran und können schieben. Steht nicht mehr so schief, mit der Nase

nach unten. Vielleicht, wenn die Dame steuert und wir schieben zu dritt...«
Jake trat heran und steckte den Kopf ins Fenster. »Ich kann nicht fahren«, kam ich ihm zuvor.
»Sie wissen, wo das Gaspedal ist?«
»Nein, keine Spur, und noch weniger weiß ich, wo die Bremse ist.«
»Klar wissen Sie das.« Jake stieg ein, ließ den Motor an, deutete nach unten: Gaspedal, Bremspedal. »Aber lassen Sie den Fuß von der Bremse, bis Sie da vorne an die Straße kommen. Sehen Sie die? Nein, können Sie nicht sehen. Das ist bloß so'n Schotterweg. Da müssen wir drauf, denn die Böschung zur Landstraße schaffen wir nicht. Klar? Also los, machen Sie schon.«
Er stieg aus, ich rutschte hinters Steuer. »'Ne dolle Fahrerin ist sie nicht«, sagte Jake zu den Männern und die brummten verständnisvoll. Ich sah, daß sie sich eigentlich recht gut miteinander vertrugen: da standen sie nebeneinander, völlig in ihr Schicksal ergeben, und betrachteten mich, die ich mit verkrampften Händen das Lenkrad umklammerte. Cade sagte: »Keine Angst, meine Dame, nur immer mit Gefühl.«
»Von mir aus kann's losgehen«, sagte ich.
»Passen Sie auf, daß die Räder nicht leerdrehen.«
»Selbstverständlich.«
Sie gingen nach rückwärts aus meinem Blickfeld. Ich spürte, wie sie sich gegen das Heck lehnten. »O. K!« rief Jake. »Fuß auf die Bremse?«
Ich nickte.
»Was?«
»Ja!«
»Schalten Sie auf D!«
Ich schaltete. Der Motor tönte anders.
»Jetzt Gas!«
Ich trat aufs Gaspedal. Die Männer stemmten sich gegen das Heck. Die Hinterräder drehten winselnd durch. Dann aber kroch der Wagen zögernd, widerstrebend zentimeterweise vorwärts. Schneller jetzt. Die Männer blieben zurück, wir hoppelten über Furchen, über Steine, durch das Unkraut, wir ließen eine flache, gelbe Spur hinter uns. Im Rückspiegel sah ich diese Spur, sah die Männer darin laufen, winken, brüllen. Dabei vergaß ich ganz, nach vorn zu sehen, erkannte zu spät

den schmalen Schotterweg und war auch schon drüber weg. In meiner Angst trat ich fester aufs Gaspedal, drehte am Lenkrad, rührte mit dem Schalthebel im Getriebe, bis es plötzlich knirschte, der Wagen hielt und ich mit dem Kopf gegen die Scheibe flog. Als Jake auftauchte, sah ich ihn als eine Komposition aus bunten Ovalen auf schwarzem Hintergrund. Auf meiner Stirn fühlte ich eine besondere Art von Oberfläche. »Und wer sagt, Sie können nicht fahren?« fragte Jake. Er stieg ein, ich rutschte auf meine Seite, er ließ den Motor wieder an, fuhr rückwärts auf den Schotterweg und winkte seinen Freunden zu, die über ihren Acker stapften. Sie winkten zurück, und wir fuhren Richtung Landstraße.

»Ich könnte jetzt ein ganzes Pferd verdrücken«, bemerkte Jake. »Sie vielleicht auch?«

Ich war aber noch viel zu benommen, um zu antworten.

Wir frühstückten an einer Tankstelle von SUNOCO: Speckkrusten und Salzgebäck aus der Tüte. In der Toilette starrte ich eine Weile mein Spiegelbild über dem Handtuchautomaten an. Mir war, als müßte ich mich wieder zusammensetzen. Meine Augen blickten mir entgegen, erstaunlich dunkel, wie mir schien. (Ich hatte erwartet, sie wären so hell und verwaschen wie die von Jake.) Mein Gesicht zeigte einen spitzen und ratlosen Ausdruck. Daß ich meine Tasche unter den Arm nehmen und wieder zum Auto gehen konnte, empfand ich geradezu als Erleichterung.

Es war eine kiefernreiche Gegend, durch die wir fuhren, bestückt nur mit vereinzelten Gehöften und Supermärkten aus unverputzten Steinen. Hin und wieder wurden wir von einem Lastwagen oder einem Traktor aufgehalten, der partout nicht zu überholen war, und dann knurrte Jake: »Elender alter Trottel, Mistpöffer, Schwachkopf. Rammen müßte man den Kerl.«

»Ich verstehe Sie nicht«, sagte ich. »Gibt es denn hier nur Nebenstraßen? In Maryland haben wir Autobahnen, die muß es doch hier auch geben.«

»Dies hier sind genau die richtigen Straßen für mich. Kein Bulle würde sich mit denen herumärgern wollen.«

Ich hielt ihn für zu optimistisch, doch tatsächlich ließ sich nicht ein einziger Streifenwagen blicken, nichts als verbeulte

Fords und Chevrolets und die ewigen Lastwagen. Konnte Jake es gar nicht mehr hinter einem Laster aushalten, blieb er an einem Supermarkt stehen und kaufte uns irgendwas zu essen: Fritos, Oreos, Hot Dogs. Ich kaute das Zeug im Rhythmus eines ganzen Chors von Reklamespots, die in meinem Kopf schwirrten. Unterdessen jagte Jake den Motor hoch und hatte sehr bald wieder genau den Laster vor sich, dessentwegen er gehalten hatte. Und immer an einer Kuppe, in einer Kurve oder bei Gegenverkehr. Er fluchte. Ich kaute unbeirrt weiter. Ich habe die Gabe, mich gänzlich in mein Geschick ergeben zu können, und tat so, als würde ich auf einem breiten Förderband durch eine Landschaft voller Werbeplakate transportiert, zwei Meter hinter einem mit Rasenmähern beladenen Lastwagen.

Zu Mittag hielten wir vor einer Imbißstube am Rande einer Stadt. »Ich habe keinen Hunger, ich esse ja schon den ganzen Vormittag«, sagte ich.
»Egal. Ich muß mal ausruhen.«
Wohin man sah, überall Schrottplätze und Fabriken. Die Imbißbude stand auf einem Betonfundament, so winzig, als wären die überstehenden Ränder abgenagt worden. Drinnen Aluminium und fleckiges Kunstleder. Außer uns nur ein Halbwüchsiger vor einer Bockwurst. Die Kellnerin hatte das strenge, bebrillte Gesicht der fanatischen Kirchgängerin. Jake, der alles gegrillt, gesalzen und in Fett schwimmend wollte, erregte ihr Mißfallen. (Seinen Geschmack kannte ich bereits.) »Für mich bitte nur Kaffee.« Die Kellnerin schniefte und stelzte davon.
Als sie weg war, nahm ich von dem Hocker neben mir eine Zeitung, zerlesen zwar und schief gefaltet, aber komplett. »Wollen Sie die Seite mit den Witzen?« fragte ich Jake. Er sah mich angewidert an. Ich zuckte die Achseln, überflog die erste Seite, die zweite ... Vorwahlen, Lebenshaltungskosten, Tarifverträge ... Kein Wort über Jake und mich. Kein Mensch dachte mehr an uns, als hätte es uns nie gegeben. Es gab Wichtigeres. Ich war wie vor den Kopf geschlagen. Jake freilich hatte die Ruhe weg. Als ich die Zeitung sinken ließ, sah ich ihn vollauf damit beschäftigt, Würfelzucker in seine Tasche zu füllen.
»Wir sind hier nicht drin«, sagte ich.

»Was?« Er schaute sich in der Bude um.
»In der Zeitung. Wir sind nicht in der Zeitung!«
»Na und?«
Die Kellnerin brachte die Bestellung. Ich starrte in meinen Kaffee, ohne davon zu trinken. Jake schob die Ärmel hoch und langte über den Tisch nach dem Salz. »Wieviel Geld haben Sie bei sich?« fragte er.
»Geld?«
»Ich muß das wissen.«
»Das geht Sie nichts an«, sagte ich.
»Ich weiß, Sie haben was, ich hab's in Ihrem Portemonnaie gesehen.«
»Das ist mein ganz privates, eigenes Geld.«
Im allgemeinen mache ich mir aus Geld nichts, habe mir nie was daraus gemacht, aber das hier war was anderes. Schließlich stand ich jetzt allein in der Welt, von allen verlassen und vergessen, die eigentlich nach mir suchen sollten, und dieser Fremde da wollte mir die letzten Existenzmittel rauben. Ich fühlte mich auch gekränkt. Um die Wahrheit zu sagen: Ich hatte es genossen, daß mal jemand Geld für mich ausgab. Also sagte ich:
»Ein bißchen Rücksicht könnten Sie schon nehmen.«
»Hören Sie mal, junge Frau – Charlotte. Unsere Reise ist teuer – denken Sie nur ans Benzin. Ich bin knapp bei Kasse. In der Regel würde ich eher auf allen vieren kriechen, als jemand was wegnehmen, aber in diesem Fall muß ich um Ihr Portemonnaie bitten.«
Ich tat, als hörte ich nicht.
»Sagen wir: ein Darlehen.«
»Ich will es aber nicht darleihen.«
»Ich bitte Sie darum, ich muß das Geld haben. Glauben Sie denn, diese läppischen Einernoten reichen ewig?«
Die Kellnerin schaute über die Schulter zu uns her. Ihre Brillengläser blitzten.
»Sie brechen mir das Herz«, beteuerte Jake. »Sie sitzen einfach da und brechen mir das Herz.«
Er sprach leise, aber so stockend, daß ich damit rechnen mußte, er würde gleich eine Szene machen. Ich verabscheue Szenen. Also holte ich das Portemonnaie aus der Tasche und knallte es auf den Tisch.
»Aha«, sagte Jake.

»Sieben schäbige Dollars«, bemerkte ich dazu. »Hoffentlich sind Sie nun zufrieden.«
»Ehrenwort, Charlotte, ich gebe sie Ihnen zurück.«
»Oh ja.«
Ich stützte das Kinn auf die Fäuste, brütete über der Kaffeetasse, blinzelte im aufsteigenden Dampf, hielt nach Zucker Ausschau, aber die Dose war leer. »Nicht mal Zucker gibt es!« Ich hätte fast geweint.
»Aber, aber«, tröstete Jake und holte ein Stück Würfelzucker aus seiner Hosentasche. Er riß das Papier auf und ließ den Zucker in meinen Kaffee fallen. Ich lehnte mich zurück und sah zu. Er goß Sahne ein und rührte mit dem Plastiklöffelchen um. »Bitte sehr, trinken Sie«, forderte er mich auf.
Das tröstete mich. Ich brauchte nur die Tasse zu heben, die sich schwer, warm und verläßlich anfühlte. Für alles übrige war gesorgt. Ich fühlte mich gut aufgehoben.

8

Nach meiner Verlobung mit Saul änderte meine Mutter ihr Verhalten. Sie dachte sich wohl aus, wie sie uns auf diese oder jene Weise in alle Ewigkeit an sich binden könnte. Sie behandelte ihn liebenswürdiger. Sie belebte sich ein wenig und wollte unbedingt Brautkleider in Augenschein nehmen. Sie sagte, ihr Herzenswunsch für mich sei eine richtige kirchliche Trauung. Saul meinte, damit sei er sehr einverstanden. Keiner von uns gehörte einer Kirche an, aber das mußte man ja nicht unbedingt erwähnen. Ich ließ mich einfach treiben. In Händen und Füßen spürte ich eine genußvolle Schwere, die meine Bewegungen auffallend verlangsamte. Manchmal allerdings bekam ich schreckliches Herzklopfen und fragte mich: Willst du das wirklich tun? Was denkst du dir eigentlich dabei? Doch dann verscheuchte ich alle Gedanken aus meinem Kopf, entspannte mich, und die Schwere bewohnte mich von neuem.
Wenn ich jetzt im Atelier Aufnahmen machte, blieb ich so lange reglos hinter der Kamera, daß man mit Recht fragen konnte: Wer wird da eigentlich verewigt, der Kunde oder der Fotograf? Abends saß ich neben Saul, suchte Schutz in seinem

Arm und hörte mir an, wie er unser Leben entwarf. Sechs Kinder wollte er haben. Ich nahm an, ich könnte kein einziges kriegen (weil ich auf geheimnisvolle Weise die Nichtschwangerschaft meiner Mutter samt dem unechten Kind geerbt hätte), nickte aber eifrig dazu. Ich sah sechs dunkle, undefinierbare Buben vor mir, geradnasig wie Saul, die an meiner Schürze hingen. Ich sah mich selber, plötzlich lebhaft, warmherzig und reich wie Alberta, sah mein beengtes, verdorrtes Leben sich entfalten, wie eine begossene Blume. Ich brauchte nur nachzugeben. Wie einfach! Ich ließ mich von Saul leiten. Allem stimmte ich zu. Mir war so behaglich wie einer Katze in der Sonne.

Mama meinte, in den Brautgeschäften gäbe es nichts Geeignetes, und machte sich daran, mein Kleid daheim herzustellen. Weiße Seide mit hohem Kragen und geknöpften Ärmeln. Eine Sommerhochzeit schien ihr also nicht vorzuschweben. Wir hatten fast schon Juni. Saul ging das Geld aus. Immer noch wußte er nicht, was mit sich anfangen. Ich hatte weiter keinen Wunsch, als mit Saul zu schlafen, doch dem standen seine Überzeugungen im Wege. Er sagte, er habe lange genug gewildert, jetzt wolle er ein Heim, Frau und Kinder, ein geordnetes Leben. Heiraten könnten wir erst, wenn er Arbeit gefunden habe, und alles müsse seine Ordnung haben. Ich selber hätte lieber auf der Stelle geheiratet, aber ich wollte nicht streiten. In dieser neuen Stimmung von mir lächelte ich bloß. Hände und Füße wurden von Tag zu Tag schwerer, meine Augen zeigten den Perlenglanz der Augen von Hypnotisierten.

Saul fuhr mit dem Bus nach Colorado zu einem ehemaligen Kriegskameraden. Die beiden erwogen, gemeinsam ein Geschäft aufzumachen, eine Werkstatt vielleicht. Ich solle ihm den Daumen drücken, sagte er. Die Heirat könnte noch im Juni sein.

Das war schlimm, ich meine, seine Abwesenheit war schrecklich. Ich kam mir vor, als wäre ich aus einem Traum auf weichen Kissen erwacht und sähe, wo ich in Wirklichkeit war: ohne Freundinnen, bleich, wunderlich, allein bei der Mutter lebend, umringt von monströsen Topfpflanzen, die älter waren und größer als ich selber, Gummibäumen und Zimmerpalmen, die seit meiner Geburt kein neues Blatt mehr angesetzt hatten. Verschimmelte Klassikerausgaben hinter

Glas, verstaubte Bonbons in Ständerschalen. Und Mama ganz ängstlich wegen Sauls Reise nach Colorado, nervös und zerfahren vor sich hinmurmelnd. Und dann fiel auch noch mein Hochzeitskleid von der Schneiderpuppe im Eßzimmer herunter. Wollte ich das wirklich alles wagen? Und würde ich sie mitnehmen?

Ich, wenn es nach mir gegangen wäre, ich wäre überallhin gegangen und hätte nicht daran gedacht, Mama mitzunehmen.

Ich zog in Sauls Zimmer. (Mama war entsetzt.) Auch Saul hatte eine Menge Kram, aber wenigstens war Leben in seinem Kram. Seine Uniformstücke rochen nach Salz und Wildnis. Das wenige, was er aus dem Haus seiner Mutter gerettet hatte, wirkte irgendwie, als wäre es sich selber genug – ein grüner Werkzeugkasten aus Blech und zwei Jagdflinten. Ich betrachtete stundenlang eine Gruppenaufnahme von Edwin und den vier Söhnen samt einer Geburtstagstorte und einem Loch in der Bildmitte, wo wer rausgeschnitten worden war. Ich schlief in seinem harten Kufenbett, ich wickelte mich in seinen Bademantel aus Frottee, und gelegentlich schlüpfte ich in seine Schuhe. In sein Leben allerdings konnte ich offenbar nicht hineinschlüpfen. Mit seinen Schuhen trampelnd, Unmengen Frottee hinter mir herschleifend, arbeitete ich mich ans Fenster und betrachtete meine Aussicht: Albertas Haus, Rahmen ohne Glas, das Dach ohne Ziegel. Ich machte seinen Schrank auf, um den Geruch seiner Sachen zu schnuppern, legte einmal sogar eine Flinte an, um die Wange gegen den geölten Kolben zu schmiegen. Den Blick entlang dem bläulichen Lauf, den Finger am Abzug, der ebenso einfach funktionierte wie der Verschluß der Kamera, konnte ich mir leicht ausmalen, ich schösse auf wen. Der Reiz liegt in der Vollständigkeit der Handlung: Wer zielt, kann nicht widerstehen, er will auch abdrücken.

Nach zehn Tagen war Saul wieder da – ohne Ergebnis. Der Freund gefiel ihm längst nicht mehr so gut wie früher. Er wußte nicht weshalb, sie vertrugen sich eben nicht mehr. Lieber wollte er weitersuchen. Warten, bis er fand, was sich richtig anfühlte.

An diesem Abend zog ich ein bauschiges Nachthemd an und horchte darauf, daß Mama ihre Zimmertür schloß. Dann lief ich im Dunkeln in sein salzig duftendes Schlafzimmer, in sein

hartes Bett. Im Fenster standen der Mond und Albertas baufälliges Haus.
Morgens meinte Saul, wir sollten bald heiraten.

Dann wurde es aber doch keine Junihochzeit. Wir heirateten im Juli, weil wir nämlich einen ganzen Monat der Holy Basis Kirche angehören mußten, bevor der Geistliche uns trauen wollte. Holy Basis ist jene Gemeinde, welche die Täuflinge fast ertränkt, unablässig vom Höllenfeuer redet, bei der Edwin Emory seinerzeit als Diakon gewirkt hatte. Saul war in den Sinn gekommen, es wäre schön, wenn wir dort getraut würden. Ich gehörte keiner Kirche an und war auch nicht religiös. Mama war vor etwa 20 Jahren bei den Methodisten ausgetreten, weil sie in der Gemeinde eine abfällige Bemerkung über sich gehört hatte. Also begleitete ich Saul an vier aufeinanderfolgenden Sonntagen bereitwillig zur Holy Basis mit der verräucherten Decke, der wie Ziegel gemusterten Dachpappe, den mit Kreide auf eine Tafel gekritzelten Gesangbuchnummern vor dem Altar und hörte dem volltönenden Reverend Davitt zu, einem Menschen mit einer Hakennase, der gelegentlich etwas sang und sich im übrigen an den Rand der Kanzel klammerte wie an ein Rettungsboot. Saul und ich saßen immer recht weit vorne (man sollte uns wahrnehmen). Jedenfalls saßen wir nahe genug, um die Tränen in den Augen jener erkennen zu können, die auf dem Reuebänkchen saßen, auch wie sie mit den Lidern blinzelten, wenn sie die Augen zum Gebet erhoben. »Was bereuen die denn?« fragte ich Saul einmal auf dem Heimweg. »Ihre Sünden.«
»Man könnte es doch auch Jubelbänkchen nennen, wenn man dort ohne Sünde wiedergeboren wird?«
»Schon, aber zuerst einmal müssen sie ihre Sünden bereuen.«
»Du weißt ja recht gut Bescheid.«
»Doch ja, ich habe selber auf der Reuebank gesessen.«
»Was denn – wirklich?«
»Selbstverständlich.«
»Und dann wurdest du ... wurdest du erlöst?«
»Erlöst und voller Reue, wie ich war, hat man mich in den Clarionsee getaucht. Das war, bevor ich zum Militär kam.«
Es war nicht zu fassen. Den Rest des Weges legte ich

schweigend zurück. Mir war zuvor nie klar gewesen, wie ganz anders er doch war als ich.
Mama wollte mein Kleid nicht fertignähen; ich glaube, sie trennte die Nähte nachts wieder auf. Am Tage vor der Trauung sagte ich zu ihr: »Schau, Mama, mir ist es einerlei, ich lasse mich auch im schwarzen Unterrock trauen. Anders ausgedrückt: die Ehe wird geschlossen, auch wenn das Kleid nicht fertig ist.« Da machte sie sich denn an die Arbeit, sie nähte den ganzen Nachmittag über, ich mußte auf den Tisch steigen, und sie steckte den Saum ab. Ich mußte mich langsam drehen, wie die Puppe auf einer Spieluhr. Mama redete unentwegt von Großmama Debneys Porzellan, das nun an mich kommen sollte, doch hörte ich nicht zu. Ich fühlte immer wieder so etwas wie Traurigkeit an mir zupfen.
Anschließend begaben wir uns ins Atelier und stellten die Kamera auf. Mama machte von Saul und mir eine Aufnahme. Wir standen sehr steif da, wie ein altmodisches Paar, und Mama fragte immer wieder: »Wo ist es, wo muß man ziehen? Wie geht das hier?« Danach knipste ich Saul, der den Arm um Mama legte. »Ach bitte, ich bin nicht fotogen«, sträubte sie sich. Doch er insistierte: »Mutter Ames, Sie gehören jetzt zur Familie, und ich brauche Ihr Bild für das Album.«
»Du warst wirklich nett zu ihr, das war wirklich sehr lieb«, dankte ich ihm hinterher.
»Nett? Wie meinst du das? Ich meinte es ganz aufrichtig.« Und das stimmte, man sah es ihm an.
Die Hochzeit ging ohne Brautjungfern, ohne Brautführer vonstatten. (Saul hätte gern einen seiner Brüder dabei gehabt, aber keiner war abkömmlich). Er verbot mir, Alberta einzuladen, statt dessen kamen mein Onkel mit Frau und Sohn, auch einige Gemeindemitglieder von der Holy Basis, die das Aufgebot gelesen hatten. Hinterher fuhren wir in dem alten Lieferwagen von Vater nach Ocean City; Saul hatte das Vehikel repariert und frisch lackiert. Zum Schwimmen kamen wir allerdings kaum; Saul ging rastlos am Strand auf und nieder, während ich im Sand lag und mich eine Woche von meiner lebenslangen Einsamkeit erholte, mich durchwärmen und innerlich zum Glühen bringen ließ.

Ich erinnere ich genau an das Datum: es war der 14. Juli 1960. Ein Donnerstag. Seit fünf Tagen waren wir aus Ocean

City zurück. Ich war im Atelier und beschnitt eine Vergrößerung. Mama strickte auf der Couch. Saul kam herein, einen Umschlag in der Hand. Er wolle eine Minute mit mir reden, sagte er.
»Ja, gern.«
Schon wurde mir unbehaglich.
Ich folgte ihm die Treppe hinauf in sein Zimmer. Unser Zimmer jetzt. Ich setzte mich auf das Bett. Er ging hin und her, klatschte mit dem Briefumschlag gegen den Handteller.
»Achte auf das, was ich jetzt zu sagen habe«, begann er. Ich schluckte und richtete mich auf.
»Ich frage mich nun schon seit langem, warum alles so geht, wie es geht. Zum Beispiel, daß ich in gerade dieser Phase meines Lebens auf dich stoße. Als ich vom Militär entlassen wurde, habe ich mir selbstverständlich vorgenommen, zu heiraten und eine Familie zu gründen. Aber zuvor mußte ich Arbeit finden. Als du mir damals in deinem verblichenen Pullover die Tür aufmachtest, da dachte ich: Warum denn ausgerechnet jetzt? Wo ich doch kein Einkommen habe und ihr nichts bieten kann? Das hätte doch auch noch Zeit gehabt! Ich redete mir dann ein, ich müßte mir dich aus dem Kopf schlagen, aber das ging nicht. Jetzt allerdings, Charlotte, jetzt ist mir alles klar. Ich habe die Antwort auf alle Fragen erhalten und weiß, worauf es ankommt.«
Er blieb stehen, drehte sich zu mir und lächelte auf mich herab. Mir war alles unverständlicher denn je. »So?« fragte ich. »Du weißt jetzt alles?«
»Charlotte«, sagte er, »ich weiß jetzt, ich bin zum Prediger berufen.«
»Du – was?«
»Aber siehst du das denn nicht? Genau das war es doch. Wäre ich dir nicht begegnet, ich wäre nie wieder zur Holy Basis Kirche gegangen, ich hätte meine Berufung vielleicht nie erkannt. Jetzt ist alles sonnenklar.«
Ich war so verblüfft, daß ich nach Luft ringen mußte. Ich will sagen, ich war auf so was einfach nicht vorbereitet, bislang hatte nichts, aber auch nichts auf etwas dieser Art hingedeutet. Ich sagte: »Aber ... aber Saul ...«
»Laß dir erzählen, wie alles sich zugetragen hat. Du erinnerst dich, daß ich eines Sonntags half, die Gesangbücher einzupacken? Ich trug einen Karton in den Keller und kam dabei an

jenem Vorschulraum vorbei, in dem ich als Kind gesessen hatte. Das blaue Linoleum war immer noch da, und auch die Heizungsrohre, von denen es immer geheißen hatte: ›Schaukelt ja nicht an den Röhren!‹ Da hörte ich ganz deutlich mich und meine Brüder singen: ›Die Liebe erhebt mich!‹ Ich schwör's dir. Glaubst du mir? Ich stand mit offenem Mund, ich hörte sogar genau, wie Julian lispelte – das hörte erst auf, als er die zweiten Zähne bekam. Wir sangen zwei Verse, beim dritten klang es schon leiser, beim vierten waren wir kaum noch und dann gar nicht mehr zu hören.«
»Moment, Moment«, fiel ich ein, »ihr vier, alle zusammen? Im Vorschulzimmer? Das kann nie so passiert sein, ihr seid im Alter viel zu weit auseinander.«
»Um solche Art Logik geht es hier nicht«, meinte Saul.
»Nein, offenbar nicht.«
»Reverend Davitt meinte, es handele sich um eine Offenbarung religiöser Natur.«
Wie er sich nur ausdrückte. Er kam mir bereits partienweise wie ein Prediger vor, sein Knochengerüst beispielsweise, der Widerhall in seiner Stimme, der gelassene Augenausdruck, den man, wie mir jetzt einfiel, auch selbstzufrieden nennen konnte. Warum nur war mir das nie zuvor aufgefallen? Weil ich zu beschäftigt gewesen war, andere Botschaften aufzufangen, deshalb. Kein warnendes Zucken hatte mich befallen. Ich gab aber nicht gleich auf. »Vielleicht waren es bloß übriggebliebene Schallwellen oder so was, Saul. Hast du daran nicht gedacht?«
»Er meinte, ich sei vielleicht zum Prediger berufen. Wir haben darüber längere Gespräche geführt.«
Ich sah zu, wie er den Umschlag öffnete, mit schlanken, braunen Fingern, von denen man sich gut vorstellen konnte, daß sie die Seiten der Bibel wendeten. Ich glaubte zwar nicht an Gott, war aber fast bereit, anderen Sinnes zu werden und mir einen auszumalen, denn wer sonst könnte sich einen so schlechten Witz mit mir erlauben dürfen? Das einzige Gebäude, in dem ich mir mehr eingesperrt vorkam als in meinem Elternhaus, war eine Kirche. Der einzige Mensch, der meine Mutter an Absonderlichkeit übertreffen konnte, war ein Bußprediger. Fast hätte ich laut herausgelacht. Ich sah milde amüsiert zu, wie Saul ein Blatt Papier aus dem Umschlag zog.
»Der ist heute mit der Post gekommen. Ich wollte dir nichts

sagen, bevor die Antwort da ist«, sagte er. »Ich bin zum Studium am Hamden Bibel College zugelassen.«
»Am Bibel College?«
»Ganz recht. Oh, ich weiß, es wird Geld kosten, denn für ein Studium an einer nicht anerkannten Lehranstalt bekomme ich keine Beihilfe vom Militär – krasse Vorurteile sind das. Aber dann hat es doch auch wieder seine Vorteile: In Hamden dauert das Studium nur zwei Jahre, und es ist nur eine halbe Stunde von hier! Wir können hier wohnen bleiben, bei deiner Mutter. Ich mache Daddys Laden auf und verdiene damit die Studiengelder. Denn, glaub mir, Charlotte, es ist mir bestimmt, in Clarion zu bleiben. Das alles ist eine Fügung, ich muß es tun. Du siehst das gewiß ein?«
Ich sah weiter nichts als die Aussicht aus seinem Fenster: den Aufriß durch Albertas Haus mit der geblümten Tapete, kupferne Installationen, die sich in den Himmel schlängelten, ein klaffendes Apothekerschränkchen, leer. Es war nur allzu klar: die übrige Welt wurde nun auch noch demoliert. Verschont bleiben würde einzig das Haus meiner Mutter. Man würde mich für den Rest meiner langsam vergehenden Tage hier festhalten.

9

Wir fuhren einen endlosen Nachmittag lang durch Landschaft, die verwelkt wirkte. Baufällige Schuppen, Häuser ohne Anstrich, abgemagerte Rinder, die an Zäunen lehnten.
»Wo sind wir hier bloß?« fragte ich schließlich.
»In Georgia.«
»In Georgia!«
Ich richtete mich auf und schaute mich um. Daß ich je bis Georgia kommen würde! Zu sehen war allerdings kaum was.
»Wissen Sie was? Ich lege mich auf den Rücksitz, schlafen«, sagte ich.
»Nein«, sagte Jake.
»Warum nicht?«
»Weil ich nicht will, daß Sie verduften. Sie machen die linke Tür heimlich auf und lassen sich rausfallen –«
»Na, hören Sie mal.« Ich fühlte mich gekränkt. »Warum sollte ich das wohl machen? Ich will weiter nichts als ein bißchen schlafen. Schließen Sie doch ab, wenn Sie wollen.«

»Geht nicht.«
»Dann kaufen Sie gefälligst eine zweite Kette.«
»Was denn, soll ich mich selber auch gleich noch einschließen?«
»Den Schlüssel können Sie behalten. Wählen Sie eine von den –«
»Jetzt reicht's aber, Charlotte.«
Ich blieb eine Weile stumm. Ich las die Reklame für Kautabak. Dann sagte ich: »Sie dürfen sich von der Idee des Eingeschlossenseins nicht so unterkriegen lassen.«
»Reden Sie nicht so, hab ich gesagt.«
Ich hielt Ausschau nach einem Radio, es gab aber keins. Ich klappte das Handschuhfach auf und untersuchte das Innere: Straßenkarten, eine Taschenlampe, Zigaretten, lauter langweiliges Zeug. Ich knallte die Klappe zu und sagte: »Jake.«
»Hmm?«
»Wohin fahren wir eigentlich?«
Er blickte mich scharf an. »Endlich fragen Sie. Ich dachte schon, Ihnen fehlen ein paar Tassen im Schrank.«
»Ach – wieso das?«
»Weil Sie jetzt erst fragen, wohin die Reise geht.«
»Tja, ich hatte nicht vermutet, daß wir überhaupt ein Ziel haben.«
»Ah. Sie dachten, ich fahre einfach so zum Spaß durch die Gegend?«
»Wohin also, Jake?«
»Nach Perth in Florida.«
»Perth?«
»Dort wohnt Oliver. Mein Freund aus der Besserungsanstalt.«
»Ah, richtig, Oliver.«
»Seine Mutter ist mit ihm nach Florida, damit er nicht wieder in schlechte Gesellschaft komn t. Sie hat da ein Motel aufgemacht. Verwitwet ist sie. Von mir hält sie nichts, sie hat Oliver einfach abgeschleppt. Also, den fahren wir jetzt besuchen, und vorher machen wir Station in Linex.«
»Linex.«
Er suchte in seinen Taschen, erst in der Jacke, dann in den Hosen, und brachte endlich ein Stück Papier zum Vorschein, das er mir hinhielt. »Was soll das?« fragte ich.
»Lesen Sie.«

Ich entfaltete das Blatt und strich es glatt. Die Mitteilung war mit hartem Bleistift verfaßt, und die Rückseite folglich geprägte Spiegelschrift. Statt der Punkte auf dem i dicke, runde Herzen.

Lieber Jake,
bitte Schatz, hol mich hier bald raus! Hier ist's wie im Gefängnis. Ich hab dich schon längst erwartet. Hast du meinen Brief nicht bekommen? Ich habe bei dir angerufen, aber deine Mutter sagt, sie weiß nicht, wo du bist. Soll dein Sohn etwa im Gefängnis zur Welt kommen?

Liebe und XXXXX
Mindy

Ich las das zweimal. Dann sah ich Jake an.
»Das konnte ich natürlich nicht zulassen«, sagte er.
»Was konnten Sie nicht?«
»Daß mein Sohn im Gefängnis zur Welt kommt.«
»Wofür sitzt sie im Gefängnis?«
»Sie ist nicht im Gefängnis, sondern in einem Heim für unverheiratete Mütter.«
»Ah so.«
»Ihre Mama ist eine richtige Hexe. Die hat Mindy in ein Heim geschickt, was ihrer Kirche gehört, verstehen Sie? Und mir hat sie kein Wort davon gesagt, bis zum letzten Moment. Mindy ist noch unter Tage.«
Ich begriff nicht gleich, ich sah Mindy als Bergarbeiterin in der Grube, vor meinen Füßen öffnete sich eine schwarze, unterirdische Welt, deren Bewohner samt und sonders in dramatischen Schwierigkeiten steckten. Ich selber kam mir zu bleich vor für den Umgang mit solchen Gestalten, ich wich zurück und faltete züchtig das Blatt. »Sie hat selber noch nichts zu bestimmen«, fuhr Jake fort, doch auch als ich jetzt endlich begriff, sah ich das Mädchen immer noch an einem dunklen Ort. »Siebzehn ist sie erst. Ich finde aber, man hätte ihr selber die Entscheidung überlassen müssen. Und mir. Schließlich gehen wir jetzt seit mehr als drei Jahren miteinander. Mit Unterbrechungen selbstverständlich.«
»Moment mal«, sagte ich, »drei Jahre?«
»Sie war vierzehn«, bestätigte Jake, »aber gut entwickelt.«
»Das ist ja unerhört!«

»Wie Sie meinen, Sie Mimose, aber meine Schuld war es nicht, oh nein. Sie hat es sich nun mal in den Kopf gesetzt, sie hat mich aufs Korn genommen und sich nicht davon abbringen lassen. Sie wohnte in unserer Straße, ein paar Häuser weiter, an der B 4, beim Pimsah River nahe der Umgehungsstraße. Wissen Sie, wo das ist? Also, wir kannten uns seit Jahren vom Sehen, haben aber natürlich nie ein Wort miteinander geredet. Dann hat sie mal mit ihren Eltern beim Stockcarrennen zugesehen, ich fuhr zufällig mit und wurde Sieger. Das hat mich in ihren Augen wohl zu so 'ner Art Held gemacht, jedenfalls ist sie mir seither nachgelaufen, hat immerzu angerufen, hat mir Butterbrote gebracht, hat ihrem Daddy Bier für mich geklaut. Vielleicht kennen Sie ihren Daddy? Darnell Callender heißt er, hat 'ne Futtermittelhandlung, geht nie ohne seinen Panamahut. Also zuerst hab ich gedacht, sie ist zu jung, ich mochte sie auch nicht besonders leiden, aber ich wurde sie einfach nicht los. Sie war wie eine Klette, und wenn ich sie wegjagte, kränkte sie das überhaupt nicht, sie machte ein freundliches Gesicht, und ich kam mir schlecht vor. Sie war ja schließlich 'n kleines Mädchen, Sie verstehn? Es war Sommer, sie trug winzige Sandalen, man hatte Angst, draufzutreten. Schließlich dachte ich, na gehste mal mit ihr.

Aber was Festes, wie man so sagt, war es nicht. Ich hatte noch andere Mädchen, und manchmal fragte ich mich: Zu was hast du dich eigentlich mit dieser Mindy eingelassen, was soll das bloß? Sie redete zuviel und immer über Sachen, die mich nicht das kleinste bißchen interessierten. Manchmal hat sie mich so gelangweilt, daß ich kaum noch Luft kriegte, wenn sie in der Nähe war. Dann sagte sie aber auch wieder Sachen, an denen merkte ich genau, daß sie mich beobachtete, daß sie ein Bild von mir hatte, verstehen Sie? Und dann dachte ich: Diese Person, die wirst du so bald nicht los. Liebe ist das nicht, aber was ist es dann? Was Schlimmeres als Liebe jedenfalls, bei dem es noch schwerer ist, Schluß zu machen. Als ob wir einer den andern durchbringen müßten, etwas Gemeinsames zustande bringen müßten, ich weiß nicht, wie ich's sagen soll. Ehrlich, manchmal hat sie mich zum Wahnsinn getrieben, und dann sagte ich mir: Sie ist nichts als ein Mühlstein um deinen Hals! Mußt du dir das bieten lassen? Dann trennten wir

uns. Aber sie machte dazu wie immer ein lustiges Gesicht. Und bald war sie wieder da, sie war immer wieder da, und dann war es wie vorher. Verstehen Sie?«
Ich nickte. Ich konnte mir genau vorstellen, was da passiert war, nur hatte ich mir bislang nicht vorstellen können, daß so was Jake passierte.
»Voriges Jahr im Herbst ruft sie an, sie kriegt ein Kind, sagt sie. Reiner Zufall, wir trennten uns gerade mal wieder. Seit August hatte ich sie nicht mehr angefaßt. Ich hab sie überhaupt möglichst selten angefaßt, aber Sie wissen, wie so was geht. Und ganz offen gesagt – sie hatte da auch ihr Teil dran. Und zwar nicht zu knapp. Ich meine, sie ... also so war das. Was sollte ich machen? Das ganze kam so plötzlich. Hätte sie mir geschrieben, hätte ich Zeit gehabt zum Nachdenken, aber nein, sie muß es am Telefon sagen. ›Ich krieg 'n Baby, Jake!‹ Strahlt richtig vor Wonne. ›Da müssen wir gleich heiraten.‹
Ich war überrascht, weiter nichts. Hätte ich mir die Sache überlegt, ich hätte gesagt: ›Immer mit der Ruhe, Mindy, da findet sich auch noch ein anderer Weg‹, aber weil ich so perplex war, sagte ich: ›Du hast wohl 'ne Schraube locker? Du glaubst doch nicht im Ernst, daß ich heirate? Mit Reihenhaus und Henkelmann? Und dich schon überhaupt nicht.‹ Und dann legte ich auf, ich war ganz außer mir. Außer mir! Aber ich weiß jetzt, so hätte ich das nicht machen dürfen.«
»Sie waren immerhin völlig überrascht«, tröstete ich ihn. Eigentlich wollte ich nicht seine Partei ergreifen, doch wie er da so saß, die Hände verkrampft und wie verzweifelt am Steuer, da rührte er mich. Es tat mir weh, seine abgebissenen Nägel zu sehen. »Ich hätte auch so reagiert«, sagte ich.
»Naja. Nach ein, zwei Wochen ungefähr konnte ich richtig über die Sache nachdenken. Ich hatte Mindy ja lange nicht gesehen und sie fehlte mir richtig. Ich sah sie manchmal, auch wenn sie gar nicht da war, mit den lustigen Kopftüchern, die sie trug, wie sie mich drängte, so Zauberkunststücke zu machen, die ich kann, und wie sie dann immer klatschte – richtig wie ein Kind, verstehen Sie? Immer summte sie, hopste herum, hielt meine Hand, wenn wir spazieren gingen ... ich fragte mich, wie sie es bei ihrer Mutter aushalten würde, dieser elenden Hexe, mit der sie sich nie vertragen hat, und ich dachte: Na, bißchen helfen könntest du ihr schon. Gewollt hatte ich das ganze ja nicht, Sie verstehen schon, aber

ich konnte sie jetzt auch nicht sitzenlassen. Ich bin nämlich kein schlechter Mensch, oder?«
»Bestimmt nicht«, versicherte ich ihm.
»Ich rief an, und die Mutter sagt: ›Zu spät, Jake Simms.‹ Drei Wochen hab ich gebraucht, bis ich Mindy gefunden hatte. Wäre sie nur ein bißchen älter, könnte sie bei einer verheirateten Freundin bleiben oder so, aber sie hat wohl keine, und darum will ich sie mitnehmen nach Florida zum alten O. J. Der und ich, wir halten die Verbindung, er schickt mir zu Weihnachten immer eine Karte, und ich denke oft an ihn, ich sehe ihn noch, wie er immer Bücher las, wenn er eingesperrt wurde, und sich nichts daraus machte.
Ich hab mir gedacht, Mindy bleibt in Florida, bis das Kind geboren ist, dann lassen wir es adoptieren. Eine richtig heiße Mutter würde Mindy, glaube ich, sowieso nicht abgeben. Sie kann dann wieder nach Hause, und ich bleibe in Florida. In Florida werden große Stockcarrennen gefahren. Vielleicht könnte ich mit Oliver zusammenwohnen wie früher.
Aber nach Florida kommt man nicht ohne Geld, stimmt's? Und ich hatte keins. Ich war arbeitslos; in der Karosseriewerkstatt, wo ich gelegentlich arbeitete, hatten sie mich rausgeschmissen, ganz ohne Grund. Die Rennsaison war vorbei, ich hatte da auch nicht gut abgeschnitten. Also mußte ich zu Hause bleiben, ich lag lange im Bett, wühlte im Kühlschrank, saß vorm Fernseher. Lauter Mist. Familienplotten. Sportschau. Leute, die 10 000 Büchsen Hundefutter gewinnen oder ein herzförmiges Bett. Da kann man doch bloß denken: Wo kriegen die wohl die passenden Laken her? Lauter so'n Scheiß. Ich gehöre zu den Leuten, die immer gleich alles ausgeben, was sie haben, aber nun hatte ich nichts, nicht mal zum Haushalt konnte ich beisteuern, und das war schlimm, glauben Sie mir ...
... Und Freunde? Tja, früher mal, da konnte man seine Freunde anpumpen, aber ich weiß nicht, seit kurzem kommt es mir so vor, als hätten die Lumpenhunde sich alle heimlich verheiratet. Ich kann das nicht verwinden. Ich fühlte mich richtig einsam. Ein Verheirateter hat keinen Pfennig in der Tasche, das wissen Sie bestimmt am besten. Da wird immer auf was gespart – 'n automatischer Grill oder so. Also, da gab es keine Hoffnung.
Ich sag Ihnen, was ich gemacht hab. Ich ging zu meinem

Schwager. Marvel Hodge heißt er und hat 'ne Chevroletvertretung. Kennen Sie bestimmt. Bestimmt haben Sie ihn abends schon in der Spätschau im Fernsehn gesehn; wenn irgendwas los ist, gibt er seinen Senf dazu und klopft sich auf das Schutzblech. Wieso meine Schwester den hat heiraten können, ist mir dunkel. Ich selber kann ihn nicht ausstehen.
Trotzdem, ich ging hin. Ich fuhr hin, in Mamas altem Ford. (Hat er ihr etwa je einen Chevy geschenkt? Nee, nicht mal einen gebrauchten.) Er stand draußen, vor seinem Laden, und bearbeitete ein paar Kunden, auf seine besondere Art mit ›ho-ho‹ und ›ha-ha‹ und so. Schulterklopfen. Ich sagte zu ihm: ›Marvel!‹ sagte ich, ›ich hätte dich gern mal gesprochen!‹
›Nur immer raus damit, Jake‹, sagte er. So richtig vor allen Leuten. So'n Mensch ist das. Ich sagte also: ›Marvel, wir sind zwar verwandt oder verschwägert, aber ich bin nicht so doof, daß ich dich bitte, mir was zu schenken oder zu leihen. Ich brauche dringend Geld, aber ich verlange kein Geld, sondern bloß Arbeit. Arbeit, bis ich mir aus der Klemme helfen kann. Du kennst mich und weißt, daß ich mit Autos besser umgehen kann als deine drei Kerle hier zusammen. Also? Wie ist es?‹
Wissen Sie, was er daraufhin gemacht hat? Gelacht hat er. Gelacht und den Kopf geschüttelt. Noch dazu vor diesen Kunden, ein Kerl mit seiner Frau, zwei kleine Mädchen waren noch dabei, und so was wie ein Onkel. ›Na, da hört sich doch alles auf‹, sagte er. ›Einen Job willst du? Ausgerechnet Jake Simms will von mir einen Job, Jake Simms, der vom Tage seiner Geburt an nichts als Blödsinn gemacht hat? Da müßte ich ja ein kompletter Idiot sein!‹
Ich darf sagen, ich beherrschte mich. ›Marvel‹, sagte ich, ›Marvel, als ich jünger war, habe ich hin und wieder was Unüberlegtes getan, aber das darfst du mir nicht ewig vorhalten. Ich bin jetzt erwachsen‹, sagte ich, ›und außer, daß ich samstags abends mal einen oder zwei hinter die Binde gieße, kann man mir nichts vorwerfen. Also bitte, überleg dir's noch mal.‹
›Du, erwachsen?‹ sagte Marvel. ›Den Tag, wo du erwachsen wirst, den erlebe ich nicht mehr. Troll dich, mein Junge, und störe diese guten Leute hier nicht länger.‹
Also ich beherrschte mich immer noch, wirklich. Ich ging wortlos zu meinem Ford zurück, obwohl ich dachte, ich

müßte platzen. Aber keinen Piep sagte ich. Ich stieg ein, ließ den Motor an, stellte den Rückspiegel ein, um so richtig elegant rückwärts vom Hof zu fahren, aber ich fuhr nicht rückwärts, sondern vorwärts. Ich weiß auch nicht, wie das kam. Ich meine, ich hatte wohl die Absicht, aber ich wußte es nicht. Ich brauste mit voller Fahrt zwischen seine schön aufgestellten neuen Wagen rein. Marvel sprang nach links zur Seite, die Kunden nach rechts, und ich voll drauf auf einen nagelneuen Bel Air, drückte ihm die ganze rechte Seite ein. Dann rückwärts, und *rums!* rein in einen Vega, und dann nahm ich mir einen nach dem andern vor, die ganze Reihe, nichts als Beulen, zerschrammte Kotflügel, verbogene Stoßstangen, abgerissene Türen, dabei hatte ich immerzu dieses herrliche Knirschen im Ohr und das Geschrei dieser Leute, die wie die Wilden umherhüpften. Mein Wagen hat dabei natürlich auch 'ne Menge abgekriegt, aber weniger, als man denken sollte. Wahrscheinlich hätte ich damit sogar noch nach Hause fahren können, aber dann kriegte ich plötzlich Lust, frontal in einen Mazda zu brausen. Beim Stockcarrennen ist so was verboten, Frontalangriff, meine ich, aber natürlich hat man da öfter mal Lust drauf, und nun drückte ich richtig auf die Tube, und beide Wagen gingen hoch wie Knallfrösche. Ich ließ mich aus der Kiste rollen, und da waren dann auch schon drei Bullen, die mich aufsammelten.«

Ich lachte, und Jake sah mich an, als hätte er ganz vergessen, daß ich neben ihm saß.

»Später sind sie natürlich alle über mich hergefallen«, fuhr er fort, »sogar meine Mama. Warum ich mich nicht beherrscht hätte, wollte sie wissen. Darauf sagte ich bloß, ich hätte mich sehr wohl beherrscht, sonst hätte ich Marvel mitsamt seinen Kunden auch noch umgenagelt. Aber da habe ich mich eben am Riemen gerissen.

Das habe ich auch im Gefängnis gemacht, mir alle Mühe gegeben, keinen Ausbruchsversuch zu unternehmen. Ich hatte mir nämlich vorgenommen, möglichst vernünftig zu sein. Ich blieb ganz ruhig und wartete auf die Verhandlung. Wer mich kannte, wollte natürlich keine Kaution für mich stellen, und Mama hatte dafür nicht genug Geld. Ich mußte also drinbleiben. Leicht ist mir das nicht gefallen. Manchmal kriegte ich so komische Schweißausbrüche, auch Ausschlag

am ganzen Leib, aber ich machte keinen Versuch zu türmen.
Der Advokat, den man mir gab, der redete mir zu, ich sollte mich schuldig bekennen, alles andere hätte keinen Zweck. Ich sagte, wenn ich das tue, sage ich nicht die Wahrheit. Ich sagte, ich wäre gezwungen gewesen, auf dem Hof da alles kurz und klein zu fahren, ich hätte gar keine Wahl gehabt, denn Marvel Hodge hätte mich schwer provoziert. ›Kann man das schuldig nennen?‹ fragte ich. ›Oh nein, Sir, ich werde sagen: Nicht schuldig.‹ Darüber stritten wir eine Weile, und die Zeit verging. Vergessen Sie nicht, mit jedem Tag näherte ich mich mehr dem kritischen Punkt, aber ich hielt durch, ich hielt durch.
Am Tag vor der Verhandlung brachte Mama mir diesen Brief. Außer ihr besuchte mich kein Mensch, meine Schwester Sally sprach kein Wort mit mir, und Marvel kam natürlich auch nicht. Wäre er gekommen, ich hätte ihn umgebracht, wäre glatt raus aus meiner Zelle und hätte ihm den Schnorchel abgedreht.
Mama brachte also diesen Brief von Mindy, den, den Sie gelesen haben. An mich zu Hause adressiert. Mindy hatte also nichts über mich in der Zeitung gelesen. Ihre Mutter wußte entweder nichts davon, oder sie hat es nicht weitergetratscht, obwohl ich mir nicht denken kann, daß sie sich so eine Chance entgehen läßt. Wie auch immer, Mindy schreibt mir, ob ich vielleicht will, daß unser Sohn im Gefängnis zur Welt kommt. Und das ging mir durch und durch, das kann ich Ihnen versichern. Ich bin, glaube ich, außer Rand und Band geraten. Wie kommt es bloß, daß der Mensch auf dieser Welt immer nur geduckt wird? Klar, daß ich nicht einfach dabeistehen und das passieren lassen konnte. Am nächsten Morgen wurde ich zum Gerichtsgebäude auf der Harp Street gebracht und ging dabei stiften. Einem von den Wärtern nahm ich die Kanone weg. Es war ganz leicht. Auf dem Weg zur Verhandlung ist die Bewachung nicht streng, alle wissen, daß man mit seinen Gedanken beim Prozeß ist, daß man auf Freispruch hofft. Bloß ich nicht. Für mich gab es keine Hoffnung auf Freispruch. Ich sah mich schon in der Falle, hinter Gittern. Alle hatten eine vorgefaßte Meinung gegen mich, und meine einzige Hoffnung war türmen.
Wie konnte ich aber bloß so blöde danebenhauen? Ich dachte,

tausend kriegst du bei der Bank bestimmt zusammen, und dann nichts wie weg. Aber Sie sehen ja selber. Alles verpatzt, jeder einzelne Schritt verkehrt. Ich habe alles immer bloß schlimmer gemacht.«

»Sie haben einfach Pech gehabt«, sagte ich. »Machen Sie sich nichts draus.«

»Es ist wirklich zum Lachen, wenn man bedenkt, daß ich das alles nur unternommen habe, um zu beweisen, daß ich ein anständiger Mensch bin!«

Am späten Nachmittag kamen wir in Linex an, das aus nichts als einer einzigen breiten, verlassenen Straße zu bestehen schien. Vor einem Lebensmittelgeschäft gingen wir in eine Telefonzelle. »Das Heim heißt Dorothea Whitman-Heim«, verkündete Jake, während er im Telefonbuch blätterte, das nicht viel dicker war als eine Postwurfsendung. Sein stumpfer Zeigefinger glitt die Namen entlang. Er hatte die Tür nicht geschlossen, und über seiner Schulter erblickte ich verwundert Schwärme von Schmetterlingen in der gelblichen Luft. Wir hatten wirklich eine Reise hinter uns: aus dem falschen Vorfrühling von Maryland waren wir plötzlich in echtes Frühlingswetter geraten. »Da!« rief ich, und als Jake sich blitzschnell umdrehte: »Schmetterlinge!«

»Stören Sie mich doch nicht!«

Ich hatte den Regenmantel im Wagen gelassen, und er trug die Jacke offen. So wiesen wir uns gegenseitig eine ganz neue Schale vor: jeder sein weißes Hemd. Hinter Glas im letzten Sonnenlicht waren wir beide mit einer dünnen Schweißschicht überzogen wie Pflanzen im Gewächshaus. »In Clarion schneit es vielleicht jetzt«, sagte ich.

»Nicht sehr wahrscheinlich.« Jakes Finger war an sein Ziel gelangt und hielt ein. »Da. Dorothea Whitman-Heim. Ich wähle die Nummer, und Sie melden sich.«

»Wieso ausgerechnet ich?«

»Na, einen Mann verbinden sie bestimmt nicht mit ihr.«

»Warum denn nicht?«

»Egal, ich gehe kein Risiko ein. Fragen Sie nach Mindy Callender. Geben Sie sich als ihre Tante aus oder so.«

Er warf Münzen ein und wählte. Ich hielt den Hörer ans Ohr. Eine Frauenstimme sagte: »Whitman-Heim.«

»Mindy Callender bitte«, sagte ich.

»Moment.«
Jemand stöpselte, und nach einer Pause piepste es: »Hallo?«
»Hallo – Mindy?«
»Wer ist denn da?«
Ich reichte Jake den Hörer. »Heda, du!« sagte er und grinste. »Ja, ja, ich bin's. Ich bin hier. Nein, das war bloß – doch, doch, es geht mir gut.«
Er hörte eine Weile zu und wurde ernst dabei.
»Tut mir leid, wirklich? Tja, also das ... jetzt hör mal zu, Mindy, du mußt mir sagen, ob wer nach mir gefragt hat bei euch. Hat dich jemand gefragt, ob du weißt, wo ich bin? Bestimmt nicht? Nein, ich stecke nicht in der Klemme, nun hör schon auf damit. Sag mir, wo ich dich abholen soll.«
Ich drängte mich gegen die gläserne Wand der Zelle, weil ich Beklemmungen bekam. Jake trommelte auf dem Telefonbuch, dann hielt er die Finger still. »Warum nicht?« fragte er. »Es ist ja noch nicht mal dunkel. Begreif doch, Mindy, wir haben es eilig, wir ... was sagst du? Quatsch. Wozu brauchen wir 'ne Leiter?«
Er hörte wieder längere Zeit zu. »Also gut. Die erste links nach der ... klar doch, ich begreife, ich bin doch nicht blöd. Okay. Bis dann.«
Er legte auf und raufte sich das Haar. »Mist«, sagte er.
»Was ist los?«
»Sie sagt, heute geht es nicht. Ich soll sie um Mitternacht mit einer Leiter aus dem Fenster holen! Mit 'ner Leiter, ausgerechnet! Ich sage Ihnen, diese Mindy ist manchmal – und wie ich sage, kommt nicht in Frage, sagt sie, sie kommt vielleicht morgen früh um sechs. Vielleicht aber auch nicht. Was soll das bloß?«
»Eine Leiter halte ich für ... für riskant«, gab ich zu bedenken.
»Naja, Sie kennen Mindy nicht. So was macht ihr Eindruck. Ein Wunder, daß ich nicht auf einem Gaul angesprengt kommen soll.«
Aus der Telefonzelle gingen wir in den Laden. Jake kaufte sich einen Rasierapparat samt Schaum in der Tube, eine Riesenflasche Coca-Cola und Salzbrezeln. Als ich eine Kühltruhe mit konzentriertem Orangensaft sah, bekam ich plötzlich eine wahre Gier danach, er meinte aber, es wäre zu

umständlich, ihn zu verdünnen. Ich fand Jake überhaupt recht kurz angebunden. Er eilte knurrend durch die Gänge und schob mich weiter, wenn ich stehenbleiben wollte. »Los, los, wir haben nicht den ganzen Abend Zeit«, drängte er.
»Im Gegenteil«, meinte ich, »wir haben einen besonders langen Abend vor uns.«
»Jetzt ist nicht der Moment, klug durch die Nase zu reden«, ließ er mich wissen.
Nachdem wir unsere Einkäufe gemacht hatten, fuhren wir einmal durch Linex, das einen silbrigen Glanz angenommen hatte, seit die Sonne untergegangen war. Wir fuhren so weit, daß ich mich schon fragte, ob wir die Entführung Mindys aus dem Programm gestrichen hatten. Bedauert hätte ich es nicht. (Selbst der Gedanke, jemand sitzen zu lassen, der *einem anderen* lieb und teuer war, bereitete mir ein sündhaftes Vergnügen!) Dann verminderte Jake jedoch das Tempo und prüfte im Vorbeifahren den Waldrand rechts der Straße. »Hier müßte es gehen«, sagte er plötzlich. An der Straße stand ein Schild mit der Aufschrift TUNSAQUIT KAMPGROUNDS in Brandmalerei. Wir bogen in einen holperigen Feldweg, passierten ein Schwarzes Brett ohne Bekanntmachungen, ein Behelfsklosett und mehrere Mülltonnen. Dann endete der Weg. Jake hielt und ließ sich in den Sitz sinken. »So«, sagte ich.
»Ganz recht«, antwortete er.
Er drehte seine Scheibe runter. Hier im Waldesinneren herrschte Dämmerlicht. Nach Pilzen riechende Kühle traf uns ins Gesicht wie eine Handvoll feuchtes Laub. Er rollte die Scheibe wieder rauf. »Wenigstens Picknicktische hätte ich erwartet«, sagte er.
»Vielleicht gibt es welche weiter hinten.«
»Nee.«
Ich wickelte mich in meinen Regenmantel. Jake blieb einfach so sitzen und trommelte mit den Fingern auf dem Steuerrad. Ich langte in die Tüte und holte ein paar Salzbrezeln raus. »Nehmen Sie«, bot ich an, doch er schüttelte den Kopf. Ich nahm eine Handvoll raus und aß sie nacheinander. »Sie schmecken gut; probieren Sie mal.«
»Ich hab keinen Hunger.«
»Wenn wir dazu noch Orangensaft hätten, wäre es eine prima Mahlzeit.«

»Womit sollten wir den hier in der Wildnis verdünnen? Im übrigen muß ich unser Geld zusammenhalten, wir sind fast blank.«

»Wozu haben Sie dann einen Rasierapparat gekauft? Orangensaft wäre mir lieber gewesen.«

»Und mir ist es lieber, ich bin rasiert.« Er richtete sich auf und musterte sein Gesicht im Rückspiegel. »Jethro, der Todeskandidat«, bemerkte er und ließ sich zurücksinken. »Ein Blick auf mich, und Mindy reißt aus. Ich kann es nicht leiden, wenn ich unrasiert bin.«

»Und ich kann es nicht leiden, wenn ich auf Obstsaft verzichten muß. Ich bin ganz gierig danach. Wahrscheinlich kriege ich Skorbut.«

»Hören Sie jetzt endlich auf? Hören Sie endlich auf, darauf rumzureiten?«

Ich hörte auf, knabberte Brezeln und schaute in den Wald. Als ich mich an die Eintönigkeit gewöhnt hatte – Nadelboden und im Halbdunkel verschwommene Farben –, fand ich es recht hübsch. Nur war Jake so rastlos! Er knisterte mit der Tüte, nahm endlich ein paar Brezeln, drehte den Verschluß von der Colaflasche auf und besprühte uns dabei mit feinem, braunem Schaum. »Oh, 'Tschuldigung«, sagte er dazu.

»Macht nichts.«

»Nehmen Sie einen Schluck.«

»Nein, danke.«

»Wenn Sie wollen, dürfen Sie heute nacht hinten schlafen. Ich bleibe sowieso auf und werde langsam verrückt.«

»Einverstanden.«

»Wie Sie das aushalten, verstehe ich nicht«, sagte er.

»Sie vergessen, daß ich verheiratet war.«

Wir saßen noch ein Weilchen brezelkauend da und sahen zu, wie die Bäume mit einfallender Dunkelheit höher und schwärzer wurden.

10

Zum erstenmal verließ ich meinen Mann im Jahre 1960 nach einem Streit um die Möbel. Es handelte sich um die Möbel von Alberta, die er aus unerfindlichen Gründen nicht zusammen mit dem Haus verkaufte, sondern aufbewahrt hatte. Wir waren noch keinen Monat verheiratet, da mietete er einen Kleinlaster und schleppte alles an: Schlafzimmereinrichtungen, die auseinanderfielen, einen Tisch mit Linoleum auf der Platte, gebrechliche Stühle, Gardinen, Umhängetücher und Kleider in allen Farben, dazu den ganzen Trödel seines Schwiegervaters, Kostüme und Requisiten, die der alte Herr im Eßzimmer verstaut hatte. Erst dachte ich, Saul wolle alles in der Garage stapeln und verkaufen, und ich sah ein, daß es Unsinn gewesen wäre, Lagergeld zu bezahlen. Doch anscheinend lag ihm dieser Gedanke fern. Er behielt jedes einzelne Stück. Da das Haus bereits zuvor von Mobiliar überquoll, erhielt jedes Möbel ein Doppel. Ein Tisch wurde an einen anderen gerückt, ein zweites Sofa Rücken an Rücken gegen das vorhandene gestellt. Es war irre. Jedes einzelne Möbelstück hatte seinen Schatten, seinen siamesischen Zwilling. Meine Mutter schien weiter nichts dabei zu finden (Saul war jetzt ihr Liebling, alles, was er tat, war großartig), aber ich schon. Er würde nicht mal Albertas Briefe öffnen, was wollte er also mit ihren Möbeln?

Ich selber dachte jeden Tag an Alberta und war seit Jahren auf ihre Besitztümer versessen gewesen. Doch das hier waren lauter ausrangierte Sachen. Und wenn sie sich davon getrennt hatte, dann konnte ich es wohl auch. »Saul«, sagte ich also, »wir müssen diesen Trödelkram loswerden, ich kriege keine Luft, ich kann mich nicht mehr rühren im Haus. Das Zeug muß weg.«

»Ach, mit der Zeit sortieren wir das schon aus«, sagte er bloß.

Und ich glaubte ihm. Ich stolperte weiterhin über Kästen voll seidener Schuhe und Reitstiefel, stieß mir die Schienbeine an dem Gestrüpp aus Stuhlbeinen und wartete darauf, daß er was unternähme. Doch nun ging er aufs Bibelcollege und war zu beschäftigt. Abends mußte er lernen, und seine freie Zeit verbrachte er im Radiogeschäft. Es war klar: die Möbel hatte er völlig vergessen.

Im Oktober etwa nahm ich mir vor, das Zeug selber abzustoßen. Ich gebe zu, es geschah hinter seinem Rücken. Ich vermied es, die Heilsarmee zu bestellen und das Zeug von ihr abtransportieren zu lassen, vielmehr setzte ich Stück für Stück neben die Mülltonne für die Müllabfuhr, die mittwochs und samstags vorbeikam. Am Mittwoch versuchte ich es mit

einem Nachttisch, Samstag mit einem Bücherregal. Mehr als ein Stück auf einmal konnte ich nicht loswerden, denn Sperrmüll wurde extra abgefahren. Das machte mich sehr ungeduldig. Nachts dachte ich mir aus, was als nächstes verschwinden könnte; die Wahl fiel mir schwer. Der Schreibtisch vielleicht? Oder der Eßtisch? Eigentlich wäre ich am liebsten erstmal die Küchenstühle losgeworden, aber es waren insgesamt acht und das war so langweilig, jede Woche nur zwei, Woche um Woche! Dann wieder hatte ich Lust, es gleich mit dem Sofa zu versuchen, dem größten aller Möbelstücke. Aber das würde ihm wohl auffallen. Oder nicht?
Er war jetzt sehr zuvorkommend, aber zerstreut, ganz und gar nicht, wie man sich einen Ehemann wünscht. Mich hatte er im Handumdrehen in sein Leben eingeordnet und war bereits zu neuen Ufern unterwegs. Ich kam mir vor, als würde ich wie ein vergessener Gegenstand von einem Kind am Strick mitgeschleift. Ich begriff nicht, wie wir so rasch schon zueinander in die gleiche muffige, verfilzte, unklare Beziehung geraten waren, die ich zu allen übrigen Leuten unterhielt.
Ich sah alle unsere Besitztümer daraufhin an, wie sie sich neben den Mülltonnen ausnehmen würden, und zwar nicht nur Albertas Sachen, sondern auch meine eigenen und die von Mama. Brauchte man zum Schreiben wirklich einen Schreibtisch? Mußte man unbedingt auf Teppichen gehen? Beim Essen erstarrte ich unvermittelt, weil mein Blick auf den Porzellanschrank voller Dessertschüsselchen fiel. Die paßten ja richtig *rein* in die Mülltonnen, die kosteten mich keinen einzigen Mülltag! Und warum nicht auch die Graflex-Kamera von Papa, die ich nie benutzte, die Babysachen in der messingbeschlagenen Truhe, und die unzähligen Paßbilder längst verstorbener Kunden? Wozu waren die eigentlich noch nütze?
Am Mittwoch in der Frühe faßte ich meinen Entschluß: Albertas Rollschreibtisch sollte verschwinden. Kaum war Saul ins Geschäft gegangen, zerrte ich den Schreibtisch ins Treppenhaus, dann die Treppe runter – erst die Schubladen einzeln, dann den ganzen Kasten. Das war nicht einfach und machte viel Krach. Mutter rief aus der Küche: »Charlotte? Bist du das?« Ich mußte den Schreibtisch auf einer Stufe absetzen, um zu Atem zu kommen. »Ja, ich bin's, Mama.«

»Was geht denn da oben vor?«
»Nichts, Mama.«
Ich schleppte das Ding vors Haus, damit sie es nicht sehen sollte, zerrte es raus an die Straße, schob alle Schubladen rein und ließ das Monstrum bei den Mülleimern stehen. Dann ging ich zum Krämer und in die Drogerie, um Bromsilberpapier zu kaufen. Es war schon gegen Mittag, als ich heimkam. Ich betrat das Haus, setzte meine Pakete ab und sah mich Albertas Schreibtisch gegenüber.
Das war, als stieße man auf eine Leiche, die man schon begraben wähnt. Ich war wirklich verblüfft. Und daß Saul mit verschränkten Armen dahinter stand, machte die Sache auch nicht besser. »Na, hör mal«, begann ich, »wie kommt denn dies Ding daher?«
»Ich fand es neben dem Mülleimer.«
»Ach, wirklich?«
»Zum Glück ist heute Kolumbustag und die Müllabfuhr kommt nicht.«
»Ah, Kolumbustag«, sagte ich.
»Was hast du sonst noch alles weggeschmissen?«
»Tja...«
»Du hast kein Recht, fremdes Eigentum wegzuwerfen, Charlotte. Wie kommst du überhaupt darauf?«
Ich sagte: »Also, ein bißchen habe ich wohl auch darüber zu bestimmen, was im Haus bleibt und was nicht. Ich habe schon vor einer Weile mit dir darüber geredet, aber um so irdische Dinge kannst du dich ja nicht mehr kümmern.«
»Ich arbeite schwer«, sagte Saul. »Jeden Abend schlafe ich über meinen Büchern ein. Ich kann nicht das ganze Haus umräumen, bloß weil dir das gerade einfällt.«
»Gerade einfällt? Im August bereits habe ich dich darum gebeten. Doch nein, alles zu seiner Zeit, sagtest du und gingst von dannen, um Bibelsprüche zu murmeln und zu üben, wie man den Gemeindemitgliedern feierlich die Hand schüttelt, oder was du da schon machst. Was weiß denn ich!«
»Selbstverständlich hast du keine Ahnung, denn zu Semesterbeginn, wo das alles ausführlich erklärt wurde, konntest du ja nicht nach Hamden kommen.«
»Mir gefällt es dort nunmal nicht! Das Ganze ist mir widerwärtig, und wenn ich glaubte, ich hätte das Recht, andern

Leuten in ihr Leben reinzureden, dann würde ich versuchen, dir diese Sache auszureden.«
»Ich verstehe dich einfach nicht.«
»Ich weiß. Prediger stellen sich diese Frage nie. Darin eben liegt das Übel.«
»Welche Frage? Wovon ist eigentlich die Rede? Ich verlange weiter nichts von dir, als daß du die Finger von meinen Sachen läßt. Ich werde mich schon selber darum kümmern. Später.«
»Auch, wenn ich mir an dem Gerümpel die Knochen breche?«
Er strich sich über die Stirn wie jemand, der ganz erschöpft ist. »Nie hätte ich gedacht, daß du so sein könntest, Charlotte. Diese Möbel sind mein Eigentum, und nur ich verfüge darüber. Ich habe mich übrigens bereits verspätet. Auf Wiedersehen.«
Er ging, machte die Tür leise hinter sich zu. Ich hörte den Lieferwagen anfahren. Ich sammelte meine Sachen auf, ging in die Küche und stieß hier auf Mama, die steif und starr im Gartenstuhl saß. Seit kurzem war sie etwas in sich zusammengesackt, sie sah jetzt zwar noch fettleibig, zugleich aber auch verschrumpelt aus; sie hätte sich auf jeden Stuhl im Hause setzen können, doch in Augenblicken innerer Erregung wählte sie unfehlbar den Gartenstuhl. In ihrem Gesicht stand der altbekannte verängstigte Ausdruck, und sie umklammerte krampfhaft die Armlehnen aus rohem Holz. Ich sagte: »Keine Sorge, Mama, es ist soweit alles in Ordnung.«
»Du behandelst ihn so schlecht, dabei ist er ein so vornehmer, manierlicher Mensch.«
Saul gefiel ihr wesentlich besser, als ich ihr je gefallen hatte.
»Mama«, sagte ich, »ich muß mich schließlich meiner Haut wehren.«
»Aber du treibst ihn noch aus dem Haus.«
»Ihn vertreiben? Ha!« Genau das wünschte ich mir. Ich sah mich ihn mit dem Besen verjagen wie das Mädchen auf der Dose mit holländischem Bohnerwachs. »Weg hier, weg hier! Ich brauche Luft!« Wenn ich ihn bloß verjagen könnte, würde dieses Gefühl der Hoffnungslosigkeit, der Wehrlosigkeit vergehen. Ich würde seinen abwägenden Blick nicht mehr erdulden müssen, der alle meine Schwächen und Sünden sah, diese Augen, die sich weiteten, wenn er erkannte,

wer ich in Wahrheit war. Seine edle, wohlerzogene Gegenwart würde mich nicht mehr bedrücken, mich nicht mehr meine Unzulänglichkeit fühlen lassen. Davon sagte ich zu meiner Mutter aber nichts, stellte vielmehr die Einkäufe auf den Tisch, küßte Mama auf die Wange und ging, die Tasche schwenkend, ab, quer durch den ganzen Ort zu Libbys Grill. Und dort kaufte ich eine Busfahrkarte nach New York.

Ich glaube, das war der hellste, glücklichste Moment in meinem ganzen Leben.

Man vergesse aber nicht, daß dies 1960 geschah, als Clarion noch ein verschlafenes Nest war, wo nur wenige Busse hielten. »An welchem Tag wollen Sie fahren?« fragte Libby. (Damals gab es noch einen wirklichen Libby.)

»Tag?« fragte ich.

»Der Bus kommt montags und donnerstags hier durch, Charlotte. Also für welchen Tag brauchen Sie die Fahrkarte?«

Das Kaff wollte und wollte mich einfach nicht freigeben. Mindestens hätten die Busse am gleichen Tag kommen können wie der Müllwagen!

»Für morgen, Donnerstag.«

Dann mußte ich meine Geldbörse umstürzen und bekam weiter nichts zurück als acht Dollar. Doch ich fand, die Fahrkarte war den Preis wert, der Papierstreifen hätte bequem einmal um meinen Bauch herum gepaßt. Ich faltete ihn sorgsam und kam mir dabei bedächtig geläutert vor.

Nun mußte ich bis zum Donnerstag nur noch ein Dach über dem Kopf finden. Eigentlich war es lachhaft, daß Saul in meinem Elternhaus wohnen durfte. Tante Aster würde nie erlauben, daß jemand ihr Gastzimmer benutzte. Blieb nur das Motel zum Blauen Mond – vier Dollar pro Nacht, ein Spaß für die Schüler der Oberklassen, die auf dumme Gedanken kamen. Den Nachmittag verbrachte ich auf dem abgewetzten Bettüberwurf, die Schuhe abgestreift, ohne Fernsehgerät, ja ohne Nagelfeile, mit der ich mir wenigstens hätte die Nägel machen können. Mein Leben kam total zum Stillstand, ich redete mir aber ein, dies wäre die Reglosigkeit der Tiere, bevor sie zum Sprung ansetzen.

Damals war die Lippenstiftfabrik noch nicht in Betrieb, und Saul hat wohl keine zwanzig Minuten gebraucht, um mich aufzuspüren, als er mich daheim nicht vorfand. Alle wußten, wo ich war, alle hatten gesehen, wie ich an einem kühlen Oktobertag ohne Hut und Mantel durch den Ort gerannt war. So behaupteten sie jedenfalls. (In Wahrheit war ich ganz gelassen promeniert.) Saul also kam ins Motel und pochte zweimal laut an meine Zimmertür. »Laß mich rein, Charlotte. Was ist los mit dir?«

Plötzlich fühlte ich mich mächtig stark. Es jubelte in mir. Ich hatte Lust zu lachen.

»Charlotte!«

Aus seinem selbstzufriedenen Ton war unmißverständlich herauszuhören, daß er nicht ahnte, womit er es zu tun hatte. Ich antwortete ihm nicht.

Nach einer Weile ging er weg.

Dann kam alles ins Rutschen. Ich fühlte mich so traurig, ich meinte, etwas in mir zerbräche. Ich wünschte alles, alles gutzumachen, was ich je angerichtet hatte, ich wollte aufgeben, sterben. Darum nahm ich auch gleich den Hörer ab, als das Telefon klingelte. Es war Saul, und er sagte: »Bitte, hör auf damit, Charlotte.«

»Nie«, sagte ich.

»Soll ich mir einen Zimmerschlüssel von Mrs. Baynes geben lassen und dich mit Gewalt herausholen?«

»Kannst du nicht. Ich habe die Kette vorgelegt.«

»Du willst mich doch nicht verlassen, das weiß ich genau.«

»So?«

»Ich weiß, du liebst mich.«

»Kein bißchen.«

»Bestimmt hat es was mit deinem Zustand zu tun.«

»Zustand? Was für ein Zustand?«

»Du bist doch schwanger.«

»Lachhaft«, sagte ich.

»Mich kannst du nicht täuschen. Ich erinnere mich genau, wie es war, ehe meine Brüder zur Welt kamen, oft genug. Ich ... Charlotte?«

Ich rechnete. Ich suchte nach einem Kalender, es war aber keiner da. Also mußte ich an den Fingern zählen und flüsterte dabei die Daten. Saul sagte: »Charlotte?«

»Herr im Himmel«, stöhnte ich.

»Wirklich, Charlotte, du solltest den Namen des Herrn nicht unnütz im Munde führen.«

Die Schwangerschaft hatte unvorhergesehene Wirkungen. Plötzlich fühlte ich mich sehr unternehmungslustig. Ich schaffte energisch im Atelier herum, schob schwere Kartons umher, wuchtete die Kamera auf ihrem Stativ hierhin und dorthin, bis der Soldat oder wer gerade der Kunde war, ängstlich fragte: »Dürfen Sie denn das in Ihrem Zustand?« Ich fühlte mich kräftiger und brauchte weniger Schlaf. Manchmal ging ich bis spät in die Nacht ruhelos im Zimmer auf und ab. Allerdings war ich auch überempfindlich, leicht zu kränken, und heulte ohne jeden Anlaß. Julians wegen zum Beispiel.

Julian war Sauls jüngster Bruder, der hübscheste und unbeständigste von allen. Er hatte so was Schmollendes, Wuscheliges, Italienisches, das die Mädchen in der Schule ganz verrückt nach ihm machte, und seine Leidenschaft war das Glücksspiel. Spieler sind aber weit weniger toll, als uns der Volksmund glauben machen möchte, vor allem wenn sie eine Pechsträhne haben, verlieren sie leicht die Fasson. Julian stand jedenfalls eines Morgens ungewaschen und in Lumpen vor der Tür, hinter sich eine Fährte ungedeckter Schecks, die bis nach Texas reichte. Er warf sich in eines der alten Betten seiner Mutter und schlief eine ganze Woche lang, nur zu den Mahlzeiten wachte er auf. Als er schließlich dem Bett entstieg, wirkte er geläutert, wie vom Fieber genesen. Er versprach zu tun, was man von ihm verlangte – ein anderer Mensch wollte er werden, seine Schulden bis auf den letzten Penny zurückzahlen. Er half also im Radiogeschäft, und Saul ließ die Inhaber von Julians ungedeckten Schecks auf Briefpapier des Bibelcollege wissen, daß so bald als möglich sämtliche Schulden gezahlt würden.

Wenn ich auf Anordnung des Arztes meinen täglichen Spaziergang machte, sah ich Julian im Laden über Spulen und Röhren gebeugt etwas undeutlich, denn die Schaufensterscheibe war zerkratzt und fleckig, und Julian sah aus wie auf einem alten Foto. Im Schaufenster lagen ganz die gleichen Sachen, die da auch in meiner Kindheit schon gelegen hatten: ein Wählknopf aus Plastik, zusammengeknülltes Papier und die verstaubten Innereien eines alten Grammophons. Am liebsten wäre ich hingegangen und hätte Julian herausgeholt. Manchmal tat ich es auch.

Julian allerdings behauptete, nun ein stetes Leben führen, für immer hierbleiben, sogar der Kirche beitreten zu wollen. »In

Texas habe ich viel an das kirchliche Leben gedacht. Hymnen, die da dauernd gesungen werden und für die ich sonst nie was übrig hatte, machten mir Eindruck. Als ich eines Morgens im Knast erwachte, ohne überhaupt zu wissen, wie ich da hineingeraten war, schwor ich mir: ›Wenn du hier rauskommst, gehst du zurück, woher du gekommen bist, trittst der Kirche bei und wirst ein ordentlicher Mensch. Du bleibst bei deinem Bruder und stirbst eines Tages an Altersschwäche.‹ Das hab ich mir geschworen.«
Ich sah Saul an.
»Das solltest du am Sonntag vor der Gemeinde wiederholen«, sagte Saul.
»Ich habe mit ein paar Sträflingen Bekanntschaft gemacht. Diese Menschen waren zeitlebens länger im Gefängnis gewesen als draußen, und die hatten überhaupt keine Hoffnung mehr. Wißt ihr, wie die sich die Zeit vertrieben? Die kneteten aus Brot kleine Figuren und ließen sie von den Aufsehern verkaufen.«
»Hör auf«, sagte ich.
»Kleine Nachbildungen von Donald Duck und so was. Aus gekauten Brotbrocken.«
»Ich will davon nichts hören«, sagte ich und fing an zu weinen.
Man starrte mich an. »Aber Charlotte«, sagte Saul, und meine Mutter fummelte in ihrem Ausschnitt nach einem Papiertaschentuch.
In jenen Monaten war ich wirklich recht wunderlich.

Unsere Tochter kam am 2. Juni 1961 im Kreiskrankenhaus von Clarion zur Welt, wo ich jede Art Narkose verweigerte, sogar Aspirin, denn ich wollte gewiß sein, daß mein Kind nicht vertauscht wurde. Wir nannten sie Catherine. Sie hatte helle Haut, hellblondes Haar und Sauls Gesicht.
Daß sie gescheit war, stand fast vom ersten Tag an fest. Sitzen, Kriechen, Gehen, alles das tat sie bereits ungewöhnlich früh. Sie war noch kein Jahr alt, da setzte sie bereits kurze Wörter zusammen, und bald darauf erzählte sie sich selber vor dem Einschlafen lange, geheimnisvolle Geschichten. Mit zwei Jahren erfand sie sich eine Spielkameradin namens Selinda. Ich wußte, das ist ganz normal, und machte mir weiter keine Gedanken. Ich entschuldigte mich, wenn ich Selinda auf die

Zehen trat, und legte für sie ein Gedeck auf. Nach einer Weile allerdings setzte Catherine sich auf den Platz von Selinda, und ihr eigener blieb leer. Sie behauptete, eine Freundin namens Catherine zu haben, die für uns alle unsichtbar sei. Nach einer Weile war von Catherine nicht mehr die Rede, und uns blieb nur Selinda. Die haben wir seitdem im Haus. Wenn ich es recht bedenke, hätte ich mir die Narkose ruhig geben lassen können.

Im Radio heißt es gelegentlich, wer einen adressierten und freigemachten Umschlag einschickt, bekommt gratis eine Druckschrift mit dem Titel: WAS WÄRE, WENN CHRISTUS NIE GELEBT HÄTTE? Ich muß immer lachen, wenn ich das höre; natürlich hätten wir eine Menge verpaßt, zum Beispiel die Inquisition. Und ich hätte meinen Mann nicht an das Bibelcollege von Hamden verloren.

Oh ja, ich verlor ihn. Er war nicht mehr der alte Saul Emory. Er hatte sich ganz neue Regeln, Verhaltensweisen, Platitüden und Vorurteile zugelegt, nicht einmal denken mußte er mehr. Egal in welche Lage er geriet, er brauchte nur auf fertige Anweisungen zurückzugreifen. Er konnte nach seiner Religion greifen und sie sich umhängen wie sein Predigergewand.

Als ich Selinda zur Welt brachte, starb im Stockwerk über mir der Reverend Davitt an Lungenkrebs. (Wieder so ein kleiner Scherz Gottes: der Reverend Davitt hatte es nie mit dem Tabak gehalten.) Im Herbst '61 wurde Saul Pastor von Holy Basis. Ordiniert werden sollte er erst im kommenden Juni, doch hatte er schon eine kleine Herde, sein Kirchlein aus Dachpappe, sein kaninchenstallgroßes Büro, wo die Schäfchen sich mit ihm darüber unterhalten konnten, in welcher Weise sie sich unglücklich fühlten. Mehr noch: er meinte, ich solle nun ebenfalls zum Gottesdienst erscheinen. Ich lehnte ab. Ich sagte, auch ich habe Rechte, und er entgegnete, jawohl, dies treffe zu, doch hoffe er, mich gleichwohl beim Gottesdienst zu sehen, denn das sei für ihn wichtig.

Und ich ging hin. Ich ließ Selinda im Raum für die Vorschulkinder im Souterrain und saß zwischen Julian und meiner Mutter auf der Kirchenbank. Ich trug ein mattblaues Jackenkleid, ein rundes Hütchen, kurze weiße Handschuhe. Zu Nutz und Frommen der Gemeinde suchte ich so ergriffen dreinzusehen, wie es von mir erwartet wurde. Saul erschien in

seinem langen Gewand und verlas die anstehende Stelle aus der Heiligen Schrift mit lauter, gebieterischer Stimme; mir kam er ganz fremd vor, doch verbarg ich meinen Schock, so gut ich konnte. Ältere Gemeindemitglieder sagten hörbar »Amen«, die meisten schwiegen beeindruckt. Danach standen alle auf und stimmten einen Lobgesang an, wonach man sich wieder hinsetzte und es sich nach Möglichkeit bequem machte, während Saul auf der Kanzel seine Zettel sortierte. Schließlich begann er: »Ich habe hier vor mir einen Ausschnitt aus der Zeitung vom vergangenen Mittwoch; es handelt sich um die Ratgeberspalte von Dr. Tate.«
Seine Worte hallten matt wider, als spräche er in einer Bahnhofshalle.
»Es heißt in der Zuschrift an diesen Dr. Tate: ›Sehr geehrter Herr Doktor, es fällt mir immer noch schwer, mich meinem Arzt anzuvertrauen. Ich erwähne das, weil ich finde, Ärzte sollten mehr Verständnis haben und nicht zuviel von den Patienten verlangen. Ich gehe jeden Donnerstag in seine Sprechstunde, und er wundert sich jedesmal darüber, daß meine Zuckerkrankheit nicht besser wird, sondern immer schlimmer. Ich sage, ich weiß auch nicht warum. Aber in Wahrheit ist es so, daß ich große Mengen süßen Kuchen esse, bloß gebe ich es ihm gegenüber nicht zu. Ich leide manchmal richtig unter dieser Gier und stopfe mich dann voll. Auch Wein trinke ich ziemlich viel. Wein ist natürlich kein richtiger Alkohol, das weiß ich, aber ich schäme mich trotzdem, weil ich schon am hellichten Tag trinke, und sage deshalb nichts davon zu meinem Arzt. Nun also, sehr geehrter Herr Doktor, mein Mann liebt mich nicht mehr, er hat eine andere, und unser einziger Sohn ist schon sehr früh an einer Knochenkrankheit gestorben. Ich wiege über zwei Zentner und habe die ganze Haut voller Pickel, auch wenn es immer heißt, nach dem zwanzigsten Lebensjahr hört das auf. Ich bin aber schon vierundvierzig. Meinem Arzt kann ich das alles nicht anvertrauen, und wissen Sie warum? Weil die Ärzte gleich immer so von oben herab sind, sie geben einem zu verstehen, daß man ein widerlicher Mensch ist, wenn man die falschen Sachen ißt. Wie also kann ich offen mit ihm reden? Und in Wahrheit will ich ja auch nur fragen: Ist es eigentlich gerecht, daß ich so leiden muß?‹«
Das fand ich ja nun recht interessant. Ich glättete die Hand-

schuhe und blickte auf zu Saul, in Erwartung der Antwort, die jener Ratgeber nun erteilen würde. Statt aber die Antwort zu verlesen, legte Saul den Zeitungsausschnitt beiseite und ließ den Blick über seine Gemeinde wandern. »Die Frau, die diesen Leserbrief geschrieben hat, ist nicht die einzige ihrer Art. Jeder von uns könnte an ihrer Stelle sein. Sie lebt in ständiger Angst vor dem abschätzigen Urteil ihrer Mitmenschen, in einer Welt, in der niemand vorbehaltlos lieben will. Sie fragt, welchen Sinn hat das alles? Und sie glaubt, einzig ein approbierter Arzt und Ratgeber könnte ihr darauf die Antwort geben.

Ist es wirklich schon so weit mit uns gekommen? Sind wir wirklich Gott dem HERRN schon so ferngerückt?«

Ich gähnte und knüllte die Handschuhe zusammen.

Dies war die letzte Predigt von Saul, der ich zuhörte.

Was nicht besagen will, daß ich nicht mehr seine Kirche besucht hätte. Oh nein. Ich erschien dort jeden Sonntagmorgen, ich saß zwischen Mutter und Julian, ich lächelte das umnachtete Lächeln der braven Ehefrau. Ich möchte fast glauben, ich fand Gefallen daran, daß Saul mir dort so fern war, daß ich mich so verträumt und gefügig, so ganz von einer privaten unzugänglichen Taubheit beschützt fühlen konnte. Das genoß ich richtig. Was er sagte, glitt an meinen Ohren unvermerkt vorüber wie das Ticken einer Uhr oder das Rauschen des Ozeans. Ich beobachtete, wie er den Rand der Kanzel umklammerte, ich bewunderte seine scharf umrissenen Lippen, ich malte mir aus, wie ich ihn dazu verleiten könnte, mit mir ins Bett zu gehen. Diese Kanzel hatte etwas Magisches an sich, das mich in einen wahren Sinnentaumel versetzte. Es war wohl purer Widerspruchsgeist, vermute ich. Er war strikt dagegen, am Sonntag der Liebe zu frönen, während ich ganz versessen darauf war. Manchmal siegte ich, dann wieder er. So war der Sonntag ein ungeheuer spannender Tag, den ich um alles in der Welt nicht hätte missen mögen.

Ich nährte eine Unmenge alberner Hoffnungen in jenen ersten Ehejahren. Ich stellte mir vor, Saul könnte eines Tages seinen Glauben verlieren wie ein Taschentuch und sich anderen Dingen zuwenden, Rocker werden, sich einer Motorradgang anschließen. Warum eigentlich nicht? Wir könnten miteinander die Welt sehen, ich und Selinda auf dem

Sozius. Ich würde meine Arme um ihn legen, meine Wange an seine schwarze Schulter schmiegen.
Schwarze?
Ach ja, das war schon wie eingewachsen, auch noch auf dem Motorrad würde er diesen schäbigen Anzug tragen und eine Bibel bei sich haben. Nie würde er aufhören, Prediger zu sein. Und sollte er doch aufhören, würde man den Unterschied, wie ich inzwischen fürchtete, kaum noch merken.

Saul lud häufig Gäste zum Sonntagsmahl – obdachlose Gläubige, reumütige Schafe vom Armesünderbänkchen. Manche von denen blieben dann längere Zeit im Hause, etwa die alte Miss Feather im zweiten Stock. 1963 war sie aus ihrer Wohnung vertrieben worden und kam vorübergehend zu uns, bis sie eine neue Bleibe fände, was nie geschah. Und wohl auch nie geschehen wird. Es kamen Soldaten, Tramps, Handelsvertreter, brave ländliche Typen, denen die vertrauten Gesichter fehlten, sich an meiner Hausmannskost zu laben. Eines Sonntags näherte sich ein bärtiger Mann im Arbeitsanzug dem Sünderbänkchen, als die Gemeinde soeben ›Nimm mich wie ich bin, HERR‹ sang. Saul unterbrach sich beim Singen und stieg von der Kanzel. Er legte dem Mann die Arme auf die Schultern, zog ihn an sich, drückte sein Gesicht gegen das dunkle, glänzende Gesicht des Fremden – der selbstverständlich ein Emory war! Ein echter Emorykopf. Linus, eben jener, der einen Nervenzusammenbruch erlitten hatte und nun dank dem Ableben seiner Tante die Freiheit wiedererlangt hatte, deprimiert wie eh und je, doch von der Wiedersehensfreude innerlich erleuchtet wie eine dünne Porzellantasse, die man gegen Kerzenlicht hält. Wir nahmen ihn zum Essen mit nach Hause. Während der Mahlzeit sah er jeden von uns eindringlich und lange an, besonders Selinda, er lauschte unseren Worten aufmerksam, daß es fast war, als spräche er sie zugleich mit uns aus. Sogar Mamas Anblick – ja selbst der von Miss Feather, die ihm Bisquittörtchen anbot – zauberte einen unmäßigen Glanz in seine Augen. Es sei einfach zu schön, wieder daheim zu sein, sagte er. Im Oberstock belegte er eines von Albertas Betten und entleerte den Inhalt seines Pappkartons in eine Schreibtischschublade.
Haben Sie mitgezählt? Wir lebten in diesem Haus jetzt zu siebt, die Durchreisenden nicht mitgezählt. Amos war noch

in Iowa, wo er, glaube ich, Musikunterricht erteilte. Und Alberta steckte irgendwo in Californien. Aber sonst hatten wir das alte Emorysche Haus mit Mann und Maus geschluckt. Wir beherbergten Emorys Betten, ihre Hüte, ihre Söhne, ihre unergründlichen Augen. Selbst meine Mutter schien sich in jemand Dunkleren verfestigt zu haben, Miss Feather hatte die stolze Haltung der stehenden Emorys angenommen, und Selindas Gesicht wirkte wie das eines Engels auf einem Medaillon. »Fällt dir nicht auf, daß es hier von Emorys wimmelt?« fragte ich Saul.

Saul nickte dazu aber bloß und blätterte weiter in seinem Terminkalender, gewiß auf der Suche nach einer Beisetzung oder dem Treffen einer Jugendgruppe. »Mir war schon lange daran gelegen, meinen Brüdern eine Heimstatt zu bieten«, bemerkte er dann.

Das also war es, was er immer gewollt hatte?

Ah, jetzt begriff ich, endlich sah ich ihn, wie er war: ein bedauernswerter, heimwehkranker, verabschiedeter Soldat, der sich ein Heim, eine Frau, Kinder und eine Kirchengemeinde wünscht. Ein ganz gewöhnliches Exemplar, wie man es auf jeder Kirchenbank antrifft. »Du willst bloß nicht allein sein«, bemerkte ich.

»Man kann nicht allein sein.« Er klappte den Terminkalender zu und starrte auf den dunklen Korridor. Das machte mich wieder unsicher, und ich dachte: Du kannst ihn immer noch nicht richtig beurteilen. Es hatte Jahre gedauert, bis ich erkannt hatte, was er ehedem gewesen war, und was er unterdessen geworden war, wußte ich noch nicht. Ich würde immer mehrere Schritte hinter ihm her hinken.

»Und das Geld?« rief ich aus, um mich nicht allzusehr auf ihn einzulassen, »wovon sollen wir die alle ernähren?« (Dabei sah ich die flache Messingschale vor mir; die Kollekte war sein einziges Einkommen. Ich sah mein Atelier, wo ich Pfennige einnahm, sah das Radiogeschäft, das kaum Julians Spielschulden deckte, die mal zu- und abnahmen, je nachdem, wie die Sucht ihn packte.)

»Der HERR wird für uns sorgen«, sagte Saul und machte sich auf den Weg zu einer Gemeindeversammlung.

Ich gab die Hoffnung auf. Um nicht von meinen Sorgen niedergedrückt zu werden, löste ich meine Wurzeln, schweb-

te sozusagen einen knappen Meter über der Erde, und gewöhnte mir an, das Leben mit einem etwas gequälten Humor zu betrachten, der mich in der Nase kitzelte wie der Drang zu niesen, eine Art Niesreiz. Nach einer Weile wurde dieser Humor zur Angewohnheit, ich hätte ihn beim besten Willen nicht mehr ablegen können. Meine Welt schien mit einem Mal irgendwie ... vorläufig. Ich begriff, daß ich meine Abreise vorbereiten mußte. Bestimmt würde ich nicht mehr lange mit Saul zusammenbleiben. Ständig trug ich nun im Geheimfach meiner Geldbörse einen Reisescheck über 100 Dollar mit mir herum. Meine Wanderschuhe waren gekauft. Außer Selinda wollte ich nichts mitnehmen – mein Gepäck die geliebte Last. Wann würde die Strömung fühlbar werden, die uns wegführte?
Manchmal ertappte ich mich im Atelier dabei, wie ich in der Arbeit innehielt und lauschte, wie ich den Kopf zurücklegte, reglos und benommen. Die Kunden räusperten sich, scharrten mit den Füßen, und ich sagte dann »Hmmm?« und rollte flink die Kamera herbei, die ich immer noch nicht als mein Eigentum empfand. Sie gehörte meinem Vater. Dies war sein Atelier. Was da vergilbt und aufgebogen an den Wänden hing, waren seine Fotos. Ich war hier nur auf der Durchreise. Meine Fotos waren licht und unbeschwert, berührt von der Anmut jener Dinge, von denen man weiß: auf die Dauer sind sie bedeutungslos.

II

Das Dorothea Whitman-Heim war ein Landhaus, es lag erhöht in einem gepflegten Park, eingefaßt von Bäumen. »Mann, oh Mann«, sagte Jake, der es durch die Windschutzscheibe musterte. Wir parkten direkt an der Einfahrt, die markiert war von zwei Pfeilern mit grobporigen Steinkugeln oben drauf. Es war sechs Uhr morgens, und beide waren wir übernächtigt und durchgefroren. Gefrühstückt hatten wir auch noch nicht. Wir hätten es gekonnt, doch Jake hatte die Zeit dazu benutzt, sich zu rasieren, und das ohne Wasser. Er sah jetzt im Gesicht ganz anders aus, rot und unbedarft. Ich fand, es wäre wesentlich besser gewesen, in ein Rasthaus zu

gehen. Und von Mindy Callender war weit und breit nichts zu sehen.
»Also, sie hat folgendes gesagt«, wiederholte Jake. »›Halte bei der Einfahrt, ich komme runter.‹ Ist das hier etwa nicht die Einfahrt? Oder wie?«
»Mir kommt es jedenfalls so vor.«
»Sie hat vielleicht das Portal gemeint?«
»Würde sie denn Einfahrt sagen, wenn sie Portal meint?«
»Wer weiß? Bloß, wenn sie richtig schnell türmen muß, wäre es besser, wir stünden näher am Portal.«
»Ich würde hier bei der Einfahrt bleiben.«
»Na schön. Im übrigen sage ich Ihnen eines: Noch fünf Minuten, und dann zische ich ab. Es gibt 'ne Menge Orte, wo ich lieber wäre als ausgerechnet hier.«
Oben auf der Anhöhe öffnete sich jetzt das grüne, geschnitzte Portal, und jemand kam heraus. Aus der Entfernung glich die Person der Figur aus einem Wetterhäuschen. Ihr Leib war kugelrund, gebaucht wie ein Blumenkelch, und beanspruchte einen knappen halben Meter Vortritt. Sie trug einen Strohhut, ein rosa Kleid, einen Koffer und ein Bündel mit irgend etwas Dunklem darin. Während sie sich uns näherte, blickte sie keinen Moment zu uns her, sondern setzte behutsam und gesenkten Kopfes Schritt vor Schritt, so daß wir weiter nichts zu sehen bekamen als ihren Hut.
»Ist das Mindy?« fragte ich Jake.
»Nee, die Aufseherin.«
»Ich habe ja schließlich keine Ahnung, wie Mindy aussieht!«
»Klar, ist es Mindy. Mindy hat sich noch nie im Leben angezogen wie ein vernünftiger Mensch.«
Sie war jetzt so nahe, daß wir Einzelheiten ihres Aufzugs erkennen konnten: Der Sonnendress aus bedruckter Baumwolle war nicht für eine Schwangere gemacht, die Träger waren so schmal wie die eines Puppenkleidchens. Der Hut wurde von einem Band aus gestickten Herzchen gehalten, und das Bündel, das sie bei sich hatte, enthielt eine Katze.
»Verflixt, eine Katze?« sagte Jake.
Nun endlich blickte Mindy auf und sah uns an. Sie hatte ein rundes Kindergesicht mit betontem Kinn, darüber weißblondes Haar, das bis zur Taille reichte. Drei Meter vom Wagen stellte sie den Koffer ab, ohne eine Miene zu verziehen.

»Hmja«, machte Jake, stieß seine Tür auf und stieg aus. »Na, wie geht's, Mindy?« rief er.
»Wen hast du da bei dir?«
»Hmm?«
»Wer ist die Dame, Jake?«
»Ah, die kommt bloß ein Stück mit uns. Los, steig schon ein.«
»Wie soll ich einsteigen, wenn die Türen mit einer Kette verschlossen sind?«
»Steig auf meiner Seite ein! Los, Mindy, die sind bestimmt bald genug hinter dir her.«
»Ach was, die schlafen alle noch.« Mindy ging um den Wagen herum, den Koffer in einem steifen Arm, die Katze fest an sich pressend. Jake wich vor ihr zurück, obwohl er sich nicht eigentlich vom Fleck rührte.
»Also eine Katze kommt mir nicht ins Auto«, sagte er.
»Der gehört aber mir.«
»Sei vernünftig, Mindy.«
»Der Kater gehört mir.«
Jake rieb sich die Nase. »Na, meinetwegen. Aber paß auf, daß er dir nicht vom Schoß springt.« Er machte die hintere Tür auf, schob den Koffer hinein und wartete, daß sie Platz nähme. Mindy blieb an Ort und Stelle. »Soll ich etwa nicht vorne sitzen?« fragte sie.
»Wozu?«
»Da haben wir uns Monate und Monate nicht gesehen, und du fragst wozu?«
Sie stellte sich ruckartig auf die Zehenspitzen und schlang ihren freien Arm um seinen Hals. Sie war wirklich winzig, das größte an ihr war der Bauch, den Jake vorsätzlich übersah. »Wir müssen jetzt richtige Pläne machen«, sagte sie und küßte seinen Mundwinkel. Dann glitt sie auf die vordere Bank, hopste ein bißchen auf dem Sitz und wandte sich mir zu: »Ich heiße Mindy Callender.«
»Und ich heiße Charlotte Emory.«
»Iiiih! Wo hast du nur diese alte Karre her, hier riecht's ja wie in einer Mülltonne!«
Das mochte sein, doch alles, was ich riechen konnte, war ihr Parfüm: süße Erdbeeren. Kaum hatte Jake sich hinterm Lenkrad niedergelassen, öffnete er das Fenster einen Spaltbreit. »Zieht es Ihnen nicht?« fragte ich Mindy.

»Überhaupt nicht, ich habe Wallungen.«
»Was haben Sie?«
»Ganze sieben Monate lang ist mir heiß wie im Höllenfeuer. Ich halte keine Bettdecke aus, kann keinen Pullover tragen. Das kommt übrigens nur ganz selten vor.« Sie warf Jake einen Blick zu, doch Jake schwieg. Er ließ den Motor an und bog zur Straße ab.
»Was ist das für ein ulkiges Geräusch?« fragte Mindy.
»Geräusch?«
»Also Jake, mit diesem Wagen stimmt was nicht. Woher hast du ihn noch gleich?«
»Von einem Bekannten.«
»Schöner Bekannter.«
Sie lehnte sich zurück und drückte den Kater an sich, ein braunweiß geflecktes Tier mit tückischen gelben Augen und angeknabberten Ohren. Man sah, daß es ihm nicht paßte, festgehalten zu werden. Anfangs suchte er sich Mindy zu entwinden, gab dann aber wohl oder übel auf. Seine Augen waren fast rechteckig vor Abwehr, die Schwanzspitze zuckte, und wenn Mindy ihn patschte, schüttelte er sich. »Plymouth wäre bestimmt lieber nicht mitgekommen«, bemerkte Mindy.
»Wer?« fragte Jake.
»Plymouth. Mein Kater.«
»Naja, da bin ich ganz seiner Meinung. Wozu brauchst du einen Kater? Du hast doch sonst nie was für Katzen übriggehabt.«
»Jede von uns im Heim hat ein Tier«, erklärte Mindy. »Das gehört zur Therapie.«
»Therapie.«
»Manche Mädchen haben Hunde, andere haben Vögel.«
»Na, Vögel finde ich verkehrt«, sagte Jake.
»Wir fertigen auch Handarbeiten an wegen Therapie. Und dann gibt es überhaupt noch so allerhand, Vorträge und Unterricht und so. Gestern abend hatten wir Säuglingskunde, deshalb konnte ich nicht gleich weg. Wir kriegten gezeigt, wie man einen Säugling aus Gummi badet, und das wollte ich unbedingt noch lernen.«
Jake trat auf die Bremse, obschon weit und breit nichts zu sehen war. Er drehte sich zu Mindy um und starrte sie an.
»Paß doch auf die Straße auf«, ermahnte ihn Mindy.

»Habe ich recht gehört«, sagte Jake drohend, »du konntest gestern abend nicht weg, weil du eine Puppe baden mußtest?«
»Nicht bloß baden, anderes auch noch.«
»Mindy Callender! Ahnst du, wie wir die Nacht verbracht haben? Im Wald! Im Wagen eingesperrt, mitten im Wald! Und keiner von uns hatte Wallungen, die uns warm gehalten hätten.«
»Was heißt eigentlich ›wir‹?«
»Ich und Charlotte, wer sonst?«
Mindy besah mich aufmerksam. Ihre Augen wiesen in der Tiefe kleine Flecken auf. »Ich hab nicht richtig zugehört – wo kommen Sie her?«
»Aus Clarion«, sagte Jake.
»Also hast du sie die ganze Fahrt schon dabei?«
»Ja, sie fährt mit bis ... ah ... Florida. Da verabschiedet sie sich dann von uns.«
»Bis Florida? Fahren wir wirklich nach Florida?« Sie warf sich ihm an den Hals, zog ihn zu sich herunter, und ihr Rock breitete sich über meine Knie aus. Der Wagen geriet ins Schleudern. Der Kater sprang mit einem einzigen Satz nach hinten, schüttelte sich und machte ein beleidigtes Gesicht.
»Paß auf, du!« rief Jake. »Ich hab mir gedacht, die nächsten beiden Monate könnten wir es wenigstens warm haben, das kann nicht schaden. Übrigens wohnt Oliver jetzt in Florida.«
»Ach Oliver, Oliver, immer dieser Oliver«, maulte Mindy und zupfte braune Katzenhaare von ihrem Kleid. Ich sah jetzt, da der Kater weg war, daß Mindy eine Handtasche bei sich hatte, aus glänzend weißen Vinyl, herzförmig, ganz das, was ein Kind zur Sonntagsschule mitnehmen würde. Sie fing meinen Blick auf und ließ die Tasche an ihrem Riemen rotieren. »Gefällt sie Ihnen? Die ist ganz neu.«
»Sehr hübsch«, sagte ich.
»Ich fand, sie paßt zu meinen anderen Sachen.«
Sie hob ihren mageren, knochigen Unterarm, von dessen Gelenk ein Reifen baumelte, an dem Herzen aller Größen und Farben befestigt waren. Auch trug sie einen Ring mit einem herzförmigen rosa Stein, und sogar ihr Kleidchen war mit einem Herzmuster bedruckt. »Herz ist mein Zeichen«, sagte sie. »Welches ist Ihres?«

»Ich hab, glaube ich, gar keins.«
»Sind Sie verheiratet, Charlotte?«
»Klar ist sie verheiratet«, fiel Jake ein. »Laß sie endlich in Ruhe.«
»Ich hab doch bloß gefragt.«
»Und sie hat keine Lust, deine neugierigen Fragen zu beantworten.«
»Na hör mal, Jake, wir unterhalten uns hier ganz normal, über meine Handtasche und so, und ich hab bloß gefragt –«
»Hast du Geld in deiner Tasche?« wollte Jake wissen.
»Was –? Ich weiß nicht. Paar Pennies vielleicht?«
»Wieviel genau?«
»Stell nicht so zudringliche Fragen!«
»Ich hab nämlich aus Versehen meine Brieftasche zu Hause gelassen«, erklärte Jake.
»Wie konntest du nur?«
»Egal wie. Es ist nun mal passiert. Wieviel hast du?«
Mindy machte das Portemonnaie auf und zählte ... »Zehn, fünfzehn, sechzehn Dollar und Kleingeld.«
»Viel ist das nicht«, bemerkte Jake.
»Kümmern Sie sich gefälligst um Ihren eigenen Mist, mein Herr«, sagte Mindy sehr von oben herab.
Schweigend überholten wir einen Laster, der Hühner geladen hatte. Dann fragte Jake: »Durftet ihr im Heim Geld bei euch haben?«
»Klar.«
»Wofür habt ihr denn welches gebraucht?«
»Wenn wir Ausgang hatten, in die Stadt, haben wir uns Illustrierte gekauft oder Haarwaschmittel oder so ...«
»Du konntest also nach Lust und Laune in die Stadt gehen?«
»Warum denn nicht?«
Ich umklammerte erwartungsvoll den Türgriff, aber Jake sagte nichts, kein Wort. Er fuhr schweigend weiter, mit einem Gesicht so unbewegt wie aus Stein.

Auf der Toilette des Rasthauses, wo wir hielten, um zu frühstücken, ließ Mindy sich von mir Zöpfe flechten. »Ich hab mich allein nicht getraut, und das Mädchen in meinem Zimmer schlief noch.«
»Weshalb haben Sie sich nicht getraut?«

»Ich darf die Arme nicht so hoch heben. Das Baby könnte sich dabei an der Nabelschnur erhängen.«
»Aber –«
»Wie sehe ich aus?«
Sie sah mit den kessen Zöpfen und dem blauen, vertrauensvollen Blick ungefähr aus wie zwölf, jünger jedenfalls als meine Tochter. Ich sah mich neben ihr im Spiegel plötzlich wie auf Mattglas, eine ältere Frau, unfrisiert, in einem zerknautschten Regenmantel. »Haben Sie keinen Lippenstift?« fragte Mindy.
»Ich? Lippenstift? Nein.«
»Dann hätten Sie vielleicht gern meinen?«
Sie reichte ihn mir, schon herausgedreht, ein rosa Ding mit Fruchtgeschmack. Ich gab ihn zurück. »Nein, aber herzlichen Dank jedenfalls.«
»Warum eigentlich nicht? Ein bißchen Farbe stünde Ihnen gut.«
»Nein, wirklich nicht ... ich ...«
»Soll ich Ihnen die Lippen schminken?«
»Bitte, nein.«
»Ach, lassen Sie mich doch, im Heim habe ich allen das Makeup gemacht. Viele von den Mädchen dort haben überhaupt keine Ahnung, wie man sich ein bißchen hübsch macht, wissen Sie? Halten Sie mal still einen Moment.«
»Nein!« sagte ich.
Sie blickte ganz verschreckt drein, trat einen Schritt zurück, immer noch den Lippenstift in der Hand.
»Entschuldigen Sie«, sagte ich.
»Ach, das macht doch nichts.« Sie drehte den Lippenstift schweigend wieder ein und ließ ihn in ihre Tasche fallen. »Also dann«, sagte sie, aber als sie aufblickte, bemerkte ich, daß sie bleich war und bekümmert und irgendwie noch winziger wirkte als zuvor.
»Nehmen Sie es mir nicht übel«, bat ich sie. »Es ist bloß, daß ich vermeiden möchte, auszusehen wie wer anderes. Früher, als ich klein war, hat meine Mutter mich ermahnt, ich soll nicht schielen, keine Fratzen schneiden. Sonst bleibt das Gesicht stehen. War das bei Ihnen nicht auch so?«
Mindy sagte: »Ach, Charlotte, meinen Sie, er freut sich auch nur ein ganz kleines bißchen darüber, daß ich jetzt da bin?«
»Aber gewiß doch«, sagte ich.

Die Fahrt ging nun langsamer vonstatten, weil wir so oft halten mußten. Dem Kater wurde immer wieder übel, er gab dann ein klägliches Jaulen von sich, Jake bremste fluchend am Straßenrand. Leider weigerte sich der Kater dann auszusteigen. Wir lockten ihn zwar dreistimmig: »Plymouth? Plymouth, kommst du her?« Er duckte sich aber nur unter die Bank, und wir mußten hilflos sein röchelndes Würgen anhören. »Und das nennst du Therapie?« fragte Jake.
Ferner stellten sich bei Mindy Krämpfe ein, und zwar in den Füßen. Sobald dies der Fall war, mußten wir anhalten und warten, bis sie sich den Krampf vertreten hatte. Da standen wir denn an den Wagen gelehnt und sahen zu, wie sie auf einem mit Blumen und leeren Bierflaschen gesprenkelten Feld auf und ab hüpfte. Es war jetzt richtig warm und so hell, daß ich nur blinzeln konnte. Mindy sah im Sonnenlicht wie ein tanzender Kleinstroboter aus.
»Es läßt schon nach!« rief sie uns zu. »Ich spüre es ganz deutlich.«
»Bei solchen Gelegenheiten tut es mir richtig leid, daß ich nicht rauche«, bemerkte Jake.
»Die Muskeln werden schon locker!«
Jakes Bluse wurde vom Wind gebläht. Er lehnte schlaff neben mir. Unsere Ellenbogen berührten sich, und wir kamen uns vor wie Eltern, die ihr Kind zum Spielen in die Anlagen gebracht haben. »Sie hatten doch selber Kinder!« sagte er, als hätte er meine Gedanken gelesen.
Ich nickte.
»Hatten Sie auch Krämpfe im Bein?«
»Eigentlich nicht.«
»Bei ihr ist das auch bloß im Kopf.«
»Ach, das glaube ich nicht.«
Ich spürte, daß er mich beobachtete, und schaute beiseite. Dann fragte er: »Wie viele?«
»Was?«
»Wie viele Kinder?«
»Zwei«, sagte ich.
»Mochte Ihr Mann Kinder gerne?«
»Oh doch, selbstverständlich.«
»Was macht er?«
»Was er macht?«

»Womit er sein Geld verdient! Wo sind Sie bloß mit Ihren Gedanken, Charlotte!«
»Ach, er ist... er ist Prediger.«
Jake stieß einen Pfiff aus.
»Sie wollen mich wohl auf den Arm nehmen?«
»Nein.«
Mindy kehrte zurück, ein Büschel Blumen hinter sich herschleifend. »Jetzt sind sie weg.« Jake starrte sie nur verständnislos an, als wolle ihm für sein Leben nicht einfallen, was da ›weg‹ sein könnte.

Gegen Mittag passierten wir eine große Reklametafel mit Plastikorangen drauf, die ankündigten, wir seien nun in Florida. »Joiii!« juchzte Mindy. »Fahren wir noch weit?«
»Noch eine Ewigkeit«, versetzte Jake. »Hast du nie eine Straßenkarte der USA gesehen? Wir fahren jetzt den langen großen Zeh runter.«
»Ich mag aber nicht mehr fahren. Können wir nicht mal in einem Motel haltmachen? Miss Bohannon sagt, lange Autofahrten sollten wir möglichst vermeiden.«
»Und wer ist Miss Bohannon?«
»Die hat uns Säuglingspflege beigebracht.«
Jake runzelte die Stirn und trat fester aufs Gas. »Übrigens verstehe ich überhaupt nicht, wozu dieser ganze Unterricht gut sein soll?«
»Damit man mit Kindern umgehen lernt, du Dummer.«
»Das scheint mir ziemlich überflüssig. Du weißt genau, daß die meisten Mädchen ihre Kinder adoptieren lassen.«
»Schon, aber die nehmen ja auch nicht an den Kursen teil«, erklärte Mindy. »Die nehmen Kosmetikkurse und so was.«
»Aha.« Jake fuhr eine Weile schweigend. Irgendwas ging ihm im Kopf herum. Dann nahm er den Fuß vom Gas. »Moment mal.«
»Hmmm?«
»Soll das heißen, du willst das Kind behalten?«
»Ja, selbstverständlich.«
»Du hör mal, das finde ich nicht besonders gut.«
»Aber Jake, du meinst doch nicht, wir sollten einfach...«
»Wir?«
Mindy drehte sich zu mir. Ich betrachtete versunken eine Shell-Tankstelle.

»Was stellst du dir eigentlich vor, Mindy?« fragte Jake. »Denkst du, wir heiraten?«

»Klar denke ich das. Wärest du denn sonst den ganzen weiten Weg hergekommen, mich holen? Dir muß doch auch daran liegen, sonst wärst du weggeblieben.«

»Du, ich bin auch bloß ein Mensch, ich meine, sogar Luftpiraten, wenn sie ein Flugzeug entführen, lassen die kleinen Kinder von Bord. Auch wenn sich die Leute um einen Platz im Rettungsboot prügeln, legen sie erstmal die Kinder rein.«

»Rettungsboot? Was redest du da?«

»Ich habe weiter nichts gewollt als ein Kind aus dem Gefängnis befreien«, sagte Jake. »Aber das war vielleicht ein Gefängnis! Du hast mich ja ganz einfach angelogen!«

»Gelogen? Ich? Wie kannst du das sagen? Jetzt hör mir mal zu, Jake Simms. Versuch ja nicht, dich zu drücken. Erst machst du die lange Fahrt nach Linex, dann entführst du mich aus dem Heim für werdende Mütter, noch dazu über eine Staatsgrenze weg, was ein schweres Verbrechen ist, und nun überlegst du es dir plötzlich anders? Oh nein. Wir heiraten, wir kriegen ein süßes Baby, und das niedlichste kleine Haus, was man sich denken kann.«

»Nicht in zehn Millionen Jahren«, versetzte Jake.

»Wenn du willst, können wir auch in Florida bleiben, vielleicht finden wir was in der Nähe von Oliver, das wäre doch nett? Für Kinder ist das Klima hier sowieso besser«, sagte sie, zu mir gewandt. »Hier wären sie viel seltener erkältet, man brauchte keine Wintermäntel zu kaufen. Alles wäre billiger. Und ich fühle mich in der Wärme viel besser. Unser Haus wird ein richtiges Sommerhaus, bunt, mit Strohstühlen und weißen, gerafften Gardinen – wie nennt man die doch gleich?«

»Wolkenstores.«

»Richtig. Genau die hängen wir auf. Bloß im Wohnzimmer, da stelle ich mir Draperien aus Glasfaser vor, schön bunt. Entweder Gold oder auch Mattgrün. Hättest du Gold lieber, Jake, oder Grün?«

Jake starrte vor sich auf die Straße.

»Vielleicht doch lieber Grün?«

Die Landschaft glitt vorüber: Plätze, wo gebrauchte Boote verkauft werden, Buden von Immobilienmaklern, Konfekt-

läden. Alles wirkte unaufgeräumt. Wenn dies Florida war, konnte ich darauf verzichten. Nicht mal die Art, wie die Sonne hier schien, gefiel mir, flach und weiß, sie lastete förmlich auf den Blechdächern der Buden entlang der Straße.
»Jake, ich kriege wieder einen Krampf«, klagte Mindy leise.
Jake zuckte nicht mit der Wimper, er fuhr rechts ran und hielt. Von unter dem Rücksitz her röchelte die Katze. Jake stieg aus, und wir beide rutschten hinter ihm über die Bank. Dem Ortsschild nach hielten wir am Rande eines weitläufigen Nestes namens Pariesto. Mindy konnte nur auf dem geschotterten Sommerweg gehen – der weißglühend dalag, glimmerdurchsetzt, zu grell für die Augen. Trotzdem stelzte sie ziemlich schnell los, die Hände unter dem Leib verschränkt.
»Sagen Sie bloß nicht, ich soll ihr nachgehen«, bemerkte Jake.
Das überraschte mich. »Warum?«
»Sagen das nicht alle Frauen?: ›Geh doch hinter ihr her, Jake, tu was für sie.‹«
»Ich habe den Mund nicht aufgemacht.«
»Sie wollten aber gerade.«
Mindy stolperte in ihren schmalen Sandalen und fiel auf die Knie. »Gehn Sie ihr nach«, sagte Jake.
Ich rannte zu ihr. Als ich sie erreichte, stand sie schon wieder auf beiden Beinen. »Alles in Ordnung, Mindy?«
»Ja.« Sie streifte den Schmutz von ihrem Kleid. Ihre Wimpern waren lang und weißblond, ungeschickt mit Wimperntusche beschmiert. »Ich muß mit den Hacken auftreten, dann gehen die Krämpfe weg. Wenn ich die Absätze fest aufsetze ...«
Sie unterbrach sich und blickte zu mir auf. »Ach, Charlotte, ich habe nicht geschwindelt. Können Sie es ihm nicht erklären? Er begreift nichts. Wenn man sonst nirgend woanders hinkann, ist es wie im Gefängnis, nicht wahr?«
»Selbstverständlich. Wollen Sie jetzt umdrehen?«
»Was bleibt mir denn übrig? Er darf jetzt nicht kneifen.« Und sie ließ sich von mir zurückführen. »Für mich ist es doch auch kein Spaß. Im fünften oder sechsten Monat war ich so wütend und hatte es so satt, auf ihn zu warten, daß ich ihn, glaube ich, gar nicht mehr liebgehabt habe. Vielleicht liebe ich ihn wirklich nicht mehr. Aber was soll ich machen?«
Wir gingen auf dem Sommerweg durch Berge von Zellophan-

tüten und Bonbonpapier. Ich sah, daß Jake uns im Wagen sitzend erwartete. Und zwar saß er auf der rechten Seite, das Gesicht in den Händen vergraben.

Von Pariesto an fuhr Mindy den Wagen. Sie behauptete, sie bekäme dann keine Krämpfe in den Beinen. Ich saß wie üblich an der rechten Tür, Jake zwischen uns. Obwohl es jetzt heiß wurde, behielt er die Jacke an, den Kragen hochgeschlagen, als wolle er sich schützen. Der Wind machte ihm lockere, feuchte Wellen ins Haar; mein Gesicht wurde starr und salzig. Einzig Mindy, die ihren eigenen Thermostaten eingebaut zu haben schien, fühlte sich behaglich. Sie hielt die Ellenbogen abgespreizt, das Kinn vorgestreckt und fuhr rasch und stetig, was ihre Stimmung zu heben schien. Nicht lange, und sie fing an zu summen. Dann sang sie. Sie sang: ›Die Liebe führt uns zusammen!‹ Als sie den Takt mit dem Gasfuß zu klopfen begann, sagte Jake: »Na, etwas weniger munter, wenn ich bitten darf.« Im übrigen aber ließ er sie gewähren. Er rutschte auf der Bank ziemlich weit runter, verschränkte die Arme vor der Brust und lehnte den Kopf an. Man hätte denken können, er schlafe, doch sah ich die grauen Pupillen hinter den zu Schlitzen verengten Lidern.
Am späten Nachmittag hielten wir vor einer Woolworthfiliale, wie der Ort hieß, hatte ich nicht gelesen. Mindy wollte Milch trinken. Mindestens einen Liter brauche sie pro Tag, behauptete sie. »Meinetwegen«, sagte Jake, »aber wenn ich nicht irre, sind es keine zwei Stunden mehr bis Perth, und bis dahin könntest du dich schon noch gedulden.«
»Es ist nicht für mich, es ist fürs Kind«, sagte Mindy. »Du weißt, ich mag keine Milch, ich könnte leicht darauf verzichten. Kommst du mit?«
Sie stieg in einem Wirbel von rosa Baumwolle aus dem Wagen, und wir gingen zu Woolworth. Dies war eine der alten Filialen, mit knarrenden Dielen, und es roch nach Popcorn. Ganze Schaukästen waren mit Haarspray, Wimpernzangen, straßbesetzten Brillengestellen und Ketten aus Senfkörnern gefüllt – ich dachte, so etwas gäbe es längst nirgends mehr. Mindy blieb verzückt vor einer Salz- und Pfeffergarnitur in Form einer Öllampe stehen und wollte sie unbedingt kaufen. Ich glaubte, Jake werde sie weiterschubsen, er tat es aber nicht. Er stand bloß so da, die Hände in den

Taschen, das Gesicht schlaff und ausdruckslos, den Blick auf ein Comic-Heft gerichtet. Mindy bestellte Milch. »Uuh«, sagte sie, als das Glas vor ihr stand, »so weiß und so dick.« Die Kellnerin ging beleidigt davon, wobei sie mit dem Wischlappen um sich wedelte. »Also, einzig deinetwegen, Elton«, sagte Mindy, patschte sich auf den Bauch und trank die Milch schluckweise. »Er soll nach Elton John heißen«, erklärte sie mir. Jake betrachtete eine gut zwanzig Jahre alte Speisekarte: grauer Milkshake und Würstchen aus rosa Plastik. Ich blätterte eine liegengebliebene Zeitung auf der Suche nach den ›Peanuts‹ durch, doch als ich sie gefunden hatte, konnte ich nicht darüber lachen.

Auf der Straße das Licht blendete uns. Alles war so heiß und grell, und eine Herde hochbeiniger Motorräder glitzerte vorüber wie ein Schwarm Gottesanbeterinnen. Jake fuhr sich mit dem Ärmel übers Gesicht. »Sagen Sie mir nächstes Mal gefälligst, daß ich mir einen Wagen mit Klimaanlage leihe«, sagte er zu mir. »In unserer Karre sind bestimmt 60 Grad.«

Mindy rief: »Oh nein!«, als hätte er auf einen Alarmknopf gedrückt.

»Was habe ich denn gesagt?« wollte Jake wissen.

Ich zuckte die Achseln.

Mindy zerrte an den Türgriffen, erst an den angeketteten, dann an den anderen und plumpste aus unserem Blickfeld. Als wir an die Fahrerseite traten, kroch sie hinten auf dem Boden herum, stocherte unter der Bank und klopfte auf den staubigen Teppich. »Plymouth? Plymouth?«

»Wir haben die Fenster offen gelassen«, sagte ich zu Jake.

»Sie haben Ihres offengelassen«, stellte Mindy fest und richtete sich auf. Auf dem Nasenrücken hatte sie einen Schmutzfleck, und ihre Zöpfe lösten sich auf. »Meins habe ich ganz raufgedreht – meinen Sie, ich vergesse das?«

»Ach, das tut mir wirklich leid, Mindy, aber –«

»Wären alle Fenster zugewesen, hätte ihn der Hitzschlag getroffen«, sagte Jake nur. »Du kannst das Charlotte nicht zum Vorwurf machen.«

»Ich mache es euch allen beiden zum Vorwurf! Euch allen beiden! Keiner von euch wollte den Kater mitnehmen. Plymouth? Ach, was wird er jetzt machen? Hier in diesem Ort, wo er noch nie gewesen ist? Er hat da unter der Bank vielleicht überhaupt nicht gemerkt, daß wir immerzu gefahren sind.

Was hat er bloß gedacht, als er aus dem Fenster sprang, und alles sah ganz anders aus als gewohnt!«

»Hör doch nur, Mindy, ich schwöre dir, der Kater –«

»Was weißt denn du schon! Du und Sie da, ihr sucht jetzt den Kater, aber etwas plötzlich, ja?«

Sie klatschte mit einer Sandale aufs Pflaster. An ihrem langen Hals wurde eine blaßblaue Ader sichtbar. Jake zog eine Schnute. »Was ist denn nur in dich gefahren, Mindy?«

Sie antwortete aber nicht.

»Du bist ganz verändert, Mindy. Ich habe den Eindruck, du bist richtig grob und gemein geworden.«

»Das kann schon sein«, gab sie zu, »aber dann bist du jedenfalls mit schuld daran. Jake Simms, ganz allein habe ich das nicht zustandegebracht.«

Die beiden sahen einander an. Sie waren so still, daß ich sie atmen hören konnte.

Dann sagte Jake: »Richtig, die Katze... ich suche sie jetzt mal. Kommen Sie mit, Charlotte?«

»Meinetwegen.«

Wir gingen den Bürgersteig entlang. Mindy blieb beim Wagen, falls der Kater aus eigenem Antrieb zurückkäme. Wir bückten uns bei jedem Auto und suchten darunter nach den gelben Laternen der Augen von Plymouth. »Glauben Sie, daß er auf seinen Namen hört?« fragte ich.

»Auf mich geht's jetzt los«, erwiderte Jake nur.

Ich ergriff seinen Arm. Wir passierten einige Autos, ohne darunterzuschauen. An der nächsten Straßenecke blieben wir vor dem Schaufenster eines Reisebüros stehen. »Das da ist ein Sport, den ich noch nie probiert habe«, sagte er. Er besah ein Plakat mit Skiläufern. »Sie vielleicht?«

»Nie. Aber Lust hätte ich schon gehabt.«

»Halten Sie Skilaufen für gefährlich?«

»Ein bißchen schon.«

»Ich könnte mir vorstellen, daß ich ein guter Skiläufer wäre. Das klingt eingebildet, ich weiß.«

»Wir sollten vielleicht nicht nach Süden fahren, sondern nach Norden?«

»In die Kälte.«

»Irgendwohin, wo die Luft kalt und klar ist.«

»Ah ja«, seufzte Jake.

»Ah ja.«

Dann kam mir ein Einfall. »Wenn Plymouth nun schon von irgendwem mitgenommen worden ist?«
»Wie – mitgenommen?«
»Er kann jetzt bereits in einem anderen Auto über alle Berge sein.«
»Stimmt. Richtig, er könnte irgendwo weit, weit weg sein, vielleicht ist er sogar froh darüber. Es hat keinen Zweck weiterzusuchen.«
Wir gingen getrennt zum Wagen zurück. Mindy lehnte an der Tür. Aus der Entfernung wirkte sie älter, weniger hoffnungsvoll. Sie starrte zu Boden, und aus ihrer Haltung schloß ich auf Rückenschmerzen im letzten Stadium der Schwangerschaft. Sie hatte wohl nicht wirklich damit gerechnet, daß wir ihren Kater fänden, und sah kaum auf, als wir herantraten.
»Also Mindy«, begann Jake, sie wischte seine Worte jedoch matt weg, richtete sich auf und stützte dabei den Leib mit beiden Händen. »Fahren wir«, sagte sie nur.
Wir nahmen die vertrauten Plätze ein, meiner kam mir vor, als hätte er sich unterdessen meinem Körper angepaßt. Ich wußte genau, wie ich die Füße zu stellen hatte, um nicht den Behälter mit schmelzendem Eis umzustoßen. Jake legte den Arm auf Mindys Lehne. »Der Kater hat sich bei uns sowieso nicht wohlgefühlt. Es ist bestimmt besser so, meinst du nicht?«
Mindy blieb stumm. Sie biß die Zähne zusammen, starrte geradeaus und legte den Rückwärtsgang ein. Wir krachten in einen Wagen, der durch eine ganze Parklücke von uns getrennt war. Jake nahm seinen Arm zurück. »Nicht schlecht für den Anfang«, sagte er. »Wenn ich nicht irre, wolltest du vorwärts fahren. Drück mal auf die Hupe, damit der Bursche da vorne merkt, daß du im Anmarsch bist.«
Mindy rollte ihr Fenster runter und ließ eine Hand schlaff heraushängen wie eine zerknautschte Haarschleife. Wir rollten auf die Fahrbahn, Mindy überquerte die Kreuzung bei Gelb und fuhr unaufmerksam einige Häuserblocks weit.
Jake wurde unruhig. »Also Mindy –«, sagte er.
Nun sperrte eine rot-weiß-gestreifte Barriere die Fahrbahn. Daneben standen zwei Polizisten, die Hände vor dem Bauch und kehrten uns den Rücken zu. Wie sie da standen, wirkten sie besonders massig und unnahbar. Am Gürtel trugen sie Revolver, Funksprechgeräte und militärisch aussehende Taschen, aus grobporigem, schwarzem Leder. »Herr im Him-

mel«, stöhnte Jake. Mindy hielt im allerletzten Moment an. »Drum herum«, befahl Jake. »Rückwärts! Fahr sie über! Wende!«
»Wie?« fragte Mindy.
»Das geht nicht«, klärte ich ihn auf. »Sie sind hier in einer Einbahnstraße. Fassen Sie sich und bewundern Sie den Umzug.«
»Umzug?«
Schon kam ein Tambourmajor in Weiß und Gold in unser Blickfeld gestelzt und warf seinen silbernen Stab in die Luft. Hinter ihm schrillte Blechmusik. »Ach, ein Umzug!« sagte Jake.
Mindy weinte. Wir schauten sie an.
»Was ist, Mindy?« fragte Jake.
»Alles ist gegen mich!« heulte sie los. »Nichts geht so, wie ich es mir erträumt habe! Wir kommen nie nach Florida!«
Sie legte die Arme um das Lenkrad und bettete den Kopf darauf. Sie heulte laut los wie ein kleines Kind. Man hörte es allerdings nur in den Pausen der Marschmusik. »Was hast du denn nur, Mindy? Sag endlich!«
Sie schüttelte den Kopf.
»Hast du Schmerzen oder so?«
»Mir tut alles weh!« Ihre Stimme klang gedämpft und hohl. »Ich bin schließlich noch so jung! Ich kann das nicht alles allein!«
Jake stellte die Zündung ab. Der Motor erstarb zitternd. Die Marschmusik übertönte jetzt alles. Die Blaskapelle marschierte vorüber, Schüler mit vorstehendem Adamsapfel, erhitzte Mädchen. Mindy blickte aber nicht vom Lenkrad hoch, und Jake starrte mich an, als erwarte er sich etwas Besonderes von mir. Er sagte: »Können Sie mir denn dabei nicht ein bißchen helfen, Charlotte?«
Ich weiß nie, was gebraucht wird. Ich reichte ihm aus meiner Handtasche ein Papiertaschentuch.
»Vielen Dank jedenfalls«, meinte er.
»Soll ich ... meinen Sie, ich sollte etwas Wasser holen?«
Er schaute Mindy an, die aber bloß zu heulen fortfuhr. Wie ich Wasser hätte herbeischaffen sollen, war mir jetzt übrigens völlig unklar: es war kein Durchkommen mehr. Neben und hinter uns standen Wagen dicht an dicht. Die Leute waren ausgestiegen, lehnten in Hemdsärmel gegen die Kotflügel.

Nun kam auch noch ein Händler mit prallen, wurstförmigen Ballons. »Möchten Sie vielleicht einen Ballon?« fragte ich Mindy.
»Was Besseres fällt Ihnen wohl auch nicht ein, Charlotte?« schimpfte Jake.
»Naja, ich wollte bloß... Selinda hätte bestimmt einen Ballon gewollt.« Das traf aber nicht zu. Auch Selinda hätte keinen solchen Ballon gewollt. In Wahrheit dauerten mich Jake und Mindy, alle beide, ich weiß nicht, wer von ihnen mir mehr leid tat. Eine Lage, in der sich nicht sagen läßt, der hat recht und jener hat unrecht, ist mir zuwider. Ich war feige und widmete meine Aufmerksamkeit ganz dem Umzug. Jetzt kam ein Gespann schwerer Gäule vor einem Brauereiwagen, und ich ließ meine Blicke auf ihren von weichem Fell umspielten stämmigen Füßen wandern. Die Pferde hinterließen riesige, wie Bienenstöcke geformte Kothaufen. Das sah ich mit Vergnügen. Manchmal können uns solche Einzelheiten innerlich weit davontragen, und immer weiter, wie auf Serpentinen zum Gipfel hinauf.
Dem Brauereiwagen folgte ein ganzer Pulk Majoretten, beaufsichtigt von einer Dame in blumigem Gewand, die ein Kosmetikköfferchen trug.
»Auf die Füße achten, Mädchen!« rief sie, und: »Achtung: Pferdemist voraus!« Daß die Majoretten unter dem Tschako auch noch Augen hatten, war nicht zu erkennen, doch wenn nötig, wichen sie graziös diesen Hindernissen aus. Die nachfolgenden Soldaten waren weniger scheu und stampften mittendurch. Neben ihnen marschierte ein kleiner Negerjunge, eine Krücke geschultert wie ein Gewehr und eine Armprothese schwingend. Der amüsierte sich offenbar großartig, er schnitt seinen Freunden Fratzen, und nie hatte ich jemanden gesehen, der so entzückt von sich gewesen wäre.
»Und wo ist jetzt das Papiertaschentuch geblieben?« fragte Jake.
»Hier ist noch eins.«
»Mindy? Du sollst dich mal etwas für deine Umgebung interessieren. Eben kommt der Wagen mit der Schönheitskönigin drauf, von Top Touch Wurstwaren gestiftet. Ich hab übrigens schon mal welche gegessen.«
Mindy bekam den Schluckauf, hob aber nicht den Kopf.

Jake blickte mich an. »Also was, zum Donnerwetter, soll ich denn jetzt noch tun?«

»Hm...«

»Sie kennen sich doch angeblich in so verqueren Lebenslagen aus, was tut man denn da bloß?«

»Ah, jetzt verstehe ich. Es ist das Gründungsjubiläum«, sagte ich erleichtert.

»Was –?«

Ich deutete auf eine winzige alte Dame mit langem Blondhaar und Minirock, die ein Plakat trug mit der Aufschrift VON GRÜNDUNG BIS HEUTE EINHUNDERT JAHRE FORTSCHRITT 1876-1976. »Ich dachte mir schon, daß das so'n örtliches Volksfest ist«, meinte Jake. »Aber sehen Sie bloß mal die Frisur, die kann doch nicht echt sein?«

»Gott bewahre. Das ist eine Perücke. Saran oder so was.«

»Vielleicht Dynel? So eine hat meine Schwester. Dynel.«

Mindy richtete sich auf, sie wischte mit dem Handrücken über die Backen. Schmutziggraue Tränen rannen ihr aus den Augen, die dank der zerflossenen Wimperntusche denen eines Waschbären glichen. »Magst du ein Bonbon, Mindy?« fragte Jake eifrig, »oder Kaugummi?«

Sie schüttelte den Kopf.

»Wir haben, glaube ich, sogar noch ein paar Fritos übrig.«

»Ich mag deine ollen Fritos nicht, Jake Simms. Ich will mich nur noch langlegen und sterben.«

»O nein, sag doch so was nicht. Ich gebe mir die größte Mühe mit dir, das siehst du doch. Soll ich Zauberkunststükke machen? Ich kann nämlich welche«, sagte er zu mir. »Das haben Sie bestimmt nicht gedacht, oder?«

»Sie haben schon mal so was angedeutet«, erwiderte ich und betrachtete eine ganze Wagenladung beleibter Männer mit orientalischer Kopfbedeckung.

»Ich kenne wirklich ganz tolle Tricks, stimmt's Mindy? Sag, daß ich's kann.«

Mindy murmelte irgendwas gegen das Lenkrad.

»Wie war das, Mindy? Reden Sie doch deutlicher, ich verstehe nichts!«

Mindy reckte das Kinn vor. »Er läßt Sachen verschwinden«, sagte sie gegen die Windschutzscheibe.

»Stimmt«, bestätigte Jake.

»Manches löst sich einfach in Luft auf. Sein Abgott ist Houdini, und Entfesselungstricks kann er auch.«
»Im Moment fehlen mir alle Hilfsmittel, aber unter denen, für die ich weiter nichts brauche, kannst du dir jetzt den aussuchen, den du am liebsten sehen möchtest, Mindy, und ich versuche mal, ob's geht. Wirklich, ich meine es ernst. Du magst sie doch gern, meine Kunststücke.«
Sie blieb stumm. Er schaute nicht zu mir her. Die Hitze im Wagen hatte ihm Schweiß auf die Stirn treten lassen, sein Haar ringelte sich und sah aus wie lauter Sprungfedern. »Früher hat sie meine Zaubertricks immer gern gesehen«, sagte er zu mir.
»Und jetzt habe ich keine Lust mehr drauf«, sagte Mindy.
»Was ist nur in sie gefahren?«
Die Männer mit den orientalischen Hüten waren endlich vorüber, und es folgte das nächste Schulorchester. Alle Leute klatschten und winkten. Dann kam es an der Spitze offenbar zu einer Stockung; die Schüler traten auf der Stelle, beendeten ihr Stück und verstummten. Sie blickten starr geradeaus. Man sah richtig das Blut in ihren Schläfen pulsieren, es blinkte das silberne Kettchen, mit dem der Flötist an seiner Piccoloflöte hing, und plötzlich mußte ich lachen bei dem Gedanken an das gewiß komische Mißgeschick, das ihm einst zugestoßen sein mußte und das zu dieser Vorsichtsmaßnahme geführt hatte. Ich lachte, und das war im Augenblick das lauteste Geräusch weit und breit, denn das Klatschen hatte ebenfalls aufgehört. Zwischen den Musikern und den Zuschauern herrschte eine stille Übereinkunft: die einen taten, als wären die anderen nicht vorhanden. Bis endlich der Umzug weiterging, das Klatschen neuerlich begann, und die Zuschauer wie auf Kommando wieder ganz hingerissen waren vor Bewunderung. Das Orchester marschierte weiter. Die Beine der Musikanten bewegten sich gleichmäßig und blinkend wie Scheren. Ich hätte noch stundenlang zusehen mögen.
»Eine Pauke könnte mir schon gefallen«, sagte Jake und schaute ihnen verträumt nach.
»Dir gefällt alles, wenn es bloß Krach macht und möglichst viel kaputtgeht dabei«, bemerkte Mindy.
Wir blickten sie an.
»Ach richtig, ich wollte ja den Trick mit der Brieftasche machen«, sagte Jake.

»Danke. Kein Bedarf.«
»Wo hab ich denn nur meine Brieftasche...«
»Meinetwegen brauchst du dich nicht zu bemühen«, sagte Mindy.
»Leihen Sie mir Ihr Portemonnaie, Charlotte.«
Ich entnahm es meiner Handtasche und reichte es ihm, wobei ich keinen Moment einen Wagen aus dem Blick ließ, auf dem Männer in weißen Perücken ein an den Rändern angesengtes Dokument unterzeichneten. »Paß scharf auf jetzt, Mindy«, sagte Jake. »Am Ende kommst du doch noch dahinter, wie es geht. Du siehst diese leere Geldbörse? Keine geheimen Fächer, kein doppelter Boden, keine falschen Nähte...« Ich hörte, wie er mit meinem Portemonnaie herumspielte, die Plastikfächer schnappen ließ, einen Druckknopf aufmachte. Dann nichts mehr.
»Ach, sehen Sie mal an, Charlotte... was ist denn das, Charlotte? Was haben wir denn hier, Charlotte?«
Ich riß meine Augen mit Mühe von dem Umzug los und betrachtete, was er mir da entgegenhielt. »Das ist ein Reisescheck«, sagte ich.
»Ein Reisescheck! Nun sieh doch nur, Mindy, ein Reisescheck auf 100 Dollar! Wir sind reich! Warum haben Sie kein Wort davon gesagt? Wie können Sie nur so gemein und unaufrichtig sein!«
»Ich weiß nicht, der Scheck war mir ganz entfallen.«
»Was denn, Sie laufen mit 100 Dollar in der Tasche rum und haben das ganz vergessen?«
»Eben. Ich habe diesen Scheck schon eine Ewigkeit. Ich meine damit, ich habe den Scheck für einen ganz bestimmten Zweck bei mir getragen und deshalb ganz vergessen, daß man das Geld ja auch für einen anderen Zweck ausgeben kann.«
»Und was war das für ein einzigartiger Zweck?«
»Eine Reise.«
»Wir befinden uns auf einer Reise, Charlotte«, belehrte mich Jake.
»Ja richtig.«

12

Als Selinda klein war, bemühte ich mich, ihr möglichst in allem die Wahrheit zu sagen, soweit sie mir selber bekannt war. So etwa sagte ich, wenn Menschen gestorben sind, dann sind sie tot, und damit ist alles zu Ende. Eines Tages nach dem Kirchenbesuch fragte Selinda: »Wenn ich und du sterben, sind wir bloß tot, aber die andern kommen in den Himmel – warum?«

»Da haben wir es«, sagte ich. »Selinda, such dir aus, was du möchtest.«

Selinda optierte für den Himmel, was ich ihr nicht verdenken konnte. Alle kirchlichen Sonderveranstaltungen – Familienabende und ähnliches –, denen ich fernblieb, besuchte sie eifrig. Ich begann ihre häufige Abwesenheit zu fühlen. Sie war nun sieben Jahre alt und eine eigenständige Persönlichkeit. Das war sie allerdings auch früher schon gewesen, doch ich ging davon aus, daß der Mensch mit sieben Jahren seine volle Identität erreicht. Ich fragte Selinda: »Wirst du manchmal auf Besuch zu mir kommen?«

»Ich wohne doch hier«, antwortete Selinda.

»Ach, das hatte ich vergessen.«

Bis dahin war ich überzeugt gewesen, ein weiteres Kind wäre ein Fehler. (Nur eine weitere Last am Tage meines Aufbruchs.) Nun aber änderte ich meine Meinung. Saul hatte sich selbstverständlich die ganze Zeit über weitere Kinder gewünscht. Im Januar 1969 wurde ich also wieder schwanger, und im März kaufte ich Windeln und Nachthemden aus Flanell. Im April hatte ich eine Fehlgeburt. Der Arzt meinte, wir sollten es lieber nicht noch einmal versuchen.

Niemand ahnte, wie sehr ich das ungeborene Kind bereits geliebt hatte, nicht einmal Mama, die ja mit Bewußtsein selber nie schwanger gewesen war. Sie zupfte an meinen Kissen herum, einen zugleich optimistischen und ratlosen Ausdruck im Gesicht. Miss Feather brachte Unmengen an Säften herbei, als gälte es, eine Erkältung zu vertreiben. Linus und Selinda fürchteten sich anscheinend vor mir. Julian erlitt einen Rückfall und verlor beim Rennen dreihundert Dollar. Und Saul saß an meinem Bett, meine Hand fest zwischen seine Hand pressend. Er sah mich nicht an, sondern meine Fingernägel, die bläulich schimmerten. Stundenlang sagte er nichts, obwohl das doch seine Aufgabe gewesen wäre. Gehörte es sich nicht für einen Prediger zu reden? Ich sagte: »Erzähl mir jetzt nicht, daß es Gottes Wille war.«

»Die Absicht hatte ich nicht.«

»Ach nicht«, sagte ich enttäuscht. »Es ist nämlich rein biologisch.«

»Schon recht.«

»Es hat einzig was mit meinem Körper zu tun.«

»Schon recht.«

Ich betrachtete prüfend sein Gesicht... Mir fielen zwei Falten auf, die seine Mundwinkel herabzogen und so tief eingekerbt waren, daß sie schon lange dort sein mußten. Sein Haar wurde oben etwas dünn, und er benutzte jetzt gelegentlich eine Lesebrille. Er war 32, sah aber eher aus wie 45. Wie kam das wohl? Lag es an mir? Ich fing an zu weinen. »Glaubst du, mein Körper hat das mit Absicht so eingerichtet, Saul?«

»Ich verstehe nicht.«

»Weil ein Baby mich daran gehindert hätte fortzugehen.«

»Fortzugehen.«

»Dich zu verlassen!«

»Nein, selbstverständlich nicht.«

»Aber ich kann diesen Gedanken nicht loswerden. Ich habe solche Angst, daß... Findest du nicht, daß wir uns manchmal furchtbar aneinander reiben, daß der eine hierhin will und der andere dahin... manchmal, wenn wir im Wagen sitzen, in diesem verrosteten quietschenden Lieferwagen, wenn Mama zwei Drittel des Platzes braucht, wenn Selinda auf meinem Schoß keine Ruhe gibt, wenn ich wegen irgendwelcher Kleinigkeiten, die mir im Grunde ganz egal sind, maule, bloß um zu sehen, wann dir die Geduld reißt, wenn du vor lauter Widerwillen dich ganz und gar in dich verkriechst und an was anderes denkst, dann möchte ich gerne sagen: ›Wir sind wirklich eine ganz, ganz unglückliche Familie, und überraschen dürfte mich das nicht. Im Gegenteil, es kann gar nicht anders sein, das ist nun mal mein Schicksal. Mein ganzes Leben habe ich in einer unglücklichen Familie verbracht, ich habe eben Pech und durfte nicht erwarten, daß es je anders werden würde.‹«

Ich wartete auf Sauls Widerspruch, es kam aber keiner. Er preßte nur weiter meine Hand. Den Kopf hielt er gesenkt. Schon bedauerte ich, das alles ausgesprochen zu haben, aber

so ging es mir immer: immer wollte ich alles zurücknehmen und neu anfangen. Unverbesserlich. Ich fuhr fort:
»Ich habe jedenfalls den Verdacht, daß mein Körper beschlossen hat: Ich mache kurzen Prozeß. Ein neues Kind können wir jetzt nicht gebrauchen, das bindet sie für weitere sieben Jahre hier an ... Daher müssen wir kurzerhand –«
»Du würdest mich niemals verlassen, Charlotte.«
»Moment, Moment. Ich habe meinen Reisescheck, meine Wanderschuhe –«
»Aber du liebst mich«, behauptete Saul. »Ich weiß, du liebst mich.«
Ich betrachtete seine Augen, den scharf umrissenen, trotzigen Mund. Warum drückte er es nur immer auf diese Weise aus? Damals im Motel zum Blauen Mond war es das gleiche: Müßte er nicht endlich einmal sagen: *Ich* liebe *dich?*
Statt dessen sagte er: »Ich bezweifle keinen Moment, daß du an mir hängst, Charlotte.«
Und noch etwas: Wieso funktionierte das nur immer?

Ich war seit etwa sechs Wochen wieder auf den Beinen, als Saul eines Mittags in die Küche kam, in der Hand einen Plastiksack voller Windeln, auf dem Arm ein Baby. Einfach so. Es war ein *großes* Baby, schon mehrere Monate alt, ein untersetzter kleiner Junge mit einem Puddinggesicht, das streng dreinschaute. »Hier«, sagte Saul und hielt mir das Kind hin.
»Was ist das?« Ich machte keine Anstalten, das Kind zu nehmen.
»Das ist ein Baby.«
»Ich darf noch nichts Schweres heben«, stammelte ich, wich aber nicht zurück. Saul schob das Baby etwas höher; er liebte Kinder, hatte aber nie gelernt, sie richtig zu halten; das Nachthemd saß dem Kleinen unter der Achsel, er hing unbequem über Sauls Schulter und sah aus wie ein kleiner fetter Napoleon. »Nimm ihn schon, so schwer ist er nun auch wieder nicht«, bat Saul.
»Hör mal ... ich habe kalte Hände.«
»Du hast sicher schon erraten, daß wir ihn für ein Weilchen behalten.«
»Ah, Saul«, sagte ich. Doch war ich nicht wirklich davon überrascht. Überraschen konnte mich schon nichts mehr. Ich befand mich in einem Zustand, dem alles Dauerhafte abging;

Ereignisse wurden an mich herangetrieben wie vom Wind und auch wieder fortgetrieben. Sie streiften mich nur flüchtig. Ich sah sie sehr deutlich in der Ferne, bevor sie eintrafen und wenn sie vorübergegangen waren. »Ein netter Einfall«, sagte ich also, »nur paßt es jetzt nicht.« Und ich fuhr fort, Suppenteller auf dem Tisch zu verteilen.
»Aber Charlotte, der Kleine hat keinen Vater, seine Mutter ist weggelaufen und hat ihn seiner Großmutter hinterlassen, und die ist heute früh gestorben. Ich habe fest geglaubt, du würdest ihn aufnehmen wollen.«
»Aber dann kommt seine Mama zurück, und wir verlieren ihn von einer Stunde zur nächsten.«
»Jeder von uns kann von einer Stunde zur nächsten verloren sein; wir könnten auch Selinda verlieren.«
»Du weißt genau, was ich meine: Er gehört uns nicht.«
»Niemand gehört uns.«
Also faltete ich die letzten Servietten, wärmte meine Hände unter der Schürze und ging zu Saul. Das Bewußtsein, keine andere Wahl zu haben, tröstete mich in gewisser Weise. Es war mal wieder alles arrangiert worden. Das schien sogar das Baby zu spüren, denn es lehnte sich zu mir hin, als habe es all die Zeit her auf mich gewartet, und plumpste mir in die geöffneten Arme wie ein Stein.

Wir nannten ihn Jiggs. Das paßte gut zu seinem untersetzten, stämmigen Körper und der Brille mit den dicken Gläsern, die er bald verschrieben bekam. Außerdem ist Jiggs ein unpersönlicher Name, womit wir zum Ausdruck bringen wollten, wie leicht wir uns wieder von dem Jungen trennen könnten, wenn seine Mutter ihn zurückfordern sollte.
Hatte ich im Atelier zu tun, dann saß er da zwischen Bergen von Bauklötzen und Papierschnipseln. Linus baute mit ihm wackelige Städte auf, Selinda zeichnete mit Kreide Pferde für ihn, und während ich die Atelierlampen umstellte, redete ich unablässig mit ihm. Fragte ein Kunde: »Ist das Ihr Kleiner?«, so erwiderte ich jedesmal: »O nein, das ist Jiggs.«
»Ah.«
Und dann knipste ich die höflich verblüfften Gesichter.

Ich machte nämlich immer noch Porträts, das heißt, wenn sich einmal jemand ins Atelier verirrte. Und nur, wenn mir gerade so zumute war. Vaters strenge Bildkomposition war mir irgendwann abhanden gekommen, statt dessen hatten sich zufällige Requisiten wie künstliche Blumen, Säbel, Ping-Pong-Schläger, lauter Trümmer aus Albertas Restbeständen, angesammelt. Die Kunden neigten dazu, beim Eintreten gedankenlos einen Gegenstand in die Hand zu nehmen und ihn dann nicht mehr wegzulegen. Wenn sie vor der Kamera posierten, hielten sie diese Dinge zerstreut in Händen, und meist fiel mir das auch nicht weiter auf. Ich gehörte schließlich nicht zu der *geschwätzigen* Sorte Fotografen, die *persönliche* Bedienung anbietet. Ich hatte genug damit zu tun, die Beleuchtung einzurichten und die Kamera umherzurollen, die mit den Jahren immer widerborstiger wurde. Der Balg war an vielen Stellen mit Isolierband geflickt, der Stoff überhaupt so fadenscheinig und verstaubt, daß ich häufig niesen mußte. Manchmal hatte ich das Negativ schon entwikkelt, bevor ich merkte, was ich da eigentlich fotografiert hatte. Dann sagte ich wohl zu Linus: »Na, sieh mal, was um des Himmels willen . . .?«

Linus setzte dann das Baby ab, und wir betrachteten beide mein neuestes Produkt: eine Oberschülerin in Albertas Fransenschal gewickelt, behängt mit Ketten aus Vorhangperlen, in der Hand einen Wedel aus Pfauenfedern und im Gesicht ein benommenes, stolzes schönes Lächeln, als wüßte sie genau, auf welche Weise sie es fertiggebracht hatte, uns so zu verblüffen.

Im Herbst 1972 starb Alberta. Wir bekamen von ihrem Schwiegervater ein Telegramm: EURE MUTTER AN HERZSCHWÄCHE GESTORBEN BEISETZUNG MITTWOCH 10 UHR. Saul las, verdüsterte sich und schwieg. Später rief er Linus und Julian auf die Veranda und beriet mit ihnen bei verschlossenen Türen. Ich drückte mich draußen herum und zupfte an den Haaren. Wenn es um wichtige Dinge ging, war ich immer weit davon entfernt, zur Familie zu gehören. Da hatte ich mir nun eingebildet, in diesen Kreis eingedrungen zu sein, im Schutz von Albertas Schatten eine bescheidene Nische gefunden zu haben, doch erwies sich, daß die Emorys unzugänglich waren wie eh und je, und nun war auch noch Alberta gestorben. In irgendeinem Winkel meines Bewußtseins hatte ich wohl immer auf ihre Rückkehr gezählt. Mir lag daran, von

ihr anerkannt zu werden, sie war so viel tapferer, freier, stärker als ich. Was wollte ich ihr nicht alles zeigen, um ihr Urteil darüber zu hören. Nun schien das alles sinnlos zu sein, und der Gedanke daran – sogar an die Kinder – verursachte mir einen schalen Widerwillen.
Ich suchte meine Mutter. Sie saß strickend vor dem Fernsehapparat. »Alberta ist gestorben«, sagte ich.
»Bei meiner Seele«, sagte Mama, ohne eine Masche fallen zu lassen, doch hatte sie ja von Alberta nie etwas gehalten. »Die Jungs werden dann wohl zum Begräbnis fahren.«
Doch gerade dies geschah nicht. Darum war es bei der Besprechung gegangen. Saul hatte seinen Brüdern gesagt, er werde nicht zum Begräbnis fahren, seiner Meinung nach sollten auch sie nicht teilnehmen, doch stünde es ihnen selbstverständlich frei. Sie erörterten die Sache ausführlich unter allen Gesichtspunkten. Das also war ohne ihre Mutter aus diesen herrlich sündhaften Söhnen geworden: alternde Männer mit schütterem Haar, von fast rührenden Lastern gezeichnet, deren Farbe fast gänzlich verblichen war. In Albertas Abwesenheit war ihr Haus eingestürzt und vom Erdboden verschwunden, ihre Besitztümer hatten einen Geruch von Rost angenommen. (Sie hatte mir einmal stolz berichtet, männliche Emorys würden sämtlich von Pferden getötet, das sei nun mal ihre Todesart. Doch stellte sich später heraus, daß dies nur auf einen einzigen, noch dazu sehr entfernten Onkel zutraf. Die anderen waren alle auf recht wenig abenteuerliche Weise im Bett gestorben, was ihnen erspart geblieben wäre, wäre Alberta anwesend gewesen.)
Julian meinte, er wolle ebenfalls nicht zum Begräbnis fahren. Blieb Linus, der einzige, der vielleicht Neigung gezeigt hätte, der aber, wie alle wußten, sich seinen Brüdern nicht widersetzen konnte. »Ich bleibe daheim und spreche ein stilles Gebet für sie«, sagte er also zu Saul.
»Wie du meinst.«
Das alles erfuhr ich selbstverständlich von Linus. Von Saul kein Wort. Linus saß auf einem Küchenstuhl und schmirgelte mit Sandpapier an einem winzigen Klötzchen Holz. Seit etwa zwei Jahren bastelte er Möbel für Puppenstuben. Weshalb, weiß ich nicht. Und dann sagte er ganz unvermittelt: »Wenn du mich fragst, ich finde, er sollte ihr verzeihen.«
»Was?«

»Saul. Er sollte unserer Mutter verzeihen.«
»Na, laß ihm diese einzige Sünde.«
»Auf der Veranda sagte er: ›Ich muß lachen, wenn ich bedenke, daß dieser verrückte alte Mann sie überlebt.‹ Und damit meinte er Großpapa. Und dann hat er wirklich gelacht, den Kopf zurückgeworfen und aus vollem Hals gelacht... Wie erklärst du dir das?«
»Überhaupt nicht. Ich versuche es erst gar nicht. Soll er doch denken, was er will.«
Linus blies ein paar Stäubchen weg, fuhr sich mit dem Unterarm über die Stirn und schwieg. Er war es gewöhnt, daß ich für ihn eintrat, nicht für Saul. Er ahnte nicht, daß ich mich ebensooft wie er gefragt hatte: Wie soll man sich Saul erklären?
Saul war ein Mensch, für den es nur noch schwarz und weiß gab. Auf der Kanzel bedrohlich im schwarzen Talar mit breitem weißen Kragen. An Wochentagen im billigen schwarzen Anzug mit weißem Hemd. Wenn ich einkaufen oder mit den Kindern spazierenging, sah ich ihn oft in dringender Mission durch den Ort hasten – überlebensgroß, den Rock vom Wind gebauscht, mit schlappenden Hosenaufschlägen, wildwedelndem Schlips und ungepflegten Haarsträhnen. Stets hatte er eine Bibel bei sich und eine düstere, verbissene Miene zur Schau, als nähere er sich einem Ziel. Meist bemerkte er uns nicht.
War er wirklich bloß ein fanatischer Prediger, versessen darauf, die Menschheit zu bekehren?
Manchmal jedoch geriet er beim Predigen ins Stocken, brach ab, und es schien, als überdenke er noch einmal die Wörter, die er soeben gesprochen hatte. Dann war auch ich genötigt, sie noch einmal zu bedenken und zu prüfen, welche Wahrheit sie etwa enthielten. Bei einer Attacke auf die ältesten Sünden mochte es vorkommen, daß er sich mitten im Satz unterbrach, die Schultern hängenließ, den Kopf schüttelte und davonging, ohne den Segen zu sprechen. Seine verwirrte, ständig schrumpfende Herde raschelte dann verstört in den Gebetställchen, und ich umklammerte nervös meine Handschuhe. Sollte ich ihm nachlaufen? Sollte ich ihn in Frieden lassen? Ich stellte mir vor, daß in seinem Inneren heftige Umwälzungen und Aufbrüche stattfanden. Ich spürte, wie die gezackten Bruchkanten meiner eigenen Krusten sich ganz allmählich in

neue Lagen paßten. Nachts schreckte ich auf und drückte mein Gesicht gegen seine schweißfeuchte, haarige Brust. Sogar sein Herzschlag kam mir gedämpft vor und geheim. Seine Träume konnte ich mir überhaupt nicht vorstellen.

Im Frühjahr 1974 gab ich in der Küche einem Stammgast vom Büßerbänkchen sein Frühstück, einem gewissen Dr. Sisk, und mahnte Jiggs, sich zu beeilen, denn er sollte gleich in den Kindergarten, hatte aber bislang einzig eine Socke an und sonst nichts. Dabei stolperte ich über den Hund, diesen scheußlichen Hund, den Selinda sich von den Pfadfinderinnen hatte aufschwatzen lassen. Es war, kurz gesagt, keiner meiner stilleren Tage. Es dauerte deshalb eine Weile, bevor ich an der Küchentür jemanden bemerkte, den ich für den Saul aus alten Tagen hielt, jenen Saul, den ich geheiratet hatte, einen Saul mit unbefangenem Gesicht, ohne Falten um den Mund, mit dichterem Haar, entspannterer Haltung, weniger in sich gekehrt. Er trug verwaschene, geflickte Jeans, eine Packtasche aus überzähligen Heeresbeständen und betrachtete mich mit jenem trocken amüsierten Lächeln, das Saul längst nicht mehr besaß. Offen gestanden: so ganz überrascht war ich nicht und hatte mir schon eine Erklärung zurechtgelegt (etwas in der Art einer Zeitverwerfung, nichts, was einen ängstigen muß), als er sagte: »Ich habe angeklopft, aber niemand hat mich gehört.«

Das war ganz und gar nicht die Stimme von Saul, Sauls Stimme hatte nie so geklungen, die hatte einen besonderen Nachhall.

»Amos!« sagte ich.

»Wie geht's dir, Charlotte?«

Er richtete sich auf und ging mir mit ausgestreckter Hand entgegen. Ich war unterdessen daran gewöhnt, daß alle möglichen Besucher einfach hereinwanderten, und kam daher gar nicht auf den Gedanken, ihn zu fragen, wie es zuging, daß er hier war. (Um die Wahrheit zusagen, erwartete ich ihn seit Jahren; ich hatte mich schon gelegentlich gefragt, was ihn fernhielt.) Amos schien aber zu meinen, er müsse eine Erklärung geben. »An der Schule hier wird ein Musiklehrer gebraucht, und ich fand, ich könnte mich um die Stelle bewerben. Ich hätte wohl vorher ein paar Zeilen schreiben sollen, aber ein großer Briefschreiber war ich nie.«

Seit ich verheiratet war, hatten wir fünfzehnmal Post von ihm bekommen, wenn man einen gedruckten Glückwunsch zur Hochzeit und vierzehn Karten Post nennen will, die jeder umsonst bekommt, der seine neue Adresse bekannt machen will. Aber so waren die Emorys nun einmal. Also sagte ich nur: »Das macht doch nichts. Frühstücke mit uns. Darf ich vorstellen: Jiggs und Dr. Sisk.«

Jiggs, einzig mit der gestreiften Socke bekleidet, stand auf und reichte Amos die Hand. Er war ein auf seine Würde bedachtes Kind, auch unbekleidet, und sah mit den dicken Brillengläsern aus wie ein freundlicher kleiner Opa. Ich führte ihn voller Stolz vor. Amos sah ihn verständnislos an und sagte nur: »Jiggs?«

Nun erhob sich auch Dr. Sisk, er stieß dabei an den Tisch und streckte über die Rühreier hinweg eine sommersprossige, flossige Hand aus. »Arthur Sisk«, stellte er sich vor. »Von der Büßerbank.«

»Büßerbank?« wiederholte Amos, immer noch erwartungsvoll.

»Ich erwog, mir das Leben zu nehmen, der Prediger hat mir eine Alternative angeboten.«

»Nehmen Sie doch noch Rührei«, ermunterte ich Dr. Sisk.

»Nein danke, meine Liebe, später vielleicht.« Er wandte sich wieder an Amos. »Das Leben wurde mir zuviel. Es war so lästig. Diese Langeweile! Ich bin praktischer Arzt. All die vielen Kinder mit Erkrankungen der Atemwege! Man schmiert ihnen die Brust ein, daß das Stethoskop festklebt an dem Zeug. Und drei Wochen später haben sie schon wieder eine Erkältung. Also erwog ich den Freitod.«

»Was Sie nicht sagen«, erwiderte Amos.

»Der Prediger hat mir das ausgeredet, er meint, ich solle mein Leben Christus widmen. Er drückte das sehr hübsch aus: ich solle mein Leben einfach in Seine Hände legen. So war es doch, meine Liebe, nicht wahr?«

»Stimmt. Bleibt immer noch die Einkommensteuer und die Erneuerung der Approbation.«

»Wie bitte?«

»Es bleiben die Bankauszüge und die Sitzungen beim Zahnarzt und die Rechnungen voller Fehler«, beharrte ich. »Glauben Sie, ich hätte nicht selber längst mein Leben in Seine Hände gelegt, wenn das so einfach wäre?«

Dr. Siks setzte sich wieder und zupfte an seiner Nase.
»Nimm dir Rührei, Amos.«
»Wie? Was...? Nein, ich möchte wirklich nicht...«
»Saul macht gerade einen Besuch im Krankenhaus. Er muß bald zurück sein.«
»Also, es ist komisch, aber... ich habe mir eingebildet, ihr habt eine Tochter?« Amos raufte sich das Haar. »Ich habe doch von euch eine Geburtsanzeige bekommen? Eine Tochter? Catherine hieß sie!«
»Richtig, das wäre dann Selinda«, klärte ich ihn auf. »Die ist längst in der Schule.«
»Selinda.«
»Und das hier ist Jiggs.«
»Jiggs also.« Amos ließ seinen Schopf los, blickte aber weiterhin verwirrt.
Jiggs fühlte sich bei der Wiederholung seines Namens bemüßigt, noch einmal aufzustehen; die mit den Abdrücken von Fettfingern übersäten dicken Brillengläser leuchteten wie kleine Monde in der Küche. »*Bitte*, Jiggs«, drängte ich, »in einer Viertelstunde mußt du aus dem Haus. Möchtest du wenigstens Kaffee, Amos?«
»Nein, danke. Ich habe in Holgate gefrühstückt.«
»Dann komm mit rüber ins Wohnzimmer.« Ich ging vor ihm her und band unterwegs die Schürze ab. »Du darfst dich an der Unordnung nicht stören; es ist noch früh am Tage.«
Wirklich herrschte grenzenlose Unordnung, und zwar keine, die im Laufe des Tages zu beheben war. Manche Gäste schärfen einem den Blick dafür. Mir fiel beispielsweise erst jetzt auf, welche Unmassen Puppenmöbel Linus im Laufe der vergangenen Jahre angefertigt hatte. Man bot ihm immer wieder einen guten Preis dafür, doch wollte er kein einziges Stück verkaufen. Diese Möbel seien alle für mich, sagte er. Folglich standen auf jeder glatten Abstellfläche massenhaft zentimeterhohe Puppentische, Anrichten, Schreibtische, mit Samt bezogene Polstersofas, sowie Polstersesselchen mit bestickten Armlehnen. Daneben selbstverständlich das nötige Zubehör: Stehlampen mit Schirmen aus Zahnpastaverschlüssen, Bücher aus zerschnipselten Zeitschriftendeckeln, aufklappbare Holzperlen mit getrockneten Blumen darin. Unter dem Schreibtisch und unter dem Flügel war das komplette Möblement für mehrere Puppenhäuser angehäuft.

Ich sah Amos' Verblüffung. »Die gehören alle Linus, er stellt sie her.«
»Aha.« Amos ließ sich auf dem Sofa nieder und streckte die Beine weit von sich. »Wie geht es Linus überhaupt?«
»Gut geht's ihm.«
»Er hat... keine Anfälle mehr?«
»Nein, er scheint völlig gesund zu sein. Im Moment ist er mit Mama im Waschsalon.«
»Und hält sich Julian auch hier in der Gegend auf?«
»Der ist schon im Laden.«
»In welchem Laden?«
»Im Radioladen.«
»In *Papas* Radioladen?«
»Nun sag mal, lebst du auf dem Mond? Hörst du denn von Saul nie ein Wort?«
»Zu Weihnachten schickt er eine Karte seiner Kirche. Da steht drauf, ich soll mich auf mein wahres Wesen besinnen.«
»So ist das!« sagte ich. »Also: Julian hütet den Laden. Er hat jetzt meist mit Fernsehern zu tun, aber wir nennen ihn immer noch den Radioladen. Julian geht's nicht schlecht, und ich glaube fast, seine Rückfälle werden seltener.«
»Was du nicht sagst.« Amos trommelte auf seiner Packtasche.
»Bald dürfen wir ihm wohl wieder Geld anvertrauen, aber vorderhand bezahlen die Kunden hier bei Miss Feather.«
»Miss...?«
»Aber wie steht es mit dir? Meinst du, du bekommst die Stelle?«
»Ach ja, die kriege ich. Der Direktor hat mir angeboten, herzukommen, wenn ich Lust hätte, und ich werde sie wohl nehmen. Ich bin jetzt schon zu lange am gleichen Ort, ein Wechsel kann nicht schaden. Außerdem hab ich mich gerade von meiner Freundin getrennt, und da war mir so... ob ich es allerdings in Clarion aushalte, weiß ich nicht. Ein Angebot anderswo wäre mir lieber gewesen.«
»Hier kann man es sehr gut aushalten«, behauptete ich. (Keine Ahnung, wie ich dazu kam!)
»Ja, ja, selbstverständlich, ich habe nichts gegen Clarion.«
Er streckte die Daumen in den Gürtel, legte den Kopf an die Sofalehne und beendete damit das Gespräch. Mir fiel ein, daß

Amos jener Emoryknabe war, der wegzulaufen pflegte. Vielleicht war er das immer noch. In dieser Familie kam auf je eine Person eine bestimmte Schwäche, man konnte sie bekämpfen, aber nicht besiegen, sie ging einfach auf den nächsten über. Auf Julian zum Beispiel. Julian sammelte Schwächen wie andere Leute Münzen oder Briefmarken. Derzeit litt er an Sauls vormaliger Schwäche für Mädchen und an Linus' Hang zu Anfällen. Wir alle liebten Julian sehr, und das war kein Wunder. Wir liebten seine unsteten Augen mit den dunklen Ringen, sein markantes, wenn auch verlebtes Gesicht, und sollte er Amos' Neigung fortzulaufen übernehmen, würden wir das sehr bedauern müssen.
Ich fragte: »Läufst du immer noch weg, Amos?«
Das traf ihn unvorbereitet. »Was? Wie kannst du nur so was fragen! Nein, natürlich nicht, um Himmels willen!«
»Wo ist das geblieben?«
»Wie?«
Bevor ich ihm erklären konnte, was ich meinte, kam Saul herein, wobei er wie immer mechanisch auf der Schwelle Kopf einzog. So blieb er nun stehen. »Amos?« sagte er.
Amos stand auf. »Tag, Saul.«
»Wir haben dich lange erwartet«, eröffnete ihm Saul und legte eine Hand auf seine Schulter. Ich lächelte, als ich dabei zusah, fragte mich aber: Wieso sieht Amos viel jünger aus als Saul, wenn er von den Brüdern doch der älteste ist?

Nun waren sie also alle vier wieder unter einem Dach vereint. Amos sollte erst nach den Sommerferien anfangen, darum half er unterdessen im Laden aus. Er ließ den alten Flügel stimmen und übte täglich. Ich staunte nach wie vor darüber, daß aus Amos ein Musiker geworden war. Nachdem er die Schule mit Müh und Not hinter sich gebracht hatte, ließ er sich in die Musik plumpsen wie eine junge Ente, die endlich ans Wasser kommt, und absolvierte mit Bravour das Peabody Institut. Ausgerechnet Amos Emory! Da saß er über die vergilbten Tasten gebeugt und spielte Chopin, die flachen Schuhe zwischen den Puppenmöbeln, die Ellenbogen eng am Körper, als fürchte er, die Tasten mit seinen Pranken zu beschädigen. Schwarzes Haar hing ihm wie ein Vorhang in die Stirn. »Ein so fürchterliches Instrument ist mir noch nie untergekommen«, bemerkte er,

fuhr aber fort, ihm verblaßte, blecherne, altmodische Töne zu entlocken.
Klaviermusik mag ich bedauerlicherweise nicht. Irgendwas irritiert mich daran. Mama allerdings hörte ihm stundenlang zu; sie sei selber mal musikalisch gewesen, behauptete sie. Und Selinda blieb im Vorbeigehen stehen und lauschte an der Tür. In jenem Sommer wurde sie dreizehn, und ganz plötzlich war sie schön. Die Sonne hatte ihr Haar gebleicht, ihre Brauen glichen Kupferfäden, ihre Sommersprossen waren wie Goldstaub. In ihrer Nähe stieß man dann unfehlbar auf Jiggs, der sofort herbeigerannt kam, wenn er Musik hörte. Er brachte Amos dazu, ihm Unterricht zu geben, und übte stundenlang, was er gelernt hatte – pumperte über die Tastatur, atmete angestrengt durch den Mund, beschmierte seine Brillengläser. Ging ich durchs Wohnzimmer und lächelte seinen mir zugekehrten hellblonden Hinterkopf an, tat ich den immer gleichen bösen Wunsch: Lieber Gott, laß seine Mutter tot umfallen, dann will ich auch nie mehr um etwas bitten.
Beim Essen saß ich einer Reihe Emorys gegenüber, vier Variationen eines Themas: ein längliches, nüchternes Gesicht, nur eben daß Saul Schwarz trug, Julian einen modischen Schalkragenpullover, Linus irgendwas Zerdrücktes, Undefinierbares, und Amos ausgefranste Jeans wie ein gutartiger, sorgloser Tramp. Nun ja, sorglos war er. Und gutartig auch. Warum ging er mir dann nur so auf die Nerven?
Unentwegt stellte er mir Fragen. Was ich von Sauls Kirche dächte? Wozu wir die vielen Möbel brauchten? Wie ich es mit lauter Fremden im Haus aushielte?
»Was heißt Fremde?« fragte ich.
»Na – Miss Feather, Dr. Sisk –«
»Miss Feather ist fast ebensolange im Haus wie Selinda. Eine Fremde kann man sie wirklich nicht nennen.«
»Und wie kommt es, daß Saul so aussieht, wie er aussieht?«
»Ich verstehe kein Wort«, versetzte ich.
»Er ist ... wie sein eigener Schatten, er sieht aus, als verfolge ihn ein Gespenst. Ist wirklich alles in Ordnung mit ihm?«
»Selbstverständlich ist alles in bester Ordnung. Frag nicht so blöde.«
Er musterte nachdenklich die Zimmerdecke. »Es ist wohl

nicht einfach, mit einem Prediger verheiratet zu sein«, bemerkte er dann.
»Wie kommst du auf diesen Gedanken?«
»Nun weil er sich so... heiligenmäßig gebärden muß.«
Ich starrte geradewegs durch ihn hindurch.
»Für ihn ist es gewiß auch nicht leicht. Das wäre es für keinen Prediger, der mit dir verheiratet ist. Selinda sagt, fromm bist du nicht. Macht das Saul keine Angst?«
»Angst? Wütend macht es ihn.«
»Ach wo. Angst macht es ihm, wenn er sieht, wie du so durchs Leben segelst, heidnisch, unvergleichlich lebenstüchtig... er hat Angst, weil du dich so rar machen kannst. Und schließlich bist du diejenige, die das Süppchen kocht, während er bloß die Sünder zu Tische führt. Oder etwa nicht? Er plagt sich unentwegt mit den Gedanken, die du ihm eingibst.«
»Nichts gebe ich ihm ein! Ich erreiche ihn ja gar nicht. Und ich halte mich ganz bewußt zurück.«
»Und trotzdem plagt er sich«, meinte Amos schmunzelnd. »Mit seinem ganz privaten Teufel.« Nun wurde er wieder ernst. »Eheleute sind mir absolut unverständlich.«
»Das merkt man«, entgegnete ich kühl.
»Unverständlich, wie sie es miteinander aushalten. Obwohl es natürlich auch wieder bewundernswert ist.«
Damit wollte er sagen: bewundernswert mag sein, ich bewundere es aber nicht. Und ich bewunderte Amos nicht. Mir gefiel nicht, wie er achtlos durch die Zimmer ging, Geschirrschränkchen von Streichholzschachtelgröße betrachtete. Seit ich seine Mißbilligung spürte, gingen gewisse Änderungen mit mir vor: ich wurde so etwas wie eine loyale und standhafte Ehefrau; ich vergaß, daß ich auf Wanderschaft gehen wollte, nachdem mir klar geworden war, wie sinnlos das sein würde, in den Alleen meines Bewußtseins würde ich doch stets Saul dahinhasten sehen, die Bibel im schlenkernden Arm. »Du weißt wirklich überhaupt nichts davon«, sagte ich zu Amos.
Darauf antwortete er aber nur: »Ja, das stimmt wohl«, und wechselte einfach das Thema. »Wem gehört eigentlich der Hund?«
»Selinda.«
»Ein sonderbares Tier.«

Es stimmte, Ernest war nicht gerade edel zu nennen. Er war eine Promenadenmischung, ein riesiges, schwarzes Vieh, allerdings wurde er bereits grau, und sein Fell war lang und struppig. Der Kopf glich einem Mop. Wedelte er mit dem Schwanz, fiel alles um, was in der Nähe stand. Eine Art Hörfehler machte ihn glauben, er sei gemeint, wenn jemand von uns Amos oder Linus rief, und dann kam er unverzüglich gelaufen, sabbernd, aus dem Maul riechend wie ein ganzer Fischmarkt, warf sich gegen uns oder die Möbel und zerkratzte mit seinen Krallen das Parkett. Kam hinzu, daß er besonders mich ins Herz geschlossen hatte und, sobald ich ohne ihn das Haus verließ, die Kontrolle über seine Blase verlor. Ich gebe ohne weiteres zu, daß er keineswegs der perfekte Hund war.

Doch was ging das Amos an? »Sag mal Amos: Gibt es hier irgendwen oder -was, das deinen Beifall findet? Sollten wir nicht vielleicht die ganze Bude niederreißen und von vorne anfangen?«

Da hob Amos abwehrend eine Hand und gab klein bei: »Schon gut, schon gut, versteh mich nicht falsch.« Und er beglückte mich mit seinem scheuen, süßlichen Lächeln, dem Anhalterlächeln, senkte den Kopf und sah unter seinen buschigen Brauen hervor, und schon rührte er mich. Schließlich und endlich war er hier ja noch neu. Er war früher von daheim fortgegangen als seine Brüder, er war weiter herumgekommen, hatte mehr vergessen. So etwa, daß man hier ein wenig nachgeben, dort eine Kleinigkeit zurückweichen muß, um andern Luft zum Atmen zu geben. Linus konnte sich, wie er behauptete, noch genau an die Zeit erinnern, da er von Alberta gestillt wurde, Amos hingegen wollte sich an nichts erinnern und sagte das auch unumwunden. Er sei ungern Kind gewesen. Die Mutter (Alberta!) sei heftig und laut gewesen, habe immer ihren Willen durchgesetzt, den Söhnen ihr Leben einrichten, ihr Denken bestimmen wollen und zudem verlangt, daß man sie unentwegt bewunderte und lustig sei. Ihre Söhne seien jedesmal erschrocken, wenn sie in eines der Zimmer hereinplatzte. Sie hätte ihnen ihren feurigen Atem ins Gesicht geblasen und ihr grelles Lachen gelacht. Parties sollten veranstaltet werden, etwas Leben in die Bude gebracht werden! Bekam sie nicht alles, was sie verlangte (und sie bekam immer zuwenig, denn sie verlangte stets zuviel),

neigte sie zu Spott und verächtlichen Reden. Ihre Zunge war messerscharf. Die grelle aufdringliche Farbe ihrer Kleider, ja ihrer Haut und ihrer Haare, taten den Augen der Kinder weh. Die Söhne hatten sie gehaßt, hatten ihren Tod gewünscht.
Albertas Tod?
Amos fragte: »Das überrascht dich? Warum? Findest du denn, daß aus uns normale, glückliche Männer geworden sind? Fällt dir denn überhaupt nichts auf? Die drei anderen können sich von Clarion einfach nicht trennen, und ich bin nicht viel besser, ich hüpfe herum wie ein Maiskorn in der Bratpfanne, ich lasse meinen Job sausen, bevor das Schuljahr halb herum ist, ich breche mit jedem, der mir auch nur halbwegs nahe kommt. Drei von uns sind unverheiratet geblieben, und der vierte hat eine Frau gewählt, die es duldet, daß er ihr die Tür vor der Nase zumacht.«
Ich stierte ihn an.
»Etwa nicht? Du weißt nicht, was in seinem Kopf vorgeht, du hast ihn nie danach gefragt. Denn hättest du's mal getan, müßtest du jetzt nicht so erstaunt gucken. Keiner von uns haßt unsere Mutter annähernd so sehr wie Saul.«
»Ach, das ist doch aber bloß wegen –«
Ich wollte es nicht so unverblümt aussprechen.
»Großpapas wegen?« fragte Amos. »Mach dir mal eines klar: Solche Wirkungen haben niemals nur eine einzige Ursache. Saul hat Jahre und Jahre gebraucht, um so verbittert zu werden, wie er jetzt ist. Er ist von ihr ebenso zerstört worden wie wir andern. Er und die beiden andern hocken um ihr Grab herum, benagen ihre Gebeine und versuchen mit all dem Vergangenen zu Rande zu kommen, aber ich nicht, ich nicht! Ich habe das längst aufgegeben. Ich erinnere mich an nichts, ich habe alles vergessen.«
Und wirklich lächelte er das klare, offene Lächeln eines Menschen ohne Vergangenheit. Ich sah deutlich, er hatte tatsächlich alles vergessen, hatte alles rettungslos durcheinandergebracht, alle Tatsachen unentwirrbar verdreht. Ganz sinnlos, ihn aufklären zu wollen.
Ich nahm ihn mit zur Kirche. Da saß er neben mir, in einem geliehenen Anzug, frisch gekämmt und gottergeben. Doch auch hier schien er Fragen zu stellen. Kaum hatte Saul die Tageslosung verlesen – ›Wer nicht für mich ist, der ist gegen

mich‹ (Matthäus 12, 30) –, scharrte Amos mit den Füßen, als wolle er aufspringen, den Arm heben und rufen: »Einspruch!« Das tat er natürlich nicht. Er blieb ruhig sitzen wie alle anderen, mit gefalteten Händen, und ich weiß einfach nicht, womit er mich so wütend machte.

In jener Nacht träumte ich, Saul und ich hätten ein wäßrig grünes Schlafzimmer, einem Aquarium vergleichbar. Wir umarmten einander unter huschenden Schatten, und endlich einmal klopfte niemand schüchtern an die Tür und flüsterte: »Ich bin so allein!« Keine Gemeindemitglieder telefonierten wegen Tod oder Krankheit. Saul sah auf mein Gesicht herab, mit einem ungewöhnlich gesammelten, nachdenklichen Blick, als plane er etwas mit mir. Das neue Schlafzimmer kam mir wie ein besonderer Glücksfall vor. Dann streckte sich Linus neben mir aus und bedeckte mich mit weichen, bärtigen Küssen, Julian trat herein und legte lächelnd, Stück für Stück, die Kleider des Glücksspiels ab. Ich war von Liebe eingekreist, von allen Seiten beschützt. Der einzige Emory, der fehlte, war Amos, und Amos war es, vor dem mich die anderen beschützten.

13

Auf dem Schild stand: PERTH MANOR MOTEL, ÜBERNACHTUNG 8 DOLLAR. ANTIQUITÄTEN, NOTARIAT, REINRASSIGE DALMATINER. Wir blieben darunter stehen und lasen jedes Wort. Die Dämmerung schien mir schneller als sonst heraufgezogen zu sein, sie hatte uns alle drei überrascht, so als wäre ein Fremder von hinten an uns herangetreten und hielt uns mit kühlen Händen die Augen zu. Die Schrift auf dem Schild war aus beweglichen weißen Lettern zusammengesetzt, wie Restaurants sie verwenden, die häufig das Menü ändern. Weiter weg von der Straße lag ein kleines, unauffälliges Haus, das fast nur aus einer Veranda zu bestehen schien, und an einem Pfosten glühte die Leuchtschrift BÜRO. Dahinter erblickten wir eine Reihe von Hütten, keine größer als ein gewöhnlicher Hühnerstall, die aussahen, als wären sie einmal versuchsweise angestrichen, die Farbe aber gleich wieder abgewaschen worden.

»Als erstes müssen wir uns vergewissern, daß Olivers Mama nicht zu Hause ist«, instruierte mich Jake.
»Weshalb das?« fragte Mindy.
»Olivers Mama hält nicht gerade große Stücke auf mich.«
»Weshalb sind wir dann überhaupt hier, Jake?«
»Naja, auf Oliver setze ich einige Hoffnungen.«
Die Absätze meiner Schuhe und Mindys Sandalen klapperten auf dem Asphalt. Jake blickte sich gereizt um und bedeutete uns stehenzubleiben. Er ging in seinen Turnschuhen allein weiter. Wir beide verharrten an Ort und Stelle, in der zunehmenden Dunkelheit reglos wie Gespenster, Mindy vergleichbar einem gewichtslosen, sanft glühenden Ballon. Ich war entweder müde oder hungrig (zu erschöpft, um zu wissen, was von beidem), und in jenem Zustand, in dem einem alles unwirklich vorkommt. Mindys bleiche Hand, die den schmerzenden Rücken stützte, hätte sehr wohl meine eigene sein können. Ich hielt ebenso wie Jake den Atem an, als er die Stufen hinaufschlich und durch das Fliegenfenster spähte.
»Bestimmt läßt er sich noch erwischen«, sagte Mindy.
Jake bedeutete ihr mit einer Armbewegung, den Mund zu halten.
»Manchmal legt er es geradezu darauf an, erwischt zu werden. Passen Sie nur auf.«
Doch da kam er schon herangehüpft, zum Ausgleich dafür, daß er solange hatte stillstehen müssen, und schüttelte den Kopf. »Stimmt schon«, sagte er, »es ist Mrs. Jamison, da gibt's nichts. Beine wie Zahnstocher. Steht hinterm Tresen und wartet darauf, daß jemand kommt, auf den sie herabsehen kann.«
»Vielleicht erkennt sie dich nicht?« schlug Mindy vor.
»Was du schon denkst! Die betet jede Nacht, ich soll aus dem Fenster fallen. Nein, nein, wir bleiben hier ein Weilchen sitzen.«
Damit meinte er eine Bank, die in der Einfahrt stand und Aussicht auf die Straße bot. Wir setzten uns, Mindy in der Mitte. Es war einer jener lauen, luftigen Abende, die einen zu der Annahme verleiten, es könne sich etwas ereignen. Wir saßen da wie Kinobesucher, doch zu sehen gab es nichts außer einem schäbigen Laden mit Herrenkonfektion; hin und wieder fuhr ein Auto vorbei. Jake wandte sich immer wieder

nach dem leuchtenden Rechteck in seinem Rücken um – dem Fenster des BÜRO.

»Und wenn sie nun die ganze Nacht dort bleibt?« fragte Mindy.

»Dann übernachten wir eben anderswo und kommen morgen früh her. Von Charlottes Reisescheck können wir gut ein Hotelzimmer mieten«.

»Ach, Jake, ich bin völlig erledigt. Warum gehen wir nicht einfach rein? Soll sie doch zu dir sagen, was sie will.«

»Lieber gehe ich in einen Löwenkäfig. Vor dieser Frau habe ich eine wahre Todesangst«, sagte Jake.

Ich fand das komisch, ich wollte schon lachen, unterließ es aber, als er mich wütend anfunkelte. »Warum drücken Sie ihr nicht die Pistole in die Rippen?« fragte ich statt dessen.

Ach, ich war wohl noch erschöpfter, als ich angenommen hatte. Jake machte eine rasche Kopfbewegung, und Mindy fragte scharf: »Pistole?«

»Die Dame hat sie nicht alle«, erklärte Jake sie auf. Er hatte den Arm hinter ihr auf die Lehne gelegt und streichelte nun ihre Schulter wie jemand, der eine Katze beschwichtigen möchte. »Olivers Mama hat mich noch nie leiden können«, erklärte er ihr dabei. »Sie denkt, ich bin schuld daran, daß Oliver hin und wieder Pech gehabt hat. Dabei habe ich nie Bomben in Briefkästen geschmissen. Damals kannte ich ihn überhaupt nicht. Erst in der Besserungsanstalt habe ich ihn kennengelernt. Aber mach ihr das mal klar. Sobald die mich sieht, klingelt bei ihr das rote Telefon!«

»Nicht bloß bei ihr«, sagte Mindy.

Ihre Stimmen hatten den tragenden, körperlosen Klang, den Stimmen in der Dämmerung annehmen. Sie hätten Camper sein können, die einander Gespenstergeschichten erzählen. Spaziergänger, die man durchs offene Fenster hört, Eltern, die durch den Rasen von ihren Kindern getrennt ein Gespräch mit ihnen führen.

»Als wir beide rauskamen«, begann Jake, »hab ich ihn gelegentlich besucht. Weit weg wohnte er damals nicht. Er lebte bei seiner Mama, und die makelte mit Grundstücken. Wenn ich hinkam, saß er über einem Buch, er hat überhaupt immer bloß gelesen. Na, wir machten dann eine kleine Ausfahrt, aßen irgendwo Würstchen. Du kannst dir's schon vorstellen. Mit Oliver habe ich mich richtig gut vertragen, allerdings bloß, wenn seine Mama nicht da war. Die war immer so forsch und hatte so'n bissigen Ton am Leib. Ein freundliches Gesicht machte die bloß, wenn sie einem Gemeinheiten sagte. ›Schon wieder Jack?‹ Sie nannte mich immer Jack, und so heiße ich nun wirklich nicht. Das kann einem schwer auf den Nerv gehen. ›Ich hätte geschworen, Sie waren gestern erst da. Aber da irre ich mich wohl!‹ Und dabei verzog sie so süßsauer die Mundwinkel. Solche Weiber kann ich nicht ausstehen.«

»Meine Mama hat dich ganz genauso behandelt«, sagte Mindy. »Ich glaube, das liegt an dir.« Und zu mir: »Meine Mama war immer richtig gemein zu ihm. Jetzt tut sie, als wäre er überhaupt nicht am Leben und erwähnt niemals seinen Namen. Ich habe mich in meinen Briefen nach Jake erkundigt, aber sie schreibt bloß, wieviel Kubikzentimeter Regen gefallen sind. Von ihr aus könnte er tot umfallen, sie würde mir kein Wort davon sagen. Für sie ist er bereits gestorben.«

»Na, das erklärt manches«, meinte Jake.

»Was, zum Beispiel?«

»Egal. Also, es ist lächerlich, daß ich mich über Olivers Mama so geärgert habe, aber ich konnte es nicht ändern. Es war nun mal so. Damals war nämlich meine eigene Mama ebenfalls sauer auf mich, aber natürlich längst nicht so gemein wie Mrs. Jamison. Meine Mama war bloß immer blaß und saß ganz krumm und schief über ihrer Näharbeit. Du weißt ja, wie so was gemacht wird. Zu Oliver bin ich bloß gefahren, um von zu Hause weg zu sein, aber da war dann *seine* Mama. Ich hatte den Eindruck, daß ich überall so richtig als Null abgestempelt war. Und ich konnte den Leuten dieses Bild von mir nicht austreiben.«

Ich mußte tief seufzen. Mindy schlug ein Bein übers andere, und ihr Kleidchen raschelte.

»Ich bin dann abgehauen«, fuhr Jake fort. »Es gibt Leute, die zahlen dafür, daß man ihren Wagen irgendwohin überführt, und ich sollte einen nach Kalifornien bringen. Ich wollte weiter nichts wie weg, also machte ich keine große Abschiedsszene. Nicht, daß ich es geheim hielt, aber als der Anruf kam, daß ich losfahren sollte, war meine Mama gerade bei der Nachbarin, und ich dachte bloß: Endlich raus hier! Hier hältst du es nicht mehr aus. In Kalifornien wurde ich dann allerdings festgenommen, weil der Schlitten gestohlen war. Dafür bin ich aber nicht verknackt worden, bloß dauerte es eine Weile, bis alles aufgeklärt war, weil ich ja früher auch schon mal Pech gehabt hatte, und es vergingen ein paar Monate, bis ich wieder zu Hause war. Da war Oliver schon nach Florida verzogen. Die Nachbarn sagten: ›Er und seine Mama, die sind schon vor Wochen nach Perth in Florida, weil, da gibt es weniger Kriminalität, da wohnen feinere Leute, und wenn die Sonne mal nicht scheint, kriegt man die Zeitung umsonst. Und richtig, seither kriege ich jede Weihnachten von O. J. eine Karte im Floridastil, der Weihnachtsmann auf einem Surfbrett, oder Engel, die Grapefruit pflücken. ›Fröhliche Weihnachten, Jake. Hoffe, du bist wohlauf.‹ Und ich gab mir dann jedesmal unheimlich viel Mühe mit einem Antwortbrief, auch wenn es mir schwerfiel, das darfst du glauben. Ich schrieb ausführlich, was ich machte und so, und das dauerte immer ziemlich lange. Bloß er, er schrieb nie was anderes als diese Weihnachtskarten. Nichts als Weihnachtskarten. Es kam mir so vor, als ob er aus dem Knast schreibt. Eine einzige Karte pro Jahr, noch dazu zensiert; bestimmt hat seine Mama meine Briefe aufgemacht, um zu sehen, ob Rasierklingen drin sind oder Sägeblätter. Naja, es ist zum Teil meine eigene Schuld, ich hätte ihn nicht mit seiner Mama allein lassen dürfen. Ich hätte, als ich abhaute, bei ihm vorbeifahren und ihn mitnehmen sollen. Bloß konnte ich gar nicht erwarten, endlich wegzukommen. So war das. Richtig wild war ich aufs Wegkommen.«

Wir sahen eine Schlange Autos vorüberfahren, farblos in der Dunkelheit, angefüllt mit bleichen, müden Gesichtern, alle unterwegs nach Süden.

Jake fuhr fort: »Wenn die Leute richtig schlecht von einem denken, kann man bloß abhauen, das ist ja das Schlimme. Man sagt sich, man will sein Leben anderswo neu anfangen, sich richtig am Riemen reißen.«

»Das stimmt«, bemerkte ich.

»Wenn Sie jemand sehen, der so richtig am Laufen ist, dann garantiere ich Ihnen, der läuft vor sich selber weg, so wie er mal war. Oder er läuft weg von der Vorstellung, die andere Leute sich von ihm machen. Aber ich weiß nicht, ich weiß nicht...«

Er stand auf, tat ein paar Schritte auf dem Rasen, spähte in Richtung BÜRO. »Sie ist weg«, sagte er.
»Und wer ist jetzt da drinnen?« fragte Mindy.
»Offenbar keiner.«
Er wartete, den Rücken uns zugekehrt. Mindy breitete ihren Rock um sich aus. »Ist Ihnen aufgefallen, daß er keinmal das Wort Abendbrot erwähnt hat?« fragte sie mich. »Rücksichtslos nennt man das. Und ich mit meinem niedrigen Blutzucker.«
»Los, jetzt kommt die Ablösung. Ein Kerl. Den können wir fragen. Vorwärts, meine Damen.«
Wir erhoben uns etwas mühsam und folgten ihm den Weg entlang die Stufen hinauf, quer über eine knarrende Veranda, in den orangefarbenen Schein einer Lampe, die wohl Insekten vertreiben sollte, was aber nicht hinderte, daß ein ganzer Schwarm brauner Falter um meinen Kopf schwirrte.
Zwar war es draußen noch nicht ganz dunkel, doch als wir eintraten, blendete uns das Licht gelber Lampen, deren grellen Schein der mit rissigem Linoleum belegte Fußboden zurückwarf. Hinter dem mit Aschenbechern, Zeitschriften und Prospekten bedeckten Tresen stand ein schlaksiger Mann mit nachlässig gekämmten blonden Haaren und stempelte einen Stoß Briefumschläge. Als wir hereinkamen, schaute er nicht auf, sondern hielt den Kopf gesenkt und führte die Umschläge mit so regelmäßigen Handbewegungen unter den Gummistempel, als mache ihm das Vergügen. »Gleich bin ich soweit«, sagte er mit einer tiefen, rauhen Stimme, die einem jüngeren Menschen zu gehören schien.
»Ich suche Oliver Jamison«, sagte Jake. »Kennen Sie ihn?«
Der Mann hielt in seiner Tätigkeit inne und blickte auf. Seine Augen waren nicht eigentlich blau, sondern mehr durchsichtig, jetzt allerdings wurden sie dunkler. »Ja – Jake!« sagte er.
»Was –«
»Du erkennst mich nicht?«
»Oliver?«
Keiner von beiden schien sonderlich beglückt von diesem Wiedersehen. Jake schaute benommen und unsicher drein; Oliver machte ein sorgenvolles Gesicht. Er sagte: »Du dürftest dich hier nicht sehen lassen, Jake.«
»Warum nicht?«

»Weißt du nicht, daß die Bullen hinter dir her sind?«
Mindy hielt rasch eine Hand vor den Mund, und aus dem Hintergrund hörte man eine Frau rufen: »Wer ist denn da, Ollie?«
»Niemand, Mama!«
Er stellte den Stempel weg und kam um den Tresen herum. »Kommt mit raus«, sagte er. Aus der Nähe sah ich um die Augenwinkel weiße Fältchen in der gebräunten Haut, ich roch den sauberen Duft seines hellen, karierten Hemdes. Er war einer von den schlaksigen, mondgesichtigen Männern, die sich durch nichts aus der Ruhe bringen lassen, jemand, mit dem ich eigentlich hätte bekannt sein können. Vielleicht lag es auch an dem Gebäude, in dem wir uns befanden – trotz des Tresens augenscheinlich ein Wohnraum, denn in einem Sessel lagen ein Strickzeug und ein blaues Wollknäuel. Ich fühlte mich plötzlich ratlos. Ich stolperte, von Jake gedrängt, hinter Oliver zur Tür hinaus, die Verandastufen hinunter und so weit hinaus in den Hof, daß die Dunkelheit uns verbarg. Dort blieben wir stehen. Mindy streckte den Arm aus und tupfte mit einem Finger an Olivers Arm: »Warum wird er gesucht? Etwa meinetwegen? Er hat aber nichts angestellt.«
»Stimmt das?« fragte Oliver. »Gestern waren die Bullen hier«, sagte er zu Jake. »Meinen Namen hatten sie aus deinem Notizbuch. Hier gibt es bloß noch einen Schnapsladenbesitzer namens Alison außer uns, da haben sie mich gleich gefunden. Sie wollten wissen, ob ich dich gesehen habe. Ich habe gesagt, nein, und Mama hat auch nein gesagt, und Claire natürlich auch, denn die wußte überhaupt nicht, wer gemeint war.«
»Wer ist Claire?« fragte Jake.
»Meine Frau.«
»Frau?«
»Angeblich solltest du so einen verrückten – aber das stimmt wohl nicht, oder?«
»Naja, in gewisser Weise stimmt's schon.« Jake rammte die Fäuste in die Hosentaschen und stierte hinaus auf die Fahrbahn.
»Na hör mal... das klingt aber nicht sehr logisch. Ist was schiefgelaufen dabei? Wieso gehst du ausgerechnet in so 'ne Kleine Leute-Bank und nimmst bloß Wechselgeld? Und

eine Geisel! Eine Geisel... wen hast du überhaupt mitgenommen? Wer von denen da ist denn die Geisel?«
Mindy fragte: »Geisel?«
Oliver blickte mich scharf an. »Junge, Junge, Jake.«
Mir war, als schrumpfte ich merklich.
»Nun hör doch mal, Oliver. So war es natürlich nicht geplant, das kannst du dir ja denken. Es ist leider bloß so gelaufen. Ich bin ein Opfer meiner Impulse, du weißt doch. Und nun bist du meine letzte Hoffnung. Mein letzter Ausweg. Oliver? O.J., kannst du uns wenigstens für eine Nacht ein Zimmer geben? Kannst du dich nicht mit mir zusammensetzen, und wir beraten, wie ich aus dieser Klemme herauskomme? Oliver, ich bin im Moment einfach außerstande, mit diesen Sachen allein fertigzuwerden. Mir geht's im Kopf rum wie ein Mühlrad.«
»Tut mir leid«, sagte Oliver, »aber es geht nicht. Ich möchte dir gern helfen, wirklich, aber Mama würde die Polizei alarmieren, das weißt du so gut wie ich. Man kann's ihr ja nicht verdenken – sie ist alt, sie hat Angst, sie hat die Sache mit den Briefkastenbomben noch nicht verwunden. Und Claire erwartet ein Kind, es geht ihr nicht besonders. Ich kann sie damit nicht ängstigen. Du verstehst?«
»Klar. Verstehe.«
»Du solltest dich am besten stellen, Jake.«
Darauf folgte intensives Schweigen, und gleich darauf tönte eine Frauenstimme über den Rasen: »Ollie?«
Jake sagte: »Deine Mama ruft dich.«
»Überleg's dir, Jake.«
»Geh lieber ins Haus, sonst kommt deine Mama noch raus. Los, zieh schon Leine und paß auf, daß keine Wühlmäuse in deinen Kleingarten einbrechen.«
»Ich bin sechsundzwanzig Jahre«, sagte Oliver darauf nur.
Das brachte ihm aber keine Antwort ein. Er blieb noch stehen, sah Jake unverwandt an, doch konnte ich im Dunkeln seinen Gesichtsausdruck nicht erkennen. Dann sagte er: »Na denn...«, und ging. Gleich darauf klappte die Fliegentür hinter ihm zu – ein sommernächtlicher Laut, der lange nachhallte. Da standen wir nun zu dritt im Hof mit leeren Händen und starrten wie verhext auf das von goldenem Licht ausgefüllte Rechteck der Tür zum BÜRO, obwohl niemand dahinter zu sehen war.

Dann sagte Mindy: »Also, ich verstehe nicht das geringste.«
»Ruhe jetzt«, sagte Jake. »Ich muß nachdenken.«
Er strich sich immer wieder über die Stirn. Im Profil wirkte sein Gesicht kantig und scharf, wie aus dem schwarzen Papier geschnitten, auf das Architekten ihre Grundrisse zeichnen. Mindy beugte sich vornüber, um ihn besser zu sehen. »Wirst du mir jetzt vielleicht bitte sagen, was hier vorgeht, Jake?«
»Sei still, Mindy.«
»Ich habe ein Recht, es zu erfahren!«
»Kommt ins Auto«, sagte er.
Jake ging zur Straße. Ich blieb, wo ich war. Wortlos machte er kehrt, packte meinen Arm und schob mich voran. Mindy machte den Schluß. »Jake?« fragte sie mehrmals.
Der Wagen stand schief unter einer Straßenlaterne. Bisher hatte ich der grellen Sonne wegen nie genau hingesehen, und so bemerkte ich erst jetzt, was mir bis jetzt entgangen war: im Laufe der Reise hatten wir das Auto böse zugerichtet. Das Heck war eingedrückt, ein Rücklicht fehlte, die vordere Stoßstange ebenfalls, und der Lack war an beiden Seiten arg zerschrammt. Als Jake die Tür öffnete, gähnte uns grundlose Dunkelheit entgegen, es roch stark nach Katze, und wir versanken knöcheltief in Bonbonpapier und leeren Zellophantüten. Eine Dose Pepsi Cola rollte auf die Fahrbahn und schepperte in den Rinnstein. Ich machte mich von Jakes Griff los und trat zurück. »Einsteigen«, befahl er.
Ich schüttelte den Kopf.
»Bitte, Charlotte, steigen Sie ein.«
»Nein«, sagte ich.
»Bitte, Charlotte, da kommen Leute, machen Sie keine Szene. Sie wollen doch nicht alles noch schlimmer machen, wo ich mich sowieso schon so elend fühle? Bitte, steigen Sie ein und benehmen Sie sich ganz normal.«
»Du Idiot, wie soll sie sich denn normal benehmen, wenn sie eine ... eine ... wie heißt das doch ... eine Geisel ist«, fauchte Mindy.
Und doch, mir kam alles ganz normal vor. Ich rutschte die Bank entlang auf meinen Platz, ich legte die Hände über der Handtasche zusammen. Jake kam als nächster angerutscht.

Mindy placierte ihren Bauch hinters Lenkrad und schlug die Tür zu. Na also. Da wären wir ja wieder. Nie im Leben war ich mir so beengt und jämmerlich vorgekommen.
»Laßt mich jetzt nachdenken«, sagte Jake.
»Dann denk mal drüber nach, daß ich als Mittäterin verhaftet werden könnte!« sagte Mindy.
»Wirst du mich endlich in Ruhe lassen?«
»Mein Kind könnte im Gefängnis zur Welt kommen, und alles, ohne daß ich weiß, weshalb eigentlich.«
»Also Mindy«, erwiderte Jake gereizt, »selbst der Dümmste hätte inzwischen was merken müssen. Wozu, glaubst du, sind die rechten Türen mit einer Kette verschlossen?«
»Fürs Rennen selbstverständlich! Du machst vor dem Rennen die Türen oft genug mit Ketten fest.«
»Aber wir befinden uns doch ganz offensichtlich nicht bei einem Rennen, Mindy.« Er wies knapp mit dem Daumen auf den Zündschlüssel. »Laß den Schlitten an.«
»Und wohin, bitte?«
»Irgendwohin, wo wir Charlottes Scheck einlösen können, zu einer Bank, die freitagsabends auf hat.«
»Aber –«
»Legst du nun noch Wert auf meine Gesellschaft oder nicht?«
Mindy ließ den Motor an und fädelte sich in den Verkehr ein. Hier fuhren die Leute so gleichmäßig langsam und träge, daß es war, als ließe man sich in einen sanft strömenden Fluß sinken. »Ich täte gern was essen«, sagte Mindy.
»Das kommt später«, beschied sie Jake. Er saß zusammengesunken auf seinem Platz und beobachtete gleichgültig die Lichtreklamen. Zu mir sagte er: »Begreifen Sie das? Ein Kerl wie Oliver. So *cool*. Gelesen hat er im Knast, dauernd gelesen. Und nichts konnte an ihn ran. Und jetzt? Verheiratet, ein geregeltes Leben. Werdender Vater. So alt geworden, daß ich ihn nicht erkannt habe ... Aber mich hat er erkannt. Gleich. Ich habe mich nicht verändert.«
»Mir hat er ganz gut gefallen«, sagte ich.
»Das paßt zu Ihnen. So ein armes Schwein.«
»So arm kam er mir gar nicht vor.«
»Das sagen Sie bloß, weil Sie denken, Sie müssen.« Und zu Mindy gewandt: »Unsere Charlotte ist nämlich verheiratet.«

»Weiß ich schon.«
»Mit einem Prediger!«
Mindy hielt an einem Stoppschild.
»Stimmt doch, oder?« fragte Jake mich.
Ich nickte und betrachtete dabei ein Martiniglas aus Neonröhren, das sich unaufhörlich füllte und leerte.
»In der Sonntagsschule bringt sie den lieben Kleinen bei: ›Jesus liebt mich.‹ Und der jungen Gemeinde erklärt sie, wie man sich vor der Sünde hütet.«
»Das ist nicht wahr«, widersprach ich.
»Charlotte zankt sich nie mit ihrem Mann; Meinungsverschiedenheiten tragen sie dem Herrn im Gebet vor.«
»Reden Sie keinen Quatsch. Wir zanken uns fortgesetzt.«
»Ach!«
»Selbstverständlich.«
»Und worüber, bitte?«
»Das geht Sie nichts an.«
So was Albernes! Ich war den Tränen nahe. Aus unerfindlichem Grunde wurden mir die Augen feucht. Das ließ ich Jake selbstverständlich nicht merken. Ich stierte zum Seitenfenster hinaus. Wenn ich weinen muß, macht mich das wütend, und so sagte ich denn heftiger als gewöhnlich: »Wir streiten wegen allem und jedem. Dauernd hat er was an mir auszusetzen, er behauptet, ich ... er macht mir die blödesten Vorwürfe. Als er mal morgens zur Bibelstunde ging, rief ich ihm nach: ›Laß dir keine hölzernen Groschen andrehen‹, das ist doch eine bekannte Redensart, kein Mensch denkt sich was dabei, aber er hat mir das nachgetragen, ganze fünfzehn Jahre! Immer argwöhnt er irgendwelche Motive, die ich überhaupt nicht habe. Voriges Jahr ist wie jedes Jahr auf dem Platz, wo die Kinder im Herbst Drachen steigen lassen, ein Erweckungsprediger aufgetreten, in einem Zelt, und Saul war hinterher ganz verstimmt und einsilbig; er hätte es gar nicht richtig genießen können, sagte er, er hätte davon überhaupt nichts gehabt, weil er sich immerzu vorstellen mußte, was für Bemerkungen ich zu der Predigt gemacht hätte. Dabei war ich nicht einmal dabei! Und im übrigen würde ich so was nie tun, ich würde mich hüten ... Aber Saul behauptete: ›Ich habe deutlich deine Stimme gehört, deine kühle, sachliche Stimme. Nicht der kleinste Teil dieser Predigt ist mir ins Bewußtsein gedrungen. Wie soll ich damit fertigwerden?‹ Für ihn verkör-

pere ich inzwischen alles Böse. Für ihn bin ich die Sünde. Ich hab ihm gesagt: ›Ich muß doch nicht unbedingt zur Gemeinde der Holy Basis gehören, um ein guter Mensch zu sein. Kann ich denn dafür, daß ich nicht kirchlich gesinnt bin? Ich habe für die Kirche nichts mehr übrig, seit ich mit sieben Jahren ein Buch mit Bibelgeschichten für Kinder geschenkt bekam; da war immer bloß davon die Rede, daß Gott vor Zorn rast, daß man seine Kinder opfern soll, daß die Menschen stets und ständig im Unrecht sind. Mir hat das nicht gefallen. Es ist ja nicht so, als wäre ich ungläubig. Nur manchmal bin ich eben gläubig, dann wieder nicht, es kommt darauf an, wann man mich danach fragt. Der eigentliche Haken ist: Ich bin damit nicht einverstanden. Ich möchte nicht im gleichen Atemzug damit genannt werden. Es geht gegen meine Prinzipien. Ich sage immer: Ich bemühe mich, ohne das alles auszukommen und einfach so gut zu sein, und wenn man dabei auf die Religion verzichtet, ist es tatsächlich schwieriger. Ich sagte zu Saul: ›Wenigstens könntest du anerkennen, daß ich mir Mühe gebe ...‹«

»Weshalb hat er dann am Fernsehen ganz was anderes gesagt?« fragte Jake.

Es fiel mir nicht leicht, meinen Gedankengang zu unterbrechen, und ich sagte bloß: »Was?«

»Er hat am Fernsehen gesagt, Sie sind eine gute Ehefrau.«

»Ach nein, wirklich? Hat er das? Ach, bestimmt meinte er damit bloß, daß ich keine Bank ausrauben würde.«

»Warum hat er das dann aber nicht ausgesprochen?« beharrte Jake.

»Gesagt hat er: ›Sie ist eine gute Ehefrau!‹«

Ich schaute ihn an.

»Vielleicht sieht er jetzt, wo Sie weg sind, die Sache anders«, meinte Jake. »Oder, das ist sogar noch wahrscheinlicher: Sie haben sich von Anfang an in ihm geirrt. Vielleicht hält er Sie wirklich für eine gute Frau und zweifelt daran, daß es auf seiner Seite tatsächlich so weit her ist mit dem Gutsein. Haben Sie da schon mal dran gedacht?«

»Nicht direkt.«

»Ah, Frauen«, sagte Jake. »Die begreifen die einfachsten Sachen nicht.«

Wir rollten schweigend dahin, eine Allee aus Lichtern entlang, so matt und zugleich blendend wie aufgereihte Perlen.

14

Eines Morgens im Herbst 1974 stand ich verträumt an der Spüle in der Küche und rührte den Kakao für Jiggs an, als Mama sagte: »Charlotte, ich fühle mich gar nicht besonders.«

»Ach«, sagte ich und langte nach dem Löffel. Und dann: »Was hast du denn, Mama?«

»Ich fühle mich gar nicht besonders.«

»Vielleicht eine Grippe?«

»Es ist wohl was Schlimmeres.«

»Aha«, bemerkte ich und rührte im Kakao. Blasen stiegen auf und kreiselten im Gefäß. Dann sagte ich: »Hm, ja... der Arzt... gehen wir zum Arzt.«

»Ich fürchte mich vor dem Arzt.«

Ich legte den Löffel beiseite und sah zu, wie die Blasen langsamer und langsamer kreisten. Dann blickte ich mehr zufällig zu meiner Mutter hin, die in ihrem Gartensessel saß und den Leib umklammerte. Sie sah wirklich nicht gut aus. Ihre Züge waren schärfer geworden, die Augen standen irgendwie enger beieinander, und wie sie die Schultern hielt, gefiel mir nicht. »Mama?« sagte ich.

»Mit mir stimmt was nicht, Charlotte.«

Ich ließ uns von Julian zum Arzt fahren. Vor dem Abend lag sie bereits im Krankenhaus, um acht Uhr früh am nächsten Tag war sie operiert. Ich lag wartend auf einem Sofa, dessen Kunststoffbezug mir an den Kniekehlen klebte. Als Dr. Porter und der Chirurg hereinkamen, setzte ich mich auf und machte dabei ein Geräusch, wie wenn man Heftpflaster abreißt. Als erster trat der Chirurg heran und schien sich heftig für ein Stilleben zu interessieren, das hinter meinem Kopf hing. »Wir haben sie gleich wieder zugemacht«, sagte er über die Schulter hinweg. Seine Wortwahl mißfiel mir. Also schwieg ich trotzig und klammerte mich an meine Handtasche.

»Weiter konnte man nichts tun«, sagte Dr. Porter. »Wirklich. Es tut mir sehr leid.«

»Schon gut«, sagte ich.

»C. A.«, sagte der Chirurg.

»Oh, ja. Herzlichen Dank jedenfalls.«

»Sie dürfen nachher zu ihr«, sagte Dr. Porter. »Sind Sie allein da?«

»Saul kommt später.«
»Nun ja. Wir hören voneinander.«
Ich sank auf das Sofa und sah den beiden nach. Wenn man in Schuhen mit solchen dicken Sohlen ging, mußte das doch sein, als watete man durch Sand? Jetzt bemerkte ich Saul, der mit strahlender, aber abwesender Miene durch den Korridor heranstürmte. Er lief an mir vorüber, blieb stehen, strich über seine Stirne, kehrte um. »Was ist C. A.?« fragte ich ihn.
»Krebs.« Er setzte sich.
»Ah. Ja, natürlich.«
Er öffnete die Bibel an der Stelle, wo das Lesezeichen eingelegt war. Als er die Seite halb heruntergelesen hatte, hielt er inne und sah zu mir herüber. Wir schauten einander ausdruckslos an wie Menschen, die aus den Fenstern von Zügen starren, die einander gegenüber halten.

Nach Mutters Entlassung aus dem Krankenhaus wurde ihr Schlafzimmer zum Mittelpunkt des Hauses. Sie war zu krank, um aufzustehen, wollte aber auch um keinen Preis allein sein. In jenem weitläufigen, düsteren Zimmer mit den verschlissenen seidenen Vorhängen und den Möbeln mit den gekrümmten Füßen lernte Jiggs Rechtschreibung, führte Miss Feather die Bücher, fertigte Linus Miniaturschaukeln an und hängte sie in die Zweige seiner Bonsaibäumchen. Und Mama saß gegen einen Berg von Kissen gelehnt, denn das Liegen machte ihr Beschwerden. Sie schlief auch aufrecht sitzend, richtiger, sie verbrachte so die Nächte, denn einerlei, wann in der Nacht ich bei ihr hereinschaute, immer saß sie aufrecht, und die TEXACO-Reklame warf ihr Licht über das Gesicht mit den stets wachsam blickenden Augen. Knochen, die seit fünfzig Jahren unter Fett verborgen gelegen hatten, wurden plötzlich sichtbar.
»Wann darf ich aufstehen?« fragte sie anfangs.
»Bald, bald«, sagten wir. Ich fand das feige, Saul jedoch meinte, wir sollten sie schonen, solange es ginge. Darüber gab es mehrmals Streit. (Dieses Krankenlager brachte überhaupt alle unsere Meinungsverschiedenheiten ans Licht.) Dann fragte sie mich eines Tages eindringlich: »Bitte, Charlotte, sag mir jetzt, ab wann mit einer Besserung zu rechnen ist.«

Es war ein Sonntag, ein strahlender Sonntag im Dezember, und Saul war außer Haus. Einziger Zeuge war Amos, der Noten auf einem Stuhl stapelte. Ich holte tief Luft und sagte: »Es ist, glaube ich, nicht mehr mit einer Besserung zu rechnen, Mama.«
Meine Mutter verlor alles Interesse an diesem Gespräch und drehte das Gesicht zur Seite. Sie glättete die Troddeln am Bettüberwurf. »Vergiß nicht, den Farn zu wässern«, sagte sie.
»Bestimmt nicht, Mama.«
»Im Traum habe ich schon gesehen, daß die Spitzen bräunlich wurden.«
»Das sind sie aber nicht.«
»Dr. Porter ist ein sehr vornehmer Mensch, aber dieser Chirurg ... der war mir zuwider«, sagte sie. »Lewis? ... Loomis? Ich wußte gleich, der taugt nicht viel. Wollte sich einschmeicheln bei mir, Witze hat er gemacht, die Hände in die Taschen gesteckt – und die ganze Zeit hat er nur daran gedacht, wie er mir in den Eingeweiden herumwühlt. Wir müßten ihn verklagen, Charlotte.«
»Das können wir nicht, Mama.«
»Und ob wir das können. Ich will meinen Anwalt sprechen.«
»Du hast keinen«, gab ich zu bedenken.
»Ach dann ... ja dann lassen wir es lieber.«
Sie sank ein wenig zurück. Ich meinte, das Gespräch habe sie ermüdet, stand auf und sagte: »Warum schläfst du nicht ein bißchen? Ich bereite das Essen vor. Falls du was brauchst – Amos bleibt hier.«
»Ich brauche bloß eins: Ich will wissen, was mein Problem ist.«
Ich verstand nicht gleich. Ihr Problem? Woher sollte ich ihre Probleme kennen? Ich war ganz damit beschäftigt, hinter meine eigenen zu kommen. Doch dann erläuterte sie: »Meine Krankheit, Charlotte.«
»Du hast Krebs«, sagte ich.
Sie faltete die Hände auf der Bettdecke und regte sich nicht mehr. Jetzt wurde mir die Gegenwart von Amos bewußt. Er hatte einen Arm voll Noten sinken lassen und starrte mich an. Unter dem Stuhl lagen klaffend die Mokassins, die er abgestreift hatte. In einer seiner Socken bemerkte ich ein Loch, das

ich würde stopfen müssen. Die Gedanken kamen mir auffallend klar. »Zieh die Socke nicht mehr an, bis ich das Loch gestopft habe«, sagte ich zu ihm und ging hinaus.
Es kam eine Phase, während welcher Mama mich nicht sehen mochte, kaum antwortete, wenn ich sie ansprach, auch die anderen aus dem Zimmer wies: sie machten zuviel Lärm, verstreuten Apfselsinenschalen und Papierfetzen auf dem Fußboden. Nur Saul sollte bei ihr sein, ihr aus der dicken alten Familienbibel vorlesen, ausschließlich Psalmen. Was sonst noch in der Bibel vorgeht, mochte sie nicht hören – von Menschen, die zu Reisen an bestimmte Orte aufbrachen oder die bestimmte Zwecke verfolgten, von alledem wollte sie nichts mehr wissen. Saul las, bis er heiser war, dann kam er bleich und erschöpft herunter. »Ich habe mein Bestes getan«, sagte er dann wohl. Man hätte glauben können, es ginge um *seine* Mutter. Erst hatte er Alberta für sich gehabt, nun hatte er meine Mutter, und ich, ich hatte niemand!
»Was hätte ich sonst noch tun können?« fragte er.
»Wenn du das nicht weißt, wer soll es dann wissen?« entgegnete ich.
Ihr Schlafzimmer hing über unseren Köpfen wie ein riesiges, graues lenkbares Luftschiff. Sie hielt unsere Gedanken besetzt, ihre Abwesenheit erfüllte das Haus.

Ich gewöhnte mir an, das Atelier abends geöffnet zu halten. Man möchte nicht glauben, wievielen Leuten es gegen 10 oder 11 Uhr nachts einfällt, sich porträtieren zu lassen, wenn sie an einem Atelier vorüberkommen, wo noch Licht brennt. Sie blieben vor dem Erkerfenster stehen – einsame Teenager; Menschen, die an Schlaflosigkeit litten; Hausfrauen, die noch Bier holen gingen. Da starrten sie meine Porträts an, Gestalten, verkleidet, mit Albertas Plunder, verschwommene Umrisse, Produkte des Lichteinfalls bei den schadhaften Stellen im Balg von Vaters alter Kamera. Sie kamen herein und fragten: »Machen Sie immer solche Aufnahmen?«
»Was sonst?« fragte ich.
»Heißt das, Sie können mich auch ... so fotografieren?«
»Selbstverständlich.«
Und während ich die Platten einschob, sahen sie sich im Atelier um, ergriffen einen Muff aus Hermelin, einen Fächer aus Zelluloid, einen Dreispitz mit Goldborte ...

Manche Kunden fotografierte ich jede Woche. Es schien, daß sie dann jeweils eine besondere Gemütsverfassung befiel. Und der Jüngling von der Tankstelle, Bando hieß er, kam jeden Ersten, sobald er seinen Lohn hatte. Er war ein richtiger Gangstertyp, doch auf den Bildern kam er zu meiner Überraschung dank der Beleuchtung und Großvater Emorys Säbel jedesmal heraus wie ein Prinz, mit edlen Gesichtszügen, hauptsächlich um die Augen herum. Ihn selber überraschte das allerdings nicht im geringsten. Er besah sich tags darauf die Abzüge und machte dabei ein Gesicht, als erkenne er sich mühelos wieder, als habe er nichts anderes erwartet. Er kaufte sämtliche Bilder, die ich von ihm machte, und ging pfeifend davon.

Unsere Schlafgewohnheiten änderten sich. Oft brannte hinter den Fenstern bis in den frühen Morgen Licht. Es war, als fürchteten sämtliche Hausbewohner sich davor, ins Bett zu gehen. Julian war der einzige Nachtschwärmer, er war häufig mit Mädchen aus, wir anderen aber fanden stets Vorwände, nächtelang im Wohnzimmer zu sitzen – lesend, nähend, klavierspielend. Linus schnitzelte aus Streichhölzern Bettpfosten. Manchmal standen sogar die Kinder auf, und da sie auf meine Aufmerksamkeit rechnen durften, hatten sie wichtige Mitteilungen zu machen: Selinda brauchte ein Kostüm, das hatte sie vergessen mir zu sagen. Jiggs brachte die ersten kleinen Wortspiele an, die er in der Schule gelernt hatte:

»Diekuranntebissivielindievertifunk.«

»Ha, ha«, sagte ich.

»Verstehst du?«

»Oh ja, ich verstehe«, und ich küßte die kleine Kerbe, in welcher seine Nasenwurzel endete.

Im Oberstock lehnte meine Mutter in den Kissen wie eine uralte, majestätische Herrscherin und lauschte ihrem Hofpsalmisten.

Dann aber verbannte sie ihn. Eines Mittags schimpfte sie so laut mit ihm, daß wir alle es hörten; und gleich darauf kam er mit seinen schweren, zögernden Schritten die Treppe herab und ließ sich auf den Stuhl am Kopfende des Tisches sinken.

»Du sollst zu ihr kommen, Charlotte«, sagte er.

»Was ist denn?«

»Sie sagt, sie ist müde.«

»Wovon denn?«

»Ich weiß nicht. Müde eben. Reich mal den Brotkorb rüber, Amos.«
Ich ging hinauf. Mama saß in die Kissen gelehnt, mit verkniffenen Lippen wie ein schmollendes Kind. »Mama?«
»Bitte, bürste mir das Haar.«
Ich nahm die Bürste zur Hand.
»Diese Psalmen!« sagte sie. »Man soll es nicht glauben. Erst erhebend, dann niederdrückend, dann wieder erhebend.«
»Wir finden vielleicht was anderes für dich.«
»Selinda soll mein Schildpatthalsband haben. Das paßt gut zu ihren Augen. Ich sterbe jetzt.«
»Es ist gut, Mama«, sagte ich.

Das Jahr 1975 empfingen wir wie einen Feind. Keiner von uns erhoffte sich etwas davon. Saul verlor mehrere ältere Gemeindemitglieder durch die Grippe und war mehr außer Haus denn je. Die Kinder wuchsen ohne mich heran. Ich verbrachte meine Zeit mit der Pflege von Mama. Sie fand keine behagliche Lage, was sie aß, bekam ihr nicht. Manchmal gierte sie nach Dingen, die entweder zu teuer waren oder gerade nicht zu haben, und gelang es mir schließlich doch, etwas davon aufzutreiben, war ihr der Appetit darauf vergangen, und sie drehte das Gesicht zur Wand. »Nimm das Zeug weg, belästige mich nicht damit.« Tabletten halfen offenbar nicht mehr, darum bekam sie nun Injektionen von Dr. Sisk. Sie entwickelte eine Art, besorgt zu sein, die ganz erstaunlich ins einzelne ging. »Ich höre was in der Küche, Charlotte. Bestimmt ist es ein Einbrecher. Er ißt gerade den Rest Huhn, den du für mich aufheben wolltest.« Oder: »Warum ist Dr. Sisk nicht gekommen? Bitte, sieh auf seinem Zimmer nach. Er hat sich vielleicht das Leben genommen, wahrscheinlich hängt er an der goldenen Kette aus der Zederntruhe von einem Dachbalken.«
Ich beschwichtigte sie dann: »Es ist alles in Ordnung, Mama, wirklich.«
»Du hast leicht reden.«
Mir fiel ein, daß Mamas Tod meine Falle wieder öffnen würde, wäre ich wirklich jene versauerte alte Jungfer geworden, als die ich mich schon gesehen hatte. Nur hätte es jetzt nichts mehr genützt, bestimmt hätte ich unterdessen das Haus voller Katzen gehabt, von denen mich zu trennen mir

unmöglich gewesen wäre. Zeitungen bis zur Decke gestapelt. Banknoten in Matratzen versteckt.

»Ihr wartet bloß darauf, daß ich sterbe, damit eines von Sauls verirrten Schafen mein Bett haben kann.«

»Psst, Mama. Trink deine Brühe.«

Dann forderte sie mich eines Tages auf, ihre Schubladen auszuräumen. »Vielleicht ist da was drin, was verbrannt werden muß«, sagte sie. Ich zog Schublade um Schublade heraus und leerte alles aufs Bett: vergilbte Gummistrümpfe, Beutelchen mit Zitronenblättern, Rezepte aus Zeitschriften, Haarnetze, die an den Fingern hafteten. Sie kramte darin herum. »Nein, tu das wieder weg.« Was suchte sie wohl? Liebesbriefe? Tagebücher?

Sie tastete in der untersten Schublade herum, brachte etwas Braunes zum Vorschein und starrte es einen Moment an. »Da«, sagte sie dann, »verbrenn das.«

»Was ist es?«

»Verbrenn es. Falls nirgendwo im Haus ein Feuer brennt, zünd eins an.«

»Gut.« Ich nahm den Gegenstand – offenbar ein Etui für eine Porträtaufnahme – und legte ihn neben mich. »Soll ich die nächste Schublade holen?«

»Geh, Charlotte, verbrenn es!«

Wenn sie zornig wurde, krampfte sich ihr Gesicht um die Nase herum zusammen, wie von einer Schnur gezogen; endlich sah sie so alt aus wie sie war: 74, ausgehöhlt, eingefallen wie ein schlaffes Kissen. Sie drohte mit einem weißen Zeigefinger: »Rasch!«

Ich ging, doch kaum aus dem Zimmer, sah ich mir an, was sie mir gegeben hatte. Das Etui trug den Aufdruck GEBR. HAMOND ALTEINGEFÜHRTE PHOTOGRAPHEN – also keine hiesige Firma. Das Etui war billig, Material wie Herstellung. Die Ecken paßten nicht genau aufeinander.

Drinnen war ein Bild der echten Tochter meiner Mutter. Weshalb mir das blitzartig klar war, weiß ich nicht. Vielleicht lag es an der Augenpartie – die hatte etwas Helles, Erwartungsvolles, Dreieckiges. Vielleicht waren es die Grübchen in den Wangen oder das fröhliche, überschäumende Lachen. Als das Bild gemacht wurde, dürfte sie nicht älter als zehn Jahre gewesen sein, vielleicht jünger. Es war ein Foto auf außergewöhnlich dünnem Papier, und das Mädchen blickte nicht in

die Kamera. Man sah nur den Kopf, am Hals eine einzelne Rüsche, ein Stück Band, mit dem das hellblonde Strubbelhaar gehalten wurde.
Wann hatte meine Mutter sie entdeckt? Warum hat sie ein Geheimnis daraus gemacht?
Ich ging mitsamt dem Bild in mein Schlafzimmer, verriegelte die Tür, setzte mich in den Ohrensessel und musterte das Foto eingehend. Dabei empfand ich es als seltsam, daß ich mich diesem kleinen Mädchen irgendwie verbunden fühlte. Mir war, als kannte ich sie. Wir hätten Freundinnen sein können. Das ungepflegte Haar und die kitschige Rüsche ließen vermuten, daß sie bei einfachen Leuten aufgewachsen war, bei Wanderarbeitern vielleicht oder auf einem Wohnwagenplatz. Ganz gewiß war sie auf Rädern großgeworden, nie seßhaft gewesen, unstet, ruhelos, und befand sich seit Jahren nicht mehr in der Nähe. So hätte auch ich leben mögen. Tatsächlich war dies mein Leben, nur lebte sie es, und ich lebte das ihre, verheiratet mit ihrem wahren Ehemann, befaßt mit der Erziehung ihrer echten Kinder, belastet mit ihrer leiblichen Mutter.
Ich steckte das Foto in die Tasche (es zu vernichten kam mir nicht in den Sinn), und von Stund an wanderte es von Tasche zu Tasche und lag des Nachts unter meinem Kopfkissen. Sie war stets und ständig bei mir. Wenn ich jetzt durchs Haus strich, in der Hand warme Umschläge, die Bettpfanne oder den Franzbranntwein zum Einreiben, dann träumte ich mich in ihre leichtfertige, lustige Welt. Ich malte mir aus, wir würden einander eines Tages begegnen und uns erzählen, wie wir eine das Leben der anderen geführt hatten.

Meine Mutter wurde etwas wirr im Kopf, allerdings glaube ich, sie gestattete sich jetzt einfach unzusammenhängend zu denken, als eine Art Erholung sozusagen. Und wer in ihrer Lage hätte das nicht getan? Kam es darauf an, konnte sie so klar denken wie eh und je, doch in ihrer Anwesenheit wußte niemand recht was zu sagen, die Kinder verstummten, sogar Saul fand Vorwände, hinauszugehen. Also blieben Mama und ich allein miteinander – wie in der guten alten Zeit. Mama starrte an die Wand und nickte, ich nähte Abzeichen an Selindas Pfadfinderuniform. Kleine grüne Stiche, mit denen ich die verschwimmenden Erinnerungen meiner Mutter festhielt. Ich dachte an alles, was es in einem Hause zu tun gibt, in dem ein Kind heranwächst – Nähen und Kochen, Märchenerzählen, Fiebermessen, Geburtstagstorte backen, zum Zahnarzt und zum Kinderarzt gehen. Das alles hatte meine Mutter fertiggebracht, obwohl bereits in mittleren Jahren behaftet mit Krampfadern, geplagt von überhöhtem Blutdruck, so unförmig und scheu, so scheu, daß sie sich schon Tage vorher fürchtete, wenn es nötig wurde, mir etwa für die Schule neue Schuhe zu kaufen. Das alles hatte ich bislang niemals so recht bedacht. Mir war, als hätte das Foto des kleinen Mädchens mich in irgendeiner Weise befreit, mir erlaubt, den nötigen Abstand einzunehmen, um endlich ein unverzerrtes Bild meiner Mutter zu gewinnen.

»Er hatte noch nie ein Mädchen geküßt«, sagte sie. »Ich mußte ihn als erste küssen, und darüber war er richtig erleichtert.«

»Ach, wirklich, Mama?«

»Du denkst sicher, wir haben mit dir vieles falsch gemacht.«

»Oh nein.«

»Eine glückliche Kindheit haben wir dir nicht bereitet.«

»Aber was sagst du da, Mama, ich war ein glückliches Kind.«

Vielleicht war ich wirklich eins gewesen? Wer weiß das schon?

»Und er roch immer nach Kaugummi Marke Juicy Fruit. Dieses Aroma habe ich stets für ordinär gehalten.«

»Ich auch.«

»Mein Bruder kommt kaum noch zu Besuch.«

»Er ist gestorben, Mama, das weißt du doch.«

»Selbstverständlich weiß ich das. Wofür hältst du mich?«

»Tante Aster hat dir eine Anzeige geschickt.« Sie zuckte, wie um eine Belästigung abzuwehren.

»Wenn du magst, lese ich sie dir vor.«

Sie fragte: »Wie lange soll ich mich noch von meinem Körper tyrannisieren lassen? Wann werde ich endlich diesen Leib los?«

»Ich weiß nicht, Mama.«

»Bring mir meine Zigaretten.«

(Sie rauchte nie.)

Ich legte meine Handarbeit weg und schlüpfte aus dem

Zimmer. Manchmal mußte ich das einfach tun. Ich ging rasch die Treppe hinunter, entschlossen, gar nichts zu denken und einen kühlen Kopf zu bewahren. Im Wohnzimmer stieß ich dann aber auf herumliegende Zeitschriften, abgestreifte Schuhe, auf Linus' Puppenstuhlbeine, die wie Nudeln aus dem Fußboden ragten, auf Amos, der sich mit der Zeitung auf dem Sofa flegelte. Ich blieb stehen und preßte die Hand gegen die Stirn. Amos blickte auf.
»Soll ich eine Weile zu ihr gehen?« fragte er.
»Nein, laß nur.«
»Bist du nicht müde?«
»Nein.«
Er sah mich prüfend an. »Ich lerne dich jetzt überhaupt erst richtig kennen«, bemerkte er einmal.
Mir war so, als kenne er mich auch jetzt nicht.
Denn ich war wie taub, ich beobachtete mein eigenes Leben ungerührt wie eine Frau aus Eis, Amos aber hielt mich für stark und tapfer. Das hat er mir gesagt, tausendmal, wenn er in Mamas düsterem Schlafzimmer nach mir sah, mir Kaffee brachte, mich spazieren schickte in eine Welt, die wunderbarerweise einen Sommer erlebte. Dann blieb er wohl einmal stehen und sagte: »Ich weiß nicht, wie du das schaffst.«
»Da gibt es nichts zu schaffen.«
»Und ich habe bisher geglaubt, daß du bloß schön bist«, sagte er nun.
»Was hast du?«
»Ich verstehe dich nicht. Ich sehe, daß alle nach dir greifen, daß jeder sich ein Stück von dir nimmt, und trotzdem wird es nicht weniger. Sie hängen sich an deine Röcke, und du gehst nicht einmal langsamer. Und dabei bist du es, die Mama die Wahrheit sagte, ich habe es selber gehört. Du hast es laut und deutlich ausgesprochen: Krebs. Du segelst durchs Haus wie der Mond durch die Wolken, du bist stärker als alle anderen zusammen ...«
Ich hätte widersprechen sollen (oder ihn auslachen). Statt dessen sagte ich nur: »Nein ...«, und schwieg. Da legte Amos die Zeitung beiseite, erhob sich vom Sofa, umfaßte meine Schultern und küßte mich. Das geschah so langsam und überlegt, daß ich ihn jederzeit hätte hindern können, doch tat ich das nicht. Seine Lippen waren weicher als die von Saul, seine Hände wärmer. Er war nicht so hager, gehetzt und

heftig wie Saul, und er ließ mich begreifen, daß alles viel einfacher ist, als ich angenommen hatte.

Mein Leben bestand nur noch aus Träumen, die Wirklichkeit hatte sich vollkommen verflüchtigt. Mama fiel in Umnachtungen, aus denen man sie nicht wecken konnte. Die Kinder glichen verblichenen Skizzen ihrer selbst. Meine Kunden kamen und gingen im Atelier, höchst sonderbar ausstaffiert mit Federboas, Zylinderhüten, militärischen Orden. Saul redete nicht mehr mit mir, doch wenn ich nachts erwachte, sah ich ihn manchmal reglos auf der Bettkante sitzen und mich betrachten.

Amos erwartete mich in leeren Zimmern, auf dem heißen Dachboden, auf dem Absatz einer abgelegenen Treppe. Man hätte uns jederzeit ertappen können, und deshalb waren wir äußerst zurückhaltend; doch konnte er mich wie an der Angelschnur zu sich heranziehen, ohne auch nur den Finger zu rühren. Der Sommer ging zu Ende, und Amos' Haut hatte einen Schimmer wie von Bronze. Sein Gesicht war glatt und wirkte gutgenährt. Hob er mich in seinen Armen auf, kam es mir vor, als ob meine Sorgen am Boden blieben wie unförmige Stiefel aus Blei.

Ich glaube, ich liebte ihn, weil er nicht Saul war. Oder ein jüngerer, glücklicherer Saul. Er schleppte keine Last verjährter Sünden und Missetaten mit sich, und dafür liebte ich ihn.

»Ich begreife, daß du jetzt nicht von hier weg kannst«, sagte er, »aber sobald das mit deiner Mutter vorbei ist, gehen wir fort von hier.«

Wirklich, er hatte nicht verstanden. Ich wäre jederzeit mit ihm weggelaufen, hätte all die Verwicklungen, den ganzen alten Wust hinter mir gelassen und ein neues Leben begonnen. Aber ich wollte dem Bild treubleiben, das er sich von mir gemacht hatte, und darum nickte ich bloß.

»Wir werden in einer Stadt spazierengehen, wo wir beide nie zuvor waren. Man wird mich fragen: Wo haben Sie diese schöne Frau gefunden? Und ich werde antworten, sie hat bisher geschlafen. Sie hat auf mich gewartet. Mein Bruder hat sie für mich gehütet.«

Wir blickten einander an. Wir waren doch beide nicht grausam, im Gegenteil, Amos und ich waren gutmütige

Menschen. Warum also machte uns dies solches Vergnügen? Meine Verworfenheit gab mir Auftrieb und beflügelte mich. Schwebte ich an einem Spiegel vorüber, sah ich mich von einer schönen Frau begleitet; Lichtkringel im Haar, unergründliche Geheimnisse im Blick, das zigeunerhafte Gewand ein Farbfleck im Halbdunkel. Begegneten Amos und ich uns auf der Straße, berührten sich unsere Hände, ließen einander los, strichen aneinander hin, während wir mit unbeteiligten Gesichtern daherschlenderten, ausdruckslos, innerlich glühend vor diebischer Freude.

Ich machte ein Porträt von Miss Feather in einem schwarzen samtenen Operncape, in der Hand eine silberne Pistole, in Wahrheit ein Tischfeuerzeug. »Das Porträt soll meine Großnichte La-Rue bekommen, die mich nie besucht«, sagte sie. »Machen Sie aber bitte mehrere Abzüge.«

»Gern.«

»Für meine anderen Großnichten. Die mich ebenfalls nie besuchen.«

»Bis morgen sind sie fertig.«

Es war Nacht, ich war müde. Mama dämmerte vor sich hin, und ich bemühte mich, mit meiner Arbeit fertigzuwerden. Es gelang mir kaum, die Kamera zu richten, alles war wie von feinen Regenbögen umrandet. »Ich gehe wohl doch lieber zu Bett«, sagte ich zu Miss Feather.

»Nein, einen Moment noch.«

»Ich bin aber hundemüde.«

»Und Saul? Ich meine... Saul ist seit kurzem ein ganz veränderter Mensch.«

»Wer wäre das nicht?«

Sie fummelte am Hals, legte den Umhang ab und warf sich mir entgegen, eine winzige, aufgeregte Person mit einer silbernen Pistole. »Hören Sie mir jetzt bitte zu. Ich wollte es Ihnen schon längst einmal sagen. Er ist schließlich Ihr Mann. Warum machen Sie nicht mal allein miteinander Ferien? Ich würde mich um die Kinder kümmern.«

»Ferien, Miss Feather? Für mich bedeutet es schon Ferien, wenn ich Mama eine Stunde alleinlassen kann.«

»Aber, meine Liebe...

»Haben Sie trotzdem herzlichen Dank für Ihr Anerbieten.«

Ich ging nach oben, streifte die Schuhe ab und ließ mich auf

dem Bettrand nieder. Saul war nicht da. Er hatte sich angewöhnt, in der Dunkelheit lange Spaziergänge zu machen. Ich war also ungestört und konnte in aller Ruhe das Abbild meines wahren Ich aus der Tasche holen. Es lächelte mich an, sorglos, leichtsinnig, doch meine Augen waren so müde, daß ich es nicht mehr zusammenreimen konnte. Es kam mir so vor, als wäre dieses Ich noch nicht zusammengesetzt worden, und zusammensetzen konnte ich es jetzt nicht.
Was ist am Ende aus dir geworden? Welche Art Erwachsene bist du jetzt?

Ende Dezember wurde Mama abgeholt und ins Krankenhaus gebracht. Ich hatte gehofft, dies ließe sich vermeiden, Dr. Porter meinte aber, es sähe allmählich höchst bedenklich aus. Auch sei zu vermuten, daß Mama davon nichts mehr wahrnehmen würde. Sie war nur noch selten bei Bewußtsein. Man hängte sie an Schläuche und schloß sie an Geräte an. Sie lag still, die Augen fest geschlossen. Ich stellte mir vor, daß sie das absichtlich machte, daß sie weder schlief, noch ohne Bewußtsein war, sondern mich vorsätzlich von sich fernhielt und mißtrauisch ihren geheimen Schatz hütete. Ich war eifersüchtig. Man wollte mich nach Hause schicken, ich blieb aber und umklammerte verstockt die Lehnen meines Sessels.
Amos brachte mir ein Riesensandwich, das nach herrlichem Alltag duftete. Da ich nicht mit ihm nach Hause gehen wollte, legte er es neben mich auf den Tisch und schlenderte durch den Korridor davon. Seine Mokassins machten ein sanft schmatzendes Geräusch auf dem Linoleum. Später erschien Julian, leicht tänzelnd und rastlos, gekleidet für einen Abend auf dem Rennplatz. Er überreichte mir eine Botschaft von Linus: *Ich kann Krankenhäuser nicht ertragen. Einfach unmöglich. Gehe mit den Kindern Pizza essen.* Ich bedankte mich bei Julian, und er tänzelte hinaus.
Dann erschien Saul auf der Schwelle, musterte aufmerksam das Zimmer, bevor er eintrat. Er ließ sich neben mir in einem zweiten Sessel nieder und zupfte dabei an den schwarzen Bügelfalten über seinen knochigen Knien. Dann reckte er den Kopf ein wenig ungelenk vor und flüsterte: »Hast du was gegessen?«
»Ja.«

Das Riesensandwich lag unberührt auf dem Tisch, allein der starke Geruch hatte mich gesättigt.

»Wie geht es ihr?«

»Unverändert. Du brauchst nicht zu flüstern.«

Er räusperte sich, legte die Bibel vor sich in den Schoß, nahm die Lesebrille zur Hand und polierte die Gläser mit seinem Schlips. Dann setzte er die Brille auf und schlug die Bibel auf.

Ich betrachtete von neuem meine Mutter. Sie erinnerte mich an einen geschrumpften Ballon; die Schläuche dienten dazu, sie am Boden zu halten, ohne die würde sie aufsteigen und zum Fenster hinaus entschweben. Ich mußte kichern. Mit einem Seitenblick wollte ich mich vergewissern, daß Saul nichts bemerkt hatte, doch schaute er nicht mehr in die Bibel, sondern starr vor sich hin. Seine Miene war finster.

»Saul?« sagte ich.

Er sah mich an.

»Fehlt dir was?«

»Ich sitze immerzu in Sterbezimmern«, sagte er. »Öfter als andere Geistliche.«

»Ja, das kommt mir auch so vor.«

»Vielleicht ist es eine Prüfung, weil ich mich nicht bewähre.«

»Tust du das nicht?«

»Ich weiß nie, was ich den Sterbenden sagen soll. Und ich mag Leute nicht, die sterben.«

»Ach, mach dir nichts draus«, beschwichtigte ich ihn.

»Manchmal denke ich, wir bekommen immer die gleichen Schularbeiten auf, wieder und wieder müssen wir die gleiche Erfahrung machen, bis wir es endlich begriffen haben. Die Dinge umkreisen uns, und wir bekommen sie nicht zu fassen.«

Ich dachte an ein Karussell mit niedlich gescheckten Pferden. Ich fand nichts dabei. Saul jedoch klappte hörbar die Bibel zu, neigte sich zu mir und schaute mir in die Augen. »Bis wir begriffen haben, sollten wir verzeihen, einen Strich ziehen, die richtige Wahl treffen, kurzum alles tun, was wir bisher versäumt haben.«

»Vielleicht hast du recht.«

»Jedenfalls rede ich mir das ein.«

»Ich verstehe.«

Ich fühlte mich ein wenig unbehaglich. Vielleicht spürte er

das, denn seine Haltung entspannte sich, er ließ sich im Sessel zurücksinken. »Das wollte ich dir nur gesagt haben«, schloß er.

»Ich verstehe«, wiederholte ich.

»Kommst du mit nach Hause, Charlotte?«

»Ich kann nicht.«

»Du weißt, deine Mutter wird nicht mehr wach. Du hast gehört, was Dr. Porter gesagt hat.«

»Ich kann nicht, Saul, wirklich nicht. Geh du nur schon.«

Und das tat er denn auch gleich darauf. Das Rascheln, das er beim Aufstehen und im Weggehen verursachte, reizte mich. Ich wartete mit abgewandtem Gesicht, daß er endlich hinausgehe. Er blieb lange an der Tür stehen, doch endlich war er fort.

Nun hatte ich Mama ganz für mich. Noch konnte ich sie nicht freigeben. Ich kam mir vor wie vor einer unlösbaren Mathematikaufgabe, mit der man es immer noch einmal versucht, stöhnend und fluchend, auf immer andere Art. Sie hatte mich verbraucht, abgetragen und nun starb sie, ohne auch nur eine einzige, wichtige Frage beantwortet, mir eine einzige Wahrheit gesagt zu haben, auf die es ankam. Ein unzugänglicher Berg dort auf dem Bett, unerschlossen. Ich war wütend.

Gegen Mitternacht sagte sie: »Es ist zu schwer auf meinen Füßen.«

Ich beugte mich über sie. Im bläulichen Nachtlicht erkannte ich die verengten, benommen blickenden Augen. »Mama?« sagte ich.

»Was drückt nur so auf meine Füße?« fragte sie mit brüchiger, trockener Stimme. »Und meine Arme sind irgendwo angebunden. Was ist denn nur?«

»Du bist im Krankenhaus«, erklärte ich ihr.

»Bitte, Charlotte, nimm die Decke von meinen Füßen oder was da liegt.«

»Bist du richtig wach, Mama?«

»Meine Füße!«

Ich stand auf und durchsuchte die Taschen in meinem Rock und in meiner Bluse, bis mir einfiel, daß ich das Foto in der Wolljacke hatte. »Sieh dir das mal an, Mama«, sagte ich und knipste die kleine Lampe über ihrem Kopfende an. Sie zuckte zusammen und kniff die Lider zu. Ich hielt das Foto vor sie hin. »Schau mal, Mama.«

»Es ist so hell!«
»Ja, und es ist wichtig. Wen stellt dieses Bild dar?«
Sie drehte den Kopf weg nach rechts und links, sie wehrte sich, öffnete aber immerhin die Lider einen Spalt. Dann schloß sie die Augen wieder. »Mich«, sagte sie.
»Wer ist das, Mama?«
»Ich sage doch. Ich bin das. Als Kind.«
Ich zog das Foto zu mir heran. »Weißt du das genau?«
Sie nickte teilnahmslos.
»Und ich dachte, es ist ein Bild deiner echten Tochter, du weißt, die, die bei der Geburt im Krankenhaus vertauscht wurde.«
»Im Krankenhaus?« Sie schlug die Lider wieder auf und ließ den Blick mühsam und unter gerunzelter Stirn über die im Schatten liegende Zimmerdecke wandern. »Ich habe nie eingewilligt, ins Krankenhaus gebracht zu werden.«
»Ich meine doch das, wo du entbunden hast, Mama. Du erinnerst dich – du hast ein Kind geboren?«
»Eine Überraschung war das.«
»Ganz recht.«
»Wie ein Geschenk. Eine Puppe aus der Schachtel.«
»Na ja...«
»Ich kann mir nicht vorstellen, wie es dazu kommen konnte. Was haben wir schon groß gemacht...«
»Darauf kommt es jetzt nicht an, Mama. Es handelt sich um das Kind. Du hast doch nie geglaubt, daß es dein eigenes war?«
»Es?« Sie schien entrüstet zurückzuweichen.
»Das war kein ›es‹, Charlotte, das Kind warst du!«
»Aber du hast immer behauptet, ich wäre im Krankenhaus vertauscht worden.«
»Wie käme ich dazu, so etwas zu sagen? Ach, das alles ist doch... es ist hier drinnen viel zu hell.«
Ich knipste das Licht aus. »Ich will es jetzt endlich genau wissen, Mama. Du hast also im Ernst nie geglaubt, daß ich ein fremdes Kind bin. Daß ich vertauscht wurde? Das ist dir niemals in den Sinn gekommen?«
»Niemals, niemals. Du mußt mich mißverstanden haben. Mag sein... ich weiß nicht...« Sie schloß die Lider. »Bitte, nimm die Decke von meinen Füßen.«
Mir wollte keine Frage mehr einfallen. Ich war ratlos. An

meinen Erinnerungen zweifelte ich keinen Moment, das nicht (oder fast nicht). Aber das Foto! Denn daß es ein Bild von Mama war, sah ich jetzt deutlich. Das war unbezweifelbar! Dabei hatte ich gerade in der Augenpartie soviel Ähnlichkeiten festgestellt zwischen mir und dem Mädchen auf dem Foto.
»Charlotte, meine Füße!«
Ich schob das Bild wieder in die Tasche, ging ans Fußende des Bettes, nahm den dort zusammengelegten Überwurf weg und legte ihn auf einen Stuhl. Ich setzte mich, behutsam den Schläuchen und Schnüren ausweichend, wieder zu meiner Mutter und legte meine Wange an die ihre, sanfter als ich es je im Leben getan hatte.

Sie starb wenige Tage später, und Saul hielt das Totenamt. Ihr Sarg kam mir merkwürdig schmal vor; am Ende hatte ich mir auch nur eingebildet, daß sie so füllig gewesen war?
Es kamen eine Menge Leute zur Beisetzung, denn sie war schließlich die Schwiegermutter des Predigers gewesen. Von mir hielten die Gemeindemitglieder nichts (ich besuchte die Nähstunde nicht, hatte nicht die richtige Einstellung und war, kurz gesagt, Sauls auf keine Weise würdig), doch waren alle freundlich und sagten, was man von ihnen erwartete. Ich antwortete, doch kam es mir so vor, als hörte ich meine Stimme irgendwo neben meinem rechten Ohr. Dieser Todesfall traf mich ganz überraschend; ich hatte jemand Wichtigeren verloren, als ich geglaubt hatte.
Nach der Beisetzung benahm ich mich besonders rücksichtsvoll; ich nahm alles, was man mir anbot: Tee von Miss Feather, eine Tasse nach der anderen; kleine Winterblumensträußchen von Dr. Sisk; sogar Sauls Gebete, die er zwar stumm darbot, weil er mich nicht reizen wollte, doch spürte ich dennoch, wie sie mich umschwirrten. Wenn ich nachts bei Jiggs am Bett saß (er litt eine Zeitlang unter Alpträumen), wachte Saul auf und kam, nach mir zu sehen; er stand dann in seinem zerknitterten Schlafanzug an der Tür und fragte:
»Alles in Ordnung?«
»Alles.«
»Ich dachte, vielleicht stimmt was nicht.«
»Oh, doch.«
»Als ich aufwachte, warst du nicht da.«
»Fehlt vielleicht dir etwas?« fragte ich.

»Nein, nichts.«
»Erkälte dich nicht.«
Er blieb dann noch einen Moment stehen, fuhr sich mit den gespreizten Fingern durch das Haar, machte endlich kehrt und taumelte zurück ins Bett.
Ich erkannte, daß wir alle in einem Netz hingen, dessen sich kreuzende Fäden Liebe und Bedürftigkeit und Furcht waren. Linus beobachtete uns ängstlich mit geneigtem Kopf; Amos füllte das Haus mit seiner Musik, Selinda schwebte, eine Halbwüchsige jetzt, frei und unbeschwert über dem Boden, berührte aber immer mal wieder überraschend festen Grund, wie um sich zu vergewissern, daß wir noch vorhanden waren. Und Julian ließ seine Hand gedankenverloren auf jemandes Schulter ruhen, als hätte er sie dort vergessen, schaute in eine andere Richtung und pfiff vor sich hin.
»Ich will dich nicht drängen«, sagte Amos.
Ich sah ihn an.
»Ich begreife, was du durchzumachen hast.«
Wir trafen uns jetzt niemals mehr in unbewohnten Zimmern; begegnete er mir zufällig allein und legte den Arm um mich, so war ich zerstreut und höchstens freundlich. Sein kariertes Baumwollhemd, auf dessen Ellenbogen ich Flicken gesetzt hatte – vor langer Zeit, als mir noch leicht ums Herz war –, stimmte mich traurig. Es sah aus, als nähme jeder sich des anderen an, aber so, daß Außenstehende kaum etwas davon bemerkten.
Und so überlebte ich. Backte Kuchen für sie. Wusch ihre Wäsche. Fütterte ihren Hund. Betrat eines Abends wieder das Atelier und versank in dem Geruch von Arbeit, einem satten, tröstlichen Geruch von Chemikalien, Hochglanzpapier und dem körnigen uralten Gußeisen des Kamerastativs. Ich schaltete alle Lampen an und nahm das Schild GESCHLOSSEN aus dem Fenster. Keine zehn Minuten später kam der Jüngling von der Tankstelle. Er wolle genauso fotografiert werden wie Miss Feather, sagte er, mit Samtumhang und Pistole. Ob das möglich sei? Ob der Umhang passe, die Pistole echt sei?
»Selbstverständlich ist sie echt«, versicherte ich. »Man sieht sie, man spürt sie. Sie ist echt.«
»Nein, ich meine –«
»Setzen Sie sich neben die Lampe da.«
Kaum war er weg, entwickelte ich die Bilder. Es war gut,

wieder zu arbeiten. Als ich mit den tropfenden Abzügen aus der Dunkelkammer kam, stand Amos da. Er lehnte im Türrahmen und beobachtete mich. »Amos!« sagte ich.
»Du fängst also wieder an zu arbeiten.«
»Tja... es war bloß Bando von der Tankstelle.«
Ich hängte die Abzüge zum Trocknen auf. Bandos Gesicht schaute auf mich herab, edel und reglos, wie in Bernstein eingeschlossen. »Ulkig, nicht? In Wirklichkeit sieht er längst nicht so gut aus. Mein Vater würde solche Porträts nicht billigen: sie sind nicht wirklichkeitsgetreu, würde er sagen.«
»Weshalb redest du jetzt von deinem Vater?«
»Nun ja...«
»Dies Atelier ist dein Atelier, seit... sechzehn, siebzehn Jahren, fast solange wie es seins gewesen ist.«
»Nun ja... aber...« Ich wandte mich ihm zu und sah ihn offen an.
»Das stimmt.«
»Und trotzdem bist du immer von neuem überrascht, wenn sich jemand von dir porträtieren lassen will. Jedesmal mußt du dich entschließen – soll ich, soll ich nicht? Ein Provisorium von siebzehn Jahren, Herr im Himmel!«
Jetzt endlich merkte ich, daß er zornig war. Aber weshalb nur? Ich wischte die Hände am Rock ab und trat zu ihm.
»Amos?«
Er wich zurück. Ganz plötzlich war er verstummt.
»Du willst also nicht mit mir fortgehen, Charlotte.«
»Fortgehen –«
Ich erkannte, daß er recht hatte.
»Du bist zufrieden mit dem, was du hast. Schneewittchen mit den vier Zwergen.«
»Nein, vielmehr – ach Amos, seit kurzem kommt es mir vor, als wäre ich hier mit allen möglichen Leuten viel enger verbunden, als mir bewußt war. Merkst du das nicht auch? Wie soll ich mich daraus lösen?«
»Ich hatte angenommen, es ginge nur um deine Mutter«, sagte er. »Ich war der Meinung, du würdest gehen, sobald du keine Pflichten mehr ihr gegenüber hast. Aber da habe ich mich wohl geirrt, wie es scheint. Du bist jetzt frei, du könntest gehen, aber das war, genau betrachtet, wohl immer so, nicht wahr? Du hättest an jedem x-beliebigen Tag deines Lebens

aufbrechen können, doch du hast immer darauf gewartet, daß jemand dir einen Schubs gibt. Du bist passiv, Charlotte, träge. Du bleibst, wo man dich abstellt. Hattest du wirklich jemals die Absicht, fortzugehen?«
Ich traute meiner Stimme nicht recht, doch sie funktionierte. »Selbstverständlich hatte ich die.«
»Dann kann ich dich nur bedauern.« Ich spürte aber, daß er mich nicht im geringsten bedauerte. Er sah von seiner Höhe auf mich herab, ohne den Kopf zu neigen. Die Hände hielt er in den Taschen zu Fäusten geballt. »Du hast nicht nur mich an der Nase herumgeführt, sondern auch dich selber. Ich kann jederzeit weg, aber du hast dich hier begraben lassen, ja, du hast selber noch Erde auf dein Grab geschaufelt. Von Jahr zu Jahr stellst du weniger Ansprüche, läßt du dir mehr gefallen. Du gehörst zu den Leuten, die Nachsicht für eine Tugend halten, bewunderst dich dafür, daß du jeden nach seiner Fasson selig werden läßt – jeder mag tun, wie ihm beliebt, sagst du, und wenn er andern dabei auf die Zehen tritt, und wären es deine eigenen – nun ja, das muß man hinnehmen …«
Er verstummte, vielleicht meines Gesichtsausdrucks wegen. Vielleicht hatte er auch nichts mehr zu sagen. Er zog eine Faust aus der Tasche und fuhr sich mit dem Handrücken über die Lippen.
»Vielen Dank jedenfalls für das gute Beispiel«, sagte er. »Ich verschwinde, bevor mir das Gleiche passiert.«
»Amos?«
Aber er war schon weg, kein Zögern, kein Blick zurück. Ich hörte die Tür zufallen. Ich wußte nicht, was ich nun als nächstes tun sollte. Verstört und ratlos schaute ich um mich – auf die verstaubten Apparate, den angehäuften Plunder, auf Albertas Möbel, die (wie ich jetzt einsah) niemals aussortiert werden würden, wie Saul versprochen hatte, sondern sich bereits mit unseren eigenen Sachen vermischt hatten. Ich sah abbruchreife Gebäude auf der anderen Straßenseite: den Trödlerladen, den Zeitungskiosk, Pei Wings Schneiderstube, den Schnapsladen … kein einziges Wohnhaus weit und breit, wenn man's recht betrachtete. Alle waren weggezogen, nur wir waren hier gestrandet zwischen AMOCO und TEXACO. Ich blieb lange dort stehen, wie in Trance, und sah dem einsetzenden Schneegestöber zu. Anfangs rieselte der Schnee so still und schnurgerade vom Himmel, daß man nicht sagen konnte:

fällt Schnee, oder hebt sich das Haus, schwebt es unmerklich in die sternenlose, blaue Nacht hinauf?

Nach Amos' Abgang wurde ich plötzlich sehr tätig. Alles mögliche war zu erledigen. Ich bereitete mich zum Aufbruch vor.
Es fing damit an, daß ich Kleider, Bücher, Nippes und Bilder entfernte. Möbel schleppte ich über die Straße zum Trödler. Pei Wing bekam den Gartensessel meiner Mutter, Sauls Chorleiter bekam die Grünpflanzen, der Kirche stiftete ich das gute Geschirr. Teppiche, Gardinen und Schondeckchen warf ich weg. Püppchen samt Möbel verschwanden in Kartons auf dem Dachboden. Mir schwebte ein Haus vor, so kahl und blank wie ein gebleichter Schädel. Aber es war dann doch weniger einfach, als ich gehofft hatte. Linus zum Beispiel fertigte immer neue Püppchen an. Auch die packte ich weg. Auf dem Flügel türmten sich immer neue Schichten von Zeitschriften, und die Tasten bekamen Ableger. Ich ließ das Instrument von der Heilsarmee abholen. Aus den Zimmern der Kinder quollen unzählige Gegenstände ins Treppenhaus; ich hielt sie auf. Erstaunlicherweise fragte niemand, wo die Möbel blieben.
Der Salon verwandelte sich in eine lichte, tapezierte Höhle, bestückt mit einem Sofa, zwei Sesseln, einer Stehlampe und ausgebleichten Rechtecken an den Wänden, wo zuvor Bilder gehangen hatten. Das reichte mir aber immer noch nicht. Mißmutig wandelte ich mit hallenden Schritten durch die Räume, seit neuestem in einen engen, grauen, unkleidsamen Rock gewickelt, den ich dem Mülleimer entrissen hatte, und sah zu, wie Jiggs in Socken auf dem nackten Parkett schlitterte.
Als nächstes machte ich mich von meinen Mitmenschen frei. Ich nahm den Telefonhörer nicht ab, grüßte Bekannte nicht mehr, ließ mich beim Einkaufen in keine Gespräche mehr ein. Sah ich auf der Straße jemanden auf mich zukommen, den ich kannte, sank mir das Herz; sogleich wechselte ich hinüber auf die andere Straßenseite. Niemand sollte mich belästigen. Mit ihren ewigen Fragen und Bemerkungen, ihrem Klatsch und ihren Erkundigungen nach meinem Befinden raubten diese Leute mir Unmengen an Zeit. Ich sollte meine Kräfte als Elternbeirat und auf Wohltätigkeitsveranstaltungen veraus-

gaben. Weil Selinda bei einer Schulaufführung mitwirkte, mußte ich geschlagene zwanzig Minuten herumsitzen und an meinen Knöpfen fummeln, bis endlich der Vorhang aufging. Was scherte mich Selinda eigentlich? Wenn ich so weitermachte, würde aus meinem Aufbruch nie etwas werden.
Das Atelier auszuräumen, würde erhebliche Schwierigkeiten bereiten, also versperrte ich es kurzerhand. Wenn ich im Wohnzimmer saß, hörte ich gelegentlich Leute an die Tür klopfen und nach mir rufen: »He, wird denn hier nicht mehr fotografiert? Sie da, die Dame mit der Kamera, arbeiten Sie nicht mehr? Ich muß unbedingt geknipst werden!« Das hörte ich mir an, die Hände im Schoß gefaltet. Es überraschte mich, wie viele Leute darauf rechneten, von mir fotografiert zu werden. Ich erlebte überhaupt manche Überraschung. Der Tumult hatte sich gelegt. Über den Gewässern meines Lebens herrschte Ruhe, man konnte bis auf den Grund sehen.
Das konnte allerdings nur ich. Die Familie ließ mir keine Ruhe, hetzte mich. Alle glaubten, ich hätte noch übrig, noch abzugeben. Ich mühte mich redlich, ihnen klarzumachen: »Von jetzt an müßt ihr ohne mich fertigwerden.« Sie sahen mich nur verständnislos an. Schneid mir die Haare, näh mir den Knopf ans Hemd, hieß es. Saul versuchte immer von neuem, sinnlose Gespräche anzuknüpfen. In Wahrheit hatte er mich doch bloß geheiratet, weil er sah, daß ich meine Mutter nicht allein ließ, daß ich nie den Mut haben würde fortzugehen, einerlei von wem. Er mit seinem ewigen Ich-weiß-du-liebst-mich und Ich-weiß-du-wirst-mich-nie-verlassen. Ich hätte es längst merken müssen.
»Die Ehe läuft nicht gut«, erklärte ich ihm. Doch er meinte bloß: »Es gibt immer mal schwierige Phasen im Leben, Charlotte.«
»Ich muß einen Überlebenskurs mitmachen.«
»?«
»Ich muß lernen, in der Wildnis zu überleben, ohne Hilfsmittel. Ich muß lernen, große Entfremdung zu überwinden. In der Wüste, im Hochgebirge. Etwas in dieser Art.«
»Es gibt hier in der Nähe aber keine Wüste.«
»Ich weiß.«
»Und Hochgebirge auch nicht.«
»Ich weiß.«

»Es schneit hier nicht einmal oft.«
»Verstehst du mich eigentlich nicht, Saul? Ich bin nie und nie und nie woanders gewesen. Ich wohne in dem Haus, in dem ich geboren wurde. Ich wohne in dem Haus, in dem schon meine Mutter geboren ist. Meine Kinder besuchen die gleiche Schule wie ich, eines hat sogar Unterricht bei derselben Lehrerin wie ich! Als sie mich unterrichtete, war sie jung und unerfahren, sie ängstigte sich zu Tode und war bildhübsch. Jetzt ist sie eine vertrocknete alte Jungfer und schickt Selinda nach Hause, wenn das Kind ohne BH in die Schule kommt.«
»Schon, schon«, beschwichtigte Saul. »Die Dinge wiederholen sich, das habe ich dir schon oft gesagt. Auch wir wiederholen uns, Charlotte. Jahr um Jahr ändern wir uns unmerklich, und am Ende kommt alles in die Reihe.«
»Es lohnt bloß nicht«, sagte ich.
»Lohnt nicht?«
»Es ist die Mühe nicht wert.«
Er nahm meine Hände in seine Hände und machte dazu ein sehr gefaßtes, predigerhaftes Gesicht. Wahrscheinlich merkte er nicht, wie stark er meine Hände preßte. »Gedulde dich«, sagte er, »dies alles geht vorüber. Wir alle müssen ... gedulde dich eine Weile.«
Ich geduldete mich. Aber worauf wartete ich eigentlich? Offenbar hatte ich noch nicht allen Ballast abgeworfen. Noch war dies und jenes geblieben.
Jiggs erinnerte mich an die Sitzung des Elternbeirats, er hatte das Datum in seinem UNICEF-Kalender vermerkt. Er war jetzt sieben, sehr eifrig, ein guter Organisator, der geborene Vorsitzende. »Punkt acht«, sagte er. »Zieh dein rotes Kleid an.«
»Ich habe das Kleid nicht mehr, und auf Versammlungen will ich nicht mehr gehen.«
»Es wird nett. Es gibt Kuchen. Unsere Klasse setzt die Limonade an.«
»Mein ganzes Leben habe ich dem Elternbeirat von Clarion gewidmet. Zu welchem Zweck, bitte?«
»Weiß ich auch nicht, aber es wird schon einen gehabt haben.« Jiggs blinzelte nochmal auf den Kalender. »Am 13. hat Mohammed Geburtstag. Am fünften war Weltgebetstag. Hast du den auch richtig begangen, Mama?«

»Nein, tut mir leid, ich wußte nicht, daß es den gibt.«
»Du hättest mal vorher auf den Kalender sehen sollen.«
»Mein Ideal ist ein absolut leerer Fleck auf dem Kalender. Mehr verlange ich nicht.«
Jiggs rückte die Brille zurecht, ließ den Finger über das Blatt wandern und sagte: »Nun, dann hast du im Monat März drei perfekte Tage.«
»Drei? Bloß drei?«
Ich schaute auf seinen Nacken, seidig, ein wenig nach innen gewölbt, und stellte mir zögernd und widerstrebend seine Mutter vor. Sie würde mit dem Bus ankommen, in einem geschmacklosen Kleid aus billigem Kunststoff. Ich würde sie an der Haltestelle erwarten, Jiggs an der Hand. Und ihn endlich, endlich hergeben.

Am Vormittag halfen Linus und Miss Feather bei den Vorbereitungen für den Kirchenbazar und ich hatte das Haus allein für mich. Ich schickte die Kinder zur Schule, fegte nochmal alle Zimmer und jätete, was über Nacht gesprossen war – Socken, zerknülltes Papier, ein Puppenhaus für Puppen, nicht größer als ein Stück Würfelzucker, ausgestattet mit stecknadelkopfgroßen Möbeln. (Die sah ich mir allerdings nicht mehr genau an, weil ich fürchtete, in diesem Puppenhaus könnte ein weiteres verborgen sein.)
Anschließend badete ich und zog einen frischen Rock und eine frische Bluse an. Im Spiegel erblickte ich eine strenge Erscheinung mit stark betonten Wangenknochen; vertraut, aber auf unerwartete Weise. Meine Augen wirkten umschattet, und aus den Flecken auf meinen Wangen hätte man auf Fieber schließen können. Ich hatte aber kein Fieber, vielmehr war mir kalt, und die Glieder fühlten sich schwer an.
Der Hund schien zu spüren, daß ich aufbrechen wollte, und hielt sich dicht bei mir; er stieß mir winselnd die Nase in die Kniekehlen. Er ging mir auf die Nerven. Ich entriegelte eine der Türen zum Atelier, schob ihn hinein und sagte: »Adieu, Ernest.« Als ich mich aufrichtete, sah ich grünliches Licht durchs Fenster einfallen – Licht von einer Farbe, wie es sie sonst nirgendwo gibt. Ach, ich weiß einfach nie, daß ich glücklich bin, wenn ich glücklich bin. Ich machte die Tür zu, ging durchs Haus, strich über die abgewetzte, fleckige Holzverkleidung, hörte die Stimmen Abwesender. Es roch nach

Kleister und Gesangbüchern. Auf einmal fürchtete ich, ich würde es doch nicht über mich bringen.
Hat man aber einmal die ersten Schritte getan, reißt der Schwung einen mit, und retten konnte mich jetzt nur noch ein Haken, an dem ich zufällig hängen blieb. Vielleicht klingelte das Telefon, solange ich noch auf der Veranda war? Vielleicht würde Jiggs mit einer Erkältung vorzeitig aus der Schule geschickt? In der Küche verbrachte ich eine ganze Ewigkeit damit, mir eine Tasse Nescafé aufzugießen. Zerstreut machte ich eine Schale Haferflocken zurecht. Aus der Packung kamen aber nicht nur Haferflocken, sondern auch ein Gegenstand in weißem Papier. Ich wickelte ihn aus: eine Blechmarke zum Anstecken, darauf ein Strichmännchen, das eigentlich nur aus riesigen Füßen bestand, die Sohlen dem Betrachter zugekehrt. Und am unteren Rand meine ganz persönliche Devise: Nur nicht stehenbleiben.

15

Wir hielten im Vorbeifahren Ausschau nach einer Bank, die freitags abends geöffnet hatte. Wir fuhren aus Perth hinaus, in die nächste Ortschaft und auch gleich in die übernächste. Die Orte waren aufgefädelt wie bunte Holzperlen auf der Schnur, unbebautes Gelände gab es dazwischen nicht, nur Imbißstuben, Autokinos, Fischrestaurants. Es war unterdessen so dunkel geworden, daß man im Vorbeifahren die Gesichter der Schauspieler auf der Leinwand erkennen konnte. Von Jake und Mindy allerdings sah ich nur das Profil, meist goldgerändert, manchmal auch in anderen Farben, wenn wir an einer Lichtreklame vorbeikamen. Mindy streckte den Hals vor, sie kaute auf der Unterlippe und hielt scharf Ausschau. Jake saß zusammengesunken auf seinem Platz wie ein Geschlagener und machte sich nicht einmal die Mühe, aus dem Fenster zu sehen.
»Vielleicht haben die Banken hier freitags geschlossen«, sagte Mindy.
Jake erwiderte nichts.
»Jake?«
Er rührte sich kaum. »Klar haben sie auf.«
»Woher weißt du das? Wenn wir nun die ganze Nacht so

weiterfahren, glatt raus aus Florida? Warum gehen wir nicht in einen Laden und lösen den Scheck ein?«

»Ein Laden ist nicht so gut«, sagte Jake. »Da erinnert man sich hinterher genau an uns.«

»Ich bin aber müde. Mein Genick tut mir weh!«

Jake blickte zur Seite; wir fuhren an einem vielversprechend aussehenden Bürokomplex entlang.

»Wenn ich bis sechs nichts zu essen kriege, werde ich ohnmächtig, und jetzt haben wir fast sieben«, klagte Mindy.

»Ja doch«, sagte Jake zerstreut.

»Du weißt, mein Blutzucker ist zu niedrig.«

»Wirklich? Möchtest du Zucker?«

»Nein, ich möchte keinen Zucker!«

»Aber es macht keine Mühe, ich habe welchen in der Tasche.« Er wühlte in seiner Jacke und stieß mich dabei versehentlich mit dem Ellenbogen an. »Hier, Domino-Zucker.«

Die Zuckerpäckchen sahen mittlerweile schmutzig aus. Er hielt ihr eine ganze Handvoll hin. »Du siehst, ich bin immer auf alles vorbereitet.«

»Jake Simms«, stöhnte Mindy, »du verstehst auch rein gar nichts! Ich brauche keinen Zucker, das ist der reinste Blödsinn!«

Er ließ die Hand sinken und schaute mich an. »Verstehen Sie das?«

»Nun ja...«

»Sie hat niedrigen Blutzucker, aber sie will keinen Zucker essen.«

»Sie muß es schließlich am besten wissen.«

Er sah kopfschüttelnd die Zuckerpäckchen an. »Ich verstehe das nicht, Mindy. Du weißt nicht, was du willst. Erst läufst du mir nach wie verrückt, und dann kann ich dir nichts recht machen.«

»Ich, dir nachlaufen? Na, mach nur so weiter. Beklag dich nur. Gib ruhig mir die Schuld an allem. Aber frag dich mal, was du zu mir letztes Jahr am 4. Juli gesagt hast. Frag dich das mal.«

Er warf mir aus fast geschlossenen Lidern einen verstohlenen Blick zu.

»Nun? Was haben Sie ihr gesagt?« fragte ich.

Er kniff die Lippen zusammen und stopfte den Zucker zurück in die Tasche.

»Er hat gesagt, einzig und allein bei mir hält er es aus«, sagte Mindy. »Er hat gesagt, er weiß auch nicht warum, aber so ist es nun mal. Wir haben zusammen gepicknickt, nach einem ganz flauen Rennen. Ich sagte, Jake, sagte ich, das macht doch überhaupt nichts, nicht das kleinste bißchen. Ich sehe dich immer wie bei deinem ersten Rennen, so richtig toll und elegant. Die schöne weiße Bluse hast du mir erst beim Rennen in Washington zerrissen. Also damals hat er das zu mir gesagt. Und gefragt, ob ich ihn heiraten will.«

»Kein Wort davon!«

»Du hast gesagt, du könntest dir vorstellen, daß wir mal heiraten.«

»Du drehst einem das Wort im Mund herum, wie es dir gerade paßt.«

»Oh nein, Jake, glaub mir, das stimmt nicht. Du verdrehst einem das Wort im Mund. Siehst du denn nicht, wie es in Wirklichkeit ist? Immer wenn du vor mir wegläufst, kommst du zurück. Du *lieferst* dich mir richtig *aus.* ›Mindy‹, sagst du, ›Mindy, ich gehöre zu dir. Du bist alles, was ich habe.‹ Du stehst unter meinem Fenster, du fährst nachts am Haus vorbei, ich sehe deine Scheinwerfer an der Zimmerdecke. Du rufst mich an, du sagst: ›Alle sind sauer auf mich, und überhaupt, das Leben sieht übel aus. Komm raus und leiste mir Gesellschaft.‹«

»Du übertreibst immer«, sagte Jake.

»Jedenfalls hast du gesagt: ›Ich kann mir vorstellen, daß wir eines Tages heiraten.‹«

»Möglich, aber ich erinnere mich nicht daran.«

»›Zum Beispiel, wenn du ein Kind kriegst‹, hast du gesagt.«

Schweigen.

»Du hast gesagt: ›Wozu treibe ich mich dauernd rum? Warum gebe ich das nicht endlich auf?‹«

Im Licht, das eine vorbeihuschende Kinoleinwand reflektierte, erschien deutlich Jakes Gesicht: wächsern, ungesund. Unter den Augen wirkte die Haut verquollen.

»Ist das etwa nicht die Wahrheit?« fragte Mindy.

»Halt an, hier ist eine Bank. Fahr rechts ran.«

Mindy trat auf die Bremse; wir wurden beide nach vorne geschleudert. Dann bog sie scharf in eine Parklücke. Jake stemmte sich mit einer Hand gegen das Armaturenbrett. »Ich

wollte die ganze Zeit was fragen, aber all das dumme Geschwätz hat mich davon abgelenkt«, sagte er jetzt.
Wir warteten.
Seine Miene hellte sich auf. »Wieviel Geld hast du noch, Mindy?« fragte er.
»An was anderes kannst du wohl nicht denken?«
»Ich frage bloß, weil du vielleicht inzwischen ein paar Würstchen essen willst, während ich mit Charlotte in der Bank bin.«
»Ach so. Na, es reicht.«
»Siehst du die Bude gegenüber? Warte da auf uns. In fünf Minuten, spätestens in zehn, treffen wir uns da.«
»Soll ich für euch beide auch was bestellen?«
»Nee.«
»Hast du keinen Hunger?«
»Schon, aber die Würstchen sind bloß eine kleine Vorspeise für dich, Mindy. Sobald wir das Geld haben, gehen wir anständig essen, nicht wahr, Charlotte?«
»Ein Steakrestaurant wäre das richtige«, meinte Mindy.
»Meinetwegen, mir ist alles recht. Also los, ab mit dir.«
Mindy machte die Tür auf und stieg aus. Wir hinterher. Jake legte Mindy einen Finger aufs Handgelenk. »Bis gleich.«
»Bis gleich.« Und sie lief los, ihre herzförmige Handtasche schwingend.
Die Nacht war lau und voller Insekten und roch nach Karamelbonbons. Die Straßen waren fast unbelebt. Rechts vor uns erhob sich ein sandfarbiger Steinwürfel mit der Inschrift SECOND FEDERAL in Aluminiumbuchstaben. Wir erklommen die Stufen und drehten uns durch die Tür in den Kassenraum. Die unerwartete Kühle spannte auf meinen Wangen. Grelle Leuchtröhren blendeten uns. Die Füße versanken in einem Veloursteppich. Ich stellte mich hinter einem Mann im Büroanzug an.
»Warum ausgerechnet hier?« fragte Jake. »Hier warten die meisten Kunden.«
Selbstverständlich hatte ich die längste Schlange gewählt. Schließlich würde bald alles vorüber sein und ich wollte es noch ein wenig hinauszögern. Als läse er meine Gedanken, trat Jake dicht hinter mich. »Charlotte«, sagte er mir ins Ohr.
»Hmmm?«

»Machen Sie jetzt keinen Quatsch, klar?«
Fast hätte ich gelacht. Was glaubte er wohl, daß ich tun könnte? Mit einem Satz über den Kassenschalter springen? Den Scheck auf verdächtige Weise unterschreiben: *Charlotte Emory, Geisel.* Die Kassiererin würde nicht mal die Stirne runzeln. Sie würde die Unterschrift samt Zusatz betrachten, als handele es sich um einen anerkannten Beruf. Ach, ich hatte unterdessen gelernt, keine Hilfe von Fremden zu erwarten. »Seien Sie doch nicht albern«, sagte ich zu Jake. Er sah wohl, daß es mir Ernst war, denn er wich zurück. Seine Nylonbluse raschelte. Der Mann im Büroanzug faltete Banknoten und wandte sich dem Ausgang zu.
»Ich möchte einen Reisescheck einlösen«, sagte ich zur Kassiererin. Sie schaute gelangweilt. Ich unterschrieb mit dem angeketteten Kugelschreiber und reichte ihr den Scheck durchs Gitter. Sie ihrerseits blätterte hundert Dollar in Zwanzigern hin. Ich zählte nach und machte einer Rothaarigen Platz, die ihr Gesicht mit einem Papiertaschentuch betupfte.
Auf der Straße sagte Jake: »So schlimm war das gar nicht.«
»Nein.«
»Nichts dabei.«
»Nein.«
Wir kamen an einem jetzt unbeleuchteten Schuhgeschäft vorbei, an einer Blumenhandlung, wo häßliche Tropenpflanzen hinter Glas wucherten. Dann die Würstchenbude – ein ausrangierter Eisenbahnwaggon, eingefaßt mit einem Lattenzaun. Durch ein fettbeschmiertes längliches Fenster sahen wir Mindy, die uns den Rücken zukehrte, am Tresen, die Ellenbogen aufgestützt; sie rutschte auf dem Hocker herum, und ihr Rock schlug Wellen. Wir standen ein wenig verloren herum, als wüßten wir nicht, wie es weitergehen sollte. Jake seufzte tief.
»Ich war drauf und dran, sie sitzenzulassen«, sagte er.
Ich nickte.
»Aber ich bring's nicht über mich. Sie hat recht, wissen Sie, irgendwie hänge ich an ihr.«
Mindy schwenkte ein Würstchen durch die Luft, sie rieb ihr Gesicht in der Ellenbogenbeuge. Von hier aus sah ihr Arm so zart aus wie eine Ranke.

»Bestimmt endet es damit, daß ich sie heirate, meinen Sie nicht, Charlotte?«
»Ja, das könnte ich mir gut vorstellen, Jake.«
»Ich stecke richtig in der Scheiße. Oder? Von jetzt an latsche ich hinter ihr her, auf dem ›Lebensweg‹, den sie sich ausmalt.«
Ich schaute ihn an.
»Gold oder Grün. Wolkenstores. Babys. Da sehen Sie, wohin es mit mir gekommen ist. Was stieren Sie denn so?«
»Hier.«
»Was ist das?«
Es war Geld, und er konnte es für nichts anderes halten. Fünf nagelneue Zwanzigdollarnoten. Ich mußte sie ihm in die Hand drücken. Er sagte: »Charlotte?«
»Ich gehe jetzt.«
Er hatte den Mund weit offen vor Staunen.
»Ich kann doch nicht dauernd bei euch bleiben. Sie wissen genau, daß wir uns trennen müssen.«
»So warten Sie doch!« Seine Stimme klang rauh und brüchig.
»Grüßen Sie Mindy von mir.«
»Aber Charlotte... ich komme ohne Sie nicht zurecht! Verstehen Sie doch! Ich habe eine schwangere Frau am Hals und noch dazu lauter... es ist alles nicht so schlimm, wenn Sie dabei sind, Charlotte. Ich habe das Gefühl, Sie nehmen das alles so seelenruhig hin, Sie wissen, wie das Leben ist, und machen immer so ein freundliches Gesicht. Charlotte, wir kennen uns jetzt doch gut, oder?«
»Ja.«
»Und abgesehen davon...« Er reckte plötzlich das Kinn vor, steckte das Geld ein, wiegte sich auf Zehenspitzen. »Ich weiß gar nicht, weshalb ich Sie bitte! Ich habe schließlich Ihr Geld. Ohne Geld können Sie nicht weg.«
»Behalten Sie es.«
»Und wie wollen Sie zurückkommen? Sagen Sie mir das mal.«
»Oh, ich... gehe zur Bahnhofsmission.«
»Und ihre Anstecknadel?
»Was?«
»Ihr Talisman. Den wollen Sie doch bestimmt wiederhaben.«

»Ach den –«
»Also den kriegen Sie nicht. Ich behalte ihn.«
»Meinetwegen.«
Ich streckte ihm die Hand hin; ohne ihm zum Abschied die Hand zu geben, mochte ich nicht gehen. Aber Jake wollte sie nicht nehmen. Immer noch hielt er das Kinn vorgereckt und sah mich fassungslos an. Sein Gesicht glänzte vom Schweiß. Ich gab es auf.
»Leben Sie wohl«, sagte ich.
Ich machte kehrt und ging in die Richtung, aus der wir gekommen waren, denn dort vermutete ich den Busbahnhof.
»Charlotte?«
Ich blieb stehen.
»Wenn Sie weitergehen, schieße ich auf Sie.«
Ich ging weiter.
»Ich ziele schon. Hören Sie das Knacken? Das ist die Sicherung. Die Pistole ist geladen. Ich ziele auf Ihr Herz.«
Meine Schritte klangen gleichmäßig wie fallende Regentropfen.
»Charlotte!«
Ich ging weiter, ich spürte schon das Loch, das gleich in meinem Rücken klaffen würde. Ein ältliches Paar kam mir entgegen, er im Abendanzug. Immer noch krachte kein Schuß. Ich begriff, daß es nicht dazu kommen würde, atmete befreit auf und gratulierte mir zu meiner Begabung, mit heiler Haut davonzukommen: ich war so vielen Gefahren unversehrt entronnen. Glatt wie Seide umrundete ich ein Kind, glitt vorüber an der Frau im gläsernen Kassenschalter des Theaters. An der nächsten Querstraße blieb ich einen Augenblick stehen und blickte zurück. Da stand er, überraschend klein, und sah mir nach. Sein Kragen war aufgestellt, die Schultern hatte er hochgezogen, die Hände staken tief in den Taschen. So ganz unversehrt war ich, genau genommen, wohl doch nicht davongekommen.

16

Die Polizei faßte Jake Simms nicht. Soweit mir bekannt, hat man die Fahndung nach ihm eingestellt. Ich sagte aus, er sei nach Texas unterwegs gewesen.

In Mamas ehemaligem Zimmer wohnt jetzt ein Trinker vom Sünderbänkchen, vormals Opernsänger. Er heißt Bentham. Wenn er einen guten Tag hat, klingt seine Stimme wundervoll. Miss Feather lebt nach wie vor bei uns, Dr. Sisk hingegen ist ausgezogen. Vergangenen Juli hat er eine Mitchristin geheiratet und bewohnt jetzt ein Haus im Ranchstil am anderen Ende des Ortes.

Wenn Julian nicht gerade rückfällig wird, hütet er den Laden. Selinda schwebt durch unser Dasein, und niemand hat Jiggs bisher abgeholt. Linus macht keine Puppenstubenmöbel mehr, sondern richtige Puppen, winzige, menschenähnliche Wesen, komplett mit allen Gliedmaßen aus verkürzten Nadeln. Nase, Mund und Augen zeichnet er mit einer in Tusche getauchten Nadelspitze. Alle Puppen haben richtige Gesichter und bunte Kleider, und allen gemeinsam ist eine verblüffte Miene – als wunderten sie sich über ihr Vorhandensein.

Und ich rolle immer noch die schwere Kamera hin und her und sehe Leute in ausgefallenen Kostümen auf dem Kopf stehen. Allerdings glaube ich, daß die geborgten Requisiten mehr Wahrheiten enthüllen, als sie verbergen. Saul klammert sich fester denn je an seine Kanzel und blickt prüfend auf die Gemeinde. Ganz gewiß sieht auch er sie durch ein Objektiv, ebenso wahrheitsgetreu, ebenso entstellt, wie ich meine Kunden sehe.

Wenn Saul nicht schlafen kann, dreht er manchmal den Kopf auf dem Kissen und fragt, ob ich wach bin? Mag sein, wir haben einen schlimmen Tag hinter uns, haben uns gezankt, uns mißverstanden, uns wieder um eine Winzigkeit weiter auseinandergelebt, uns unter Schmerzen miteinander arrangiert. Er liegt rücklings auf dem alten Kufenbett und fragt sich, ob wohl alles seine Ordnung hat? Erträgt er das Leben, ertrage ich es, sind wir glücklich, wenigstens in den uns gesteckten Grenzen? Wir sollten vielleicht mal verreisen, meint er. Wolltest du nicht immer mal verreisen?

Nein, sage ich darauf. Ich sehe nicht ein, wozu das gut sein

sollte. Wir waren doch ständig unterwegs, sind immer noch und in alle Zukunft unterwegs. Auch wenn wir wollten, könnten wir nicht am gleichen Ort verharren. Schlaf jetzt, sage ich.
Und er schläft.